—————— 阅读之前 没有真相

午夜文库

阿加莎·克里斯蒂
侦探小说

阿加莎·克里斯蒂
Agatha Christie (1890—1976)

无可争议的侦探小说女王,侦探文学史上最伟大的作家之一。

阿加莎·克里斯蒂原名为阿加莎·玛丽·克拉丽莎·米勒,一八九〇年九月十五日生于英国德文郡托基的阿什菲尔德宅邸。她几乎没有接受过正规的教育,但酷爱阅读,尤其痴迷于歇洛克·福尔摩斯的故事。

第一次世界大战期间,阿加莎·克里斯蒂成了一名志愿者。战争结束后,她创作了自己的第一部侦探小说《斯泰尔斯庄园奇案》。几经周折,作品于一九二〇年正式出版,由此开启了克里斯蒂辉煌的创作生涯。一九二六年,《罗杰疑案》由哈珀柯林斯出版公司出版。这部作品一举奠定了阿加莎·克里斯蒂在侦探文学领域不可撼动的地位。之后,她又陆续出版了《东方快车谋杀案》《ABC谋杀案》《尼罗河上的惨案》《无人生还》《阳光下的罪恶》等脍炙人口的作品。时至今日,这些作品依然是世界侦探文学宝库里最宝贵的财富。根据她的小说改编而成的舞台剧《捕鼠器》,已经成为世界上公演场次最多的剧目;而在影视改编方面,《东方快车谋杀案》为英格丽·褒曼斩获奥斯卡大奖,《尼罗河上的惨案》更是成为几代人心目中的经典。

阿加莎·克里斯蒂的创作生涯持续了五十余年,总共创作了八十余部侦探小说。她的作品畅销全世界一百多个国家和地区,累计销量已经突破二十亿册。她创造的小胡子侦探波洛和老处女侦探马普尔小姐为读者津津乐道。阿加莎·克里斯蒂是柯南·道尔之后最伟大的侦探小说作家,是侦探文学黄金时代的开创者和集大成者。一九七一年,英国女王授予克里斯蒂爵士称号,以表彰其不朽的贡献。

一九七六年一月十二日,阿加莎·克里斯蒂逝世于英国牛津郡沃灵福德家中,被安葬于牛津郡的圣玛丽教堂墓园,享年八十五岁。

阿加莎·克里斯蒂 侦探作品年表

波洛系列

- 1920　The Mysterious Affair at Styles《斯泰尔斯庄园奇案》
- 1923　Murder on the Links《高尔夫球场命案》
- 1924　Poirot Investigates《首相绑架案》
- 1926　The Murder of Roger Ackroyd《罗杰疑案》
- 1927　The Big Four《四魔头》
- 1928　The Mystery of the Blue Train《蓝色列车之谜》
- 1932　Peril at End House《悬崖山庄奇案》
- 1933　Lord Edgware Dies《人性记录》
- 1934　Murder on the Orient Express《东方快车谋杀案》
- 1935　Three-Act Tragedy《三幕悲剧》
- 1935　Death in the Clouds《云中命案》
- 1936　The ABC Murders《ABC谋杀案》
- 1936　Murder in Mesopotamia《古墓之谜》
- 1936　Cards on the Table《底牌》
- 1937　Dumb Witness《沉默的证人》
- 1937　Death on the Nile《尼罗河上的惨案》
- 1937　Murder in the Mews《幽巷谋杀案》
- 1938　Appointment with Death《死亡约会》
- 1938　Hercule Poirot's Christmas《波洛圣诞探案记》
- 1940　Sad Cypress《H庄园的午餐》
- 1940　One, Two, Buckle My Shoe《牙医谋杀案》
- 1941　Evil Under the Sun《阳光下的罪恶》
- 1943　Five Little Pigs《五只小猪》
- 1946　The Hollow《空幻之屋》
- 1947　The Labours of Hercules《赫尔克里·波洛的丰功伟绩》
- 1948　Taken at the Flood《顺水推舟》
- 1952　Mrs. McGinty's Dead《清洁女工之死》
- 1953　After the Funeral《葬礼之后》
- 1955　Hickory Dickory Dock《山核桃大街谋杀案》
- 1956　Dead Man's Folly《弄假成真》
- 1959　Cat Among the Pigeons《鸽群中的猫》
- 1960　The Adventure of the Christmas Pudding《雪地上的女尸》

阿加莎·克里斯蒂 侦探作品年表

1963　The Clocks《怪钟疑案》
1966　Third Girl《第三个女郎》
1969　Hallowe'en Party《万圣节前夜的谋杀》
1972　Elephants Can Remember《大象的证词》
1974　Poirot's Early Stories《蒙面女人》
1975　Curtain-Poirot's Last Case《帷幕》

马普尔小姐系列

1930　The Murder at the Vicarage《寓所谜案》
1932　The Thirteen Problems《死亡草》
1942　The Body in the Library《藏书室女尸之谜》
1943　The Moving Finger《魔手》
1950　A Murder Is Announced《谋杀启事》
1952　They Do It with Mirrors《借镜杀人》
1953　A Pocket Full of Rye《黑麦奇案》
1957　4.50 from Paddington《命案目睹记》
1962　The Mirror Crack'd from Side to side《破镜谋杀案》
1964　A Caribbean Mystery《加勒比海之谜》
1965　At Bertram's Hotel《伯特伦旅馆》
1971　Nemesis《复仇女神》
1976　Sleeping Murder《沉睡谋杀案》
1979　Miss Marple's Final Cases《马普尔小姐最后的案件》

其他系列及非系列

1922　The Secret Adversary《暗藏杀机》
1924　The Man in the Brown Suit《褐衣男子》
1925　The Secret of Chimneys《烟囱别墅之谜》
1929　Partners in Crime《犯罪团伙》
1929　The Seven Dials Mystery《七面钟之谜》
1930　The Mysterious Mr. Quin《神秘的奎因先生》
1931　The Sittaford Mystery《斯塔福特疑案》
1933　The Witness for the Prosecution and Other Stories《控方证人》
1934　Why Didn't They Ask Evans?《悬崖上的谋杀》

阿加莎·克里斯蒂 侦探作品年表

1934　The Listerdale Mystery《金色的机遇》
1934　Parker Pyne Investigates《惊险的浪漫》
1939　Murder Is Easy《逆我者亡》
1939　And Then There Were None《无人生还》
1941　N or M?《桑苏西来客》
1944　Towards Zero《零点》
1945　Sparkling Cyanide《闪光的氰化物》
1945　Death Comes as the End《死亡终局》
1949　Crooked House《怪屋》
1950　Three Blind Mice and Other Stories《三只瞎老鼠》
1951　They Came to Baghdad《他们来到巴格达》
1954　Destination Unknown《地狱之旅》
1958　Ordeal by Innocence《奉命谋杀》
1961　The Pale Horse《灰马酒店》
1967　Endless Night《长夜》
1968　By the Pricking of My Thumbs《煦阳岭的疑云》
1970　Passenger to Frankfurt《天涯过客》
1973　Postern of Fate《命运之门》
1991　Problem at Pollensa Bay《神秘的第三者》
1997　While the Light Lasts《灯火阑珊》

出版前言

纵观世界侦探文学一百七十余年的历史，如果说有谁已经超脱了这一类型文学的类型化束缚，恐怕我们只能想起两个名字——一个是虚构的人物歇洛克·福尔摩斯，而另一个便是真实的作家阿加莎·克里斯蒂。

阿加莎·克里斯蒂以她个人独特的魅力创造着侦探文学史上无数的传奇：她的创作生涯长达五十余年，一生撰写了八十余部侦探小说；她开创了侦探小说史上最著名的"黄金时代"；她让阅读从贵族走入家庭，渗透到每个人的生活中；她的作品被翻译成一百多种文字，畅销全球一百五十余个国家，作品销量与《圣经》《莎士比亚戏剧集》同列世界畅销书前三名；她的《罗杰疑案》《无人生还》《东方快车谋杀案》《尼罗河上的惨案》都是侦探小说史上的经典；她是侦探小说女王，因在侦探小说领域的独特贡献而被册封为爵士；她是侦探小说的符号和象征。她本身就是传奇。沏一杯红茶，配一张躺椅，在暖暖的阳光下读阿加莎的小说是一种生活方式，是惬意的享受，也是一种态度。

午夜文库成立之初就试图引进阿加莎的作品，但几次都与版权擦肩而过。随着午夜文库的专业化和影响力日益增强，阿加莎·克里斯蒂的版权继承人和哈珀柯林斯出版公司主动要求将版权独家授予新星出版社,并将阿加莎系列侦探小说并入午夜文库。这是对我们长期以来执着于侦探小说出版的褒奖,是对我们的信任与鼓励,更是一种压力和责任。

新版阿加莎·克里斯蒂作品由专业的侦探小说翻译家以最权威的英文版本为底本,全新翻译,并加入双语作品年表和阿加莎·克里斯蒂家族独家授权的照片、手稿等资料,力求全景展现"侦探女王"的风采与魅力。使读者不仅欣赏到作家的巧妙构思、离奇桥段和睿智语言,而且能体味到浓郁的英伦风情。

阿加莎作品的出版是一项系统工程,规模庞大,我们将努力使之臻于完美。或存在疏漏之处,欢迎方家指正。

新星出版社
午夜文库编辑部

Agatha Christie

Over the next few years, we plan to celebrate two very important Agatha Christie anniversaries. In 2015, it is the 125th anniversary of her birth in Torquay, South Devon, England, and in 2020 it will be 100 years after her first book, THE MYSTERIOUS AFFAIR AT STYLES, featuring her famous detective, Hercule Poirot, was published. This is therefore a very appropriate moment to publish a new edition of her works, and I am delighted that HarperCollins has chosen to work with New Star on these new editions. New Star is China's top crime publisher, and has a strong and dedicated editorial staff and a continued passion for Agatha Christie, making them the ideal partner. It is the right time to make these classic books available in modern translations and so to bring Agatha Christie's books anew to her many fans in China, giving them a new reason to re-read these much-loved stories, as well as introducing them to a whole new audience. How delighted Agatha Christie would have been that her stories (as she called them) are still giving so much pleasure to so many people all over the world!

I think there are two very remarkable things about Agatha Christie's stories. The first is that they are so adaptable. It doesn't really matter which language they appear in, the stories and the plots still give the same thrill, still provide the same puzzles, and the characters still have the same attraction. Readers in China will I am sure enjoy Hercule Poirot and Miss Marple just as much as we do in England, and readers in China will still be transfixed by the surprises and horrors of AND THEN THERE WERE NONE, one of the great classics of 20th century detective fiction, as we are here.

Agatha Christie

The second is that the stories give a wonderful picture of England, particularly rural England, at the time Agatha Christie lived. She wrote books from 1920 until 1970 but it is sometimes hard to tell which part of her life each book was written in. Her characters and the life they lived were very much the same. The life we all live is changing very quickly these days but the Agatha Christie world stays the same. Perhaps the Miss Marple stories provide the best example of this, and in some ways THE BODY IN THE LIBRARY and NEMESIS are quite similar, despite the fact that thirty years elapsed between the time they were written.

Perhaps I might end by mentioning three Agatha Christies (other than the ones mentioned above) which I think demonstrate why she is so popular, even in the twenty-first century. The first is MURDER ON THE ORIENT EXPRESS, one of the most famous with one of the most ingenious and human plots. Read this on one of your long train journeys in China! Next is A MURDER IS ANNOUNCED, a Miss Marple which was her 50th book. It has my favourite murderer in it! And last is ENDLESS NIGHT — a story about evil and how it affects three young people, written at the time when I knew her best, and understood how deeply she cared and sympathised with young people and the world they lived in.

Whichever are your favourites I hope you enjoy these stories that New Star are introducing to you again. I think it is a great publishing event.

Mathew *[signature]*
Grandson of Agatha Christie
Chairman of Agatha Christie Ltd

致中国读者

(午夜文库版阿加莎·克里斯蒂作品集序)

在未来的几年中,我们将要筹备两个非常重要的关于阿加莎·克里斯蒂的纪念日。二〇一五年是她的一百二十五岁生日——她于一八九〇年出生于英国的托基市,二〇二〇年则是她的处女作《斯泰尔斯庄园奇案》问世一百周年的日子,她笔下最著名的侦探赫尔克里·波洛就是在这本书中首次登场。因此,新星出版社为中国读者们推出全新版本的克里斯蒂作品正是恰逢其时,而且我很高兴哈珀柯林斯选择了新星来出版这一全新版本。新星出版社是中国最好的侦探小说出版机构,拥有强大而且专业的编辑团队,并且对阿加莎·克里斯蒂的作品极有热情,这使得他们成为我们最理想的合作伙伴。如今正是一个良机,可以将这些经典作品重新翻译为更现代、更权威的版本,带给她的中国书迷,让大家有理由重温这些备受喜爱的故事,同时也可以将它们介绍给新的读者。如果阿加莎·克里斯蒂知道她的小故事们(她这样称呼自己的这些作品)仍然能给世界上这么多人带来如此巨大的阅读享受,该有多么高兴啊!

我认为阿加莎·克里斯蒂的作品有两个非常重要的特征。首先它们是非常易于理解的。无论以哪种语言呈现,故事和情节都同样惊险刺激,呈现给读者的谜团都同样精彩,而书中人物的魅力也丝毫不受影响。我完全可以肯定,中国的读者能够像我们英国人一样充分享受赫尔克里·波洛和马普尔小姐带来的乐趣;中国读者也会和我们一样，读到二十世纪最伟大的侦探经典作品——比如《无人生还》——的时候，被震惊和恐惧牢牢钉在原地。

第二个特征是这些故事给我们展开了一幅英格兰的精彩画卷，特别是阿加莎·克里斯蒂那个年代的英国乡村。她的作品写于二十世纪二十年代至七十年代间，不过有时候很难说清楚每一本书是在她人生中的哪一段日子里写下的。她笔下的人物，以及他们的生活，多多少少都有些相似。如今，我们的生活瞬息万变，但"阿加莎·克里斯蒂的世界"依旧永恒。也许马普尔小姐的故事提供了最好的范例：《藏书室女尸之谜》与《复仇女神》看起来颇为相似，但实际上它们的创作年代竟然相差了三十年。

最后，我想提三本书，在我心目中（除了上面提过的几本之外）这几本最能说明克里斯蒂为什么能够一直受到大家的喜爱。首先是《东方快车谋杀案》，最著名，也是最机智巧妙、最有人性的一本。当你在中国乘火车长途旅行时，不妨拿出来读读吧！第二本是《谋杀启事》，一个马普尔小姐系列的故事，也是克里斯蒂的第五十本著作。这本书里的诡计是我个人最喜欢的。最后是《长夜》，一个关于邪恶如何影响三个年轻人生活的故事。这本书的写作时间正是我最了解她的时候。我能体会到她对年轻人以及他们生活的世界关心至深。

现在新星出版社重新将这些故事奉献给了读者。无论你最爱的是哪一本，我都希望你能感受到这份快乐。我相信这是出版界的一件盛事。

阿加莎·克里斯蒂外孙

阿加莎·克里斯蒂有限责任公司董事长

马修·普理查德

二〇一三年二月二十日

阿加莎·克里斯蒂侦探小说全集㊳

灰马酒店①
The Pale Horse

[英] 阿加莎·克里斯蒂 著
周力 译

新星出版社 NEW STAR PRESS

献给约翰和海伦·麦尔德威·怀特，
十分感谢你们给予我机会，
让我看到正义得以伸张

---

① 《圣经·启示录》中的瘟疫、战争、饥荒和死亡四骑士各骑白马、红马、黑马和灰马。本书原文中的 pale horse 即死亡骑士所骑的灰马，通常认为是灰色或青灰色。

前　言

马克·伊斯特布鲁克

在我看来，开始讲述关于灰马酒店的这件怪事有两种方法。要想做到言简意赅着实不容易，也就是说，你很难像白王[①]所说的那样，"从最初开始，一直到最后，然后就此打住"。毕竟，究竟哪儿才算得上是最初呢？

对于一个历史学家来说，确定一段特定的历史在整个历史长河中到底始于何时，向来都是难点所在。

就这件事而言，你可以从戈尔曼神父自他的住处动身去探望一个濒死的女人开始，或者从更早些时候在切尔西[②]的某个晚上说起。

鉴于本书的大部分都是由我亲自执笔，或许我应该把后者作为整个故事的开端。

[①] 英国童话作家刘易斯·卡罗尔的童话作品《爱丽丝漫游奇境记》中的人物。
[②] 以前英格兰大伦敦地区下辖的一个自治市，现在是肯辛顿－切尔西区的一部分。

第一章

马克·伊斯特布鲁克的笔述

1

我身后的那台意式浓缩咖啡机发出咝咝声,好像一条愤怒的蛇。这种响动即便称不上如魔鬼一般,里面也带着一股邪恶劲儿。我想,兴许时下我们身边充斥的各种声音中都蕴含这种意味。喷气式飞机掠过天空时发出令人恐惧的愤怒呼啸;地铁列车从隧道中缓缓驶来时伴随着充满危险的隆隆低吼;笨重的运输车辆来来往往时让你的房子恨不得连地基都跟着一起摇晃……即使如今那些小型家居用品,尽管可能会为生活带来便利,但它们所产生的噪声也依然挟带着某种令人警觉的东西。洗碗机、电冰箱、高压锅、呜呜作响的真空吸尘器——似乎无一不在告诉人们:"小心点儿,我可是个妖怪,你要是管得住我,我就任凭你调遣,不过一旦你控制不住我……"

一个危险的世界——没错,这就是个危险的世界。

我搅动着摆在我面前的杯子中的泡沫。它闻起来香气四溢。

"您还想要些什么别的?美味的香蕉培根三明治怎么样?"

这种搭配给我的感觉挺奇怪。香蕉让我想起我的童年时光——那时把它们用糖和朗姆酒腌渍之后烤着吃。而培根在我心目中则和鸡蛋紧密联系在一起。不过,既然身在切尔西,也就入乡随俗,尝尝他们的吃法吧。我同意来一份美味的香蕉培根三明治。

虽说我住在切尔西——或者应该说,过去的三个月里我在这里拥有一套带家具的公寓——但对于这个地区,在各方面我都还是个生人。我正在撰写一本与莫卧儿①建筑的某些方面相关的书,不过就这个目的而言,无论我是住在汉普斯特德,布鲁姆斯伯利,还是斯特里特姆,或者切尔西,其实都是一样的。除了写书需要的东西之外,我对身边的其他事物毫不在意,对我住所周围的邻里也漠不关心。我只活在自己的世界里。

然而在这个特别的夜晚,我遭遇了所有写书人都熟知的那种突如其来的厌恶感。

莫卧儿人的建筑,莫卧儿人的皇帝,莫卧儿人的生活方式——以及由它们引出的一切令人着迷的疑问,仿佛倏忽之间就化为了尘土。这些事究竟有什么要紧的?而我又为什么想要写它们呢?

我往回翻阅前面的书稿,重读自己所写的内容。所有这些在我看来都一样糟糕透顶——简直写得一无是处,让人完全提不起兴趣。是谁曾经说过"历史都是些胡说八道"来着(是亨利·福特吗?)——绝对让他说中了。

我嫌恶地推开自己的手稿,站起身来看了看表。眼看就晚上十一点了,我试着回想我是否已经用过了晚餐……从内心里我觉得还没有。午饭肯定吃过,就在雅典娜俱乐部。不过那也是很久

---

① 莫卧儿帝国是成吉思汗和帖木儿的后裔巴卑尔自阿富汗南下入侵印度建立的帝国,统治时间在一五二六至一八五八年间。"莫卧儿"意即"蒙古"。

以前的事情了。

我走过去打开冰箱瞧了瞧,还剩下一小块干牛舌。看着它我一点儿食欲都没有。于是我就出来游荡,走上了国王路,最后拐进了这家窗户上挂着红色霓虹灯,门面写着"路易吉"的咖啡馆。此时我正一边盯着一份香蕉培根三明治,一边思索着当今生活中种种嘈杂所蕴藏的险恶意味,以及它们对周遭产生的影响。

我想,所有这些都与我早年间对于圣诞童话剧的记忆有相通之处。戴维·琼斯[①]在层层烟雾中从他的箱子里钻出来!活板门窗里透着股地狱般的邪恶力量,仿佛在向善良的仙女黛蒙德(或者其他哪个类似名字的仙女)下战书,而仙女则一边挥舞着手中不伦不类的魔法棒,一边用平淡的声音念念有词,说着最终胜利一定属于好人之类的鼓舞人心的套话。接着总会奏起一首口水歌,实际上歌曲和童话剧的故事内容压根儿就是风马牛不相及。

我突然想到,也许邪恶总是要比善良给人留下的印象更深刻。因为它必须有所展示,必须让人大吃一惊,必须要向善良发出挑战!这是动荡向稳定发起的攻击。而我觉得最后的胜利终将属于稳定。稳定能够使好仙女黛蒙德那一套老掉牙的把戏得以长存,包括那平淡的声音,那押韵的语句,甚至也包括像"一条山间小路蜿蜒下行,通往我心爱的老沃德镇"这样毫不相干的台词。这些玩意儿看上去是那么苍白无力,但是有了它们就能战无不胜。童话剧总是会以一成不变的方式收尾,演员们按照角色的主次依序来到楼梯之上,扮演好仙女黛蒙德的演员则会充分体现出基督徒的谦逊美德,并不抢先(或者在这种情况下,走在最后)出场谢幕,而是会与此前她在剧中的死对头肩并肩一起出现

[①] 欧洲传说中的传奇人物,他的箱子代表死亡。

在队伍中间。此时的他也已经不再是刚才那个怒火三丈、咆哮不已的魔王,而只是个穿着红色紧身服的男子罢了。

咖啡机再次在我耳边嗤嗤作响。我抬手又叫了一杯,然后环顾四周。我有一个姐姐总批评我,说我不善于观察,丝毫不关心周围发生的事情。她会语带责备地说:"你就活在你自己的世界里。"于是眼下,带着一种刻意,我开始关注起我的身边。每天的报纸上都会有切尔西的咖啡馆和它们那些老主顾的消息,你无法视而不见;这便成了我的机会,可以对现代生活做出自己的评判。

这家意式咖啡馆里灯光昏暗,让人很难看清周围的情况。客人几乎是清一色的年轻人。我隐隐猜测他们应该就是所谓的"反传统一代"。姑娘们就跟如今我所见到的其他诸多女孩子一样,显得脏兮兮的,而且看上去穿得实在太多了。几个星期以前我外出和一些朋友吃饭的时候就发现了这一点。当时坐在我旁边的女孩子年纪大约二十岁,餐馆里很热,她却穿着一件黄色的羊毛套衫,一条黑色的裙子,还有黑色的呢绒长袜。整顿饭的时间里,汗水不停地从她的脸上往下淌。她身上散发着一股被汗水浸透了的羊毛味儿,再有就是脏了吧唧的头发透出的那股浓烈的馊味儿。按照我朋友的说法,这姑娘相当迷人。我可是一点儿没觉得!我对她唯一的反应就是迫切地想把她扔到澡盆里,给她一块肥皂,逼着她赶快洗个热水澡!我想,这样的反应恰好说明了我是多么落伍于时代吧。也许都是我长期旅居国外的结果。我总是会高兴地回想起印度的妇女,她们乌黑的长发漂亮地绾起,色彩纯正亮丽的纱丽以优雅的皱褶裹住身体,走起路来左右轻摆,摇曳生姿……

忽然间,一阵喧哗把我从愉快的思绪中拽了回来。我邻桌的两名年轻女子争执起来。跟她们在一起的小伙子试图进行劝解，不过丝毫不起作用。

两个人突然就开始了高声对骂。其中一个女孩打了另外那个一记耳光，后者则一把把前者从椅子里揪了起来。两人尖叫着厮打在一起，夹杂着恶语相向，像两个泼妇一般。其中一个人留着乱蓬蓬的红头发，另一个则有着一头又长又直、了无光泽的金发。

除去那些辱骂之词，我实在听不出来她们究竟是为了什么争吵。这时其他桌也响起了起哄的叫声和嘘声。

"好样儿的，卢！狠狠地揍她！"

吧台后面的老板是个留着连鬓胡子的瘦削男人，外表看着像意大利人，我心里认定他就是路易吉。他用一种纯正的伦敦东区口音发话了。

"够啦——都给我住手——快住手——你们就快把整条街的人都招来啦。非得把警察也惊动了不可。我说，别打啦。"

但是那个金发姑娘的手里依然抓着红发姑娘的头发，一边愤怒地撕扯一边破口大骂："你就是个只会偷男人的婊子！"

"你才是婊子。"

路易吉在两个尴尬的护花使者的帮助之下，强行将两个女孩拉开，金发女郎的手里还攥着一大把红色的头发。她得意地高高举起头发，然后扔在了地上。

临街的门被推开了，一名身穿蓝色制服的警官站在门口，威风凛凛地抛出他的执法词。

"这里出什么事儿了？"

转瞬间，一条共同阵线就在敌人面前建立起来了。

"只是随便玩玩儿。"其中一个小伙子说。

"没错,"路易吉接道,"不过是朋友之间的小打小闹。"

他机灵地用脚把那一把头发踢到了最近的桌子底下。两个对手则虚情假意地相视一笑。

警官满腹狐疑地看着每个人。

"我们正好要走了,"金发女郎甜甜地说,"来吧,道格。"

说来也巧,其他几个人也正准备离开。警官一脸严肃地目送他们离去。他的眼神仿佛在说:这次可以就这样睁一眼闭一眼,不过他已经盯上他们了。紧接着他也缓缓地踱了出去。

红发女郎的男伴付了账单。

"你还好吧?"路易吉对这个正在整理头巾的女孩说,"卢对你下手够狠的,居然把你的头发像那样连根拔起来了。"

"其实不疼。"女孩若无其事地冲他笑了笑,"抱歉给你惹麻烦了,路易吉。"

他们俩随即也离开了。此时此刻,店里已经空了。我伸手到口袋里摸零钱。

"她还真是随和大度啊。"路易吉看着门关上的同时,赞许地说道。他抓起扫帚,把那把红头发扫到了柜台后面。

"肯定特别疼。"我说。

"要是换成我,早就大喊大叫了。"路易吉也承认,"不过她,汤米,还真是个挺能忍的人。"

"你跟她熟吗?"

"哦,她几乎天天晚上都来这儿。她姓塔克顿,你要是想知道全名的话,她叫托马西娜·塔克顿。不过这附近的人都叫她汤米·塔克。她富得流油,老爹给她留了一大笔钱,可她都干了些什么?搬来切尔西,住在去往旺兹沃思桥半道上的一所破房子里,整天和一帮人无所事事,到处闲逛。我真搞不懂,那帮人当中一半都很有钱。他们想要什么就能有什么，愿意的话住豪华酒店都不在话下。但他们看上去就喜欢过这种日子。唉，我是真的搞不懂。"

"若是你，你不会这样？"

"嘿，我可是个理智的人！"路易吉说道，"事实上，我才刚刚赚了点儿钱。"

我起身准备要走，顺口问了问他刚才的争吵究竟是因为什么。

"哦，汤米抢了另外那个女孩的男朋友。不过相信我，他根本就不值得她们为他打架。"

"看起来另一个女孩觉得他值得。"我评论道。

"哦，卢可是个非常浪漫多情的女孩儿。"路易吉很宽容地说。

这可不是我心目中的浪漫多情，不过我没说出口。

2

差不多一个星期之后，《泰晤士报》讣闻栏里的一个名字吸引了我的注意力。

> 托马西娜·安·塔克顿，已故的萨里郡安伯利卡灵顿公园的托马斯·塔克顿先生的独女，十月二日逝于安伯利的法洛菲尔德疗养院，终年二十岁。私人葬礼，鲜花恩辞。

3

没有人会给可怜的汤米·塔克送花，她也不会再享受到切尔西生活的"刺激"。对于如今这些跟汤米·塔克情况类似的女孩子,我的心里突然泛起了一阵怜悯之情。不过归根结底,我还是要提醒自己,我怎么能知道我的观点就是正确的呢?我是什么人,如何能够断言那样的生活就是虚度光阴呢?也没准儿我这种整日沉浸于书本之中,与外部世界几乎隔绝的波澜不惊的学者生活,才真的是浪费生命呢。这是种二手的生活。扪心自问,我从这样的生活中得到什么刺激了吗?一个极其陌生的念头!当然,事实上我并不想要那种刺激。不过话说回来,也许我应该去寻求一些呢?这真是个既陌生又不太招我喜欢的想法。

我心里不再去想汤米·塔克,转而去处理我的信件。

最重要的一封信是我表姐罗达·德斯帕德写给我的,信里请求我帮她一个忙。我抓住了这个机会,因为这个早上我正好没有工作的心情,这封信给了我一个绝好的推迟工作的借口。

我出门到国王路上,叫了一辆出租车,让它载我到我的一个朋友——阿里亚德妮·奥利弗太太家去。

奥利弗太太是一位知名的侦探小说作家。她有个用人叫米莉,是个既能干又警觉的女人,负责替她的女主人挡住外界的一切烦扰。

我抬抬眉毛,询问地看着她。米莉热烈地点点头。

"马克先生,你最好直接上去。"她说,"她今天早上心情不好,也许你能帮帮她,让她打起精神来。"

我爬上两段楼梯,轻轻敲了敲房门,没等里面的回答就径直走了进去。奥利弗太太的工作室相当宽敞,墙上贴着各种珍奇鸟类在热带雨林中筑巢的壁纸。奥利弗太太本人则显然处于一种接近疯狂边缘的状态,一边在屋子里踱来踱去,一边喃喃自语。她漠不关心地瞟了我一眼,然后继续在屋子里踱着步。她目光茫然，一会儿扫过四壁，一会儿望望窗外，一会儿又会闭上眼睛，如头疼发作一般。

"但为什么，"奥利弗太太仰天发问，"为什么那个白痴没有立刻说他看见了那只凤头鹦鹉呢？为什么他不说？他不可能看不见它啊！但是假如他真说了，那一切就都完蛋了。一定有办法……一定有……"

她一面呻吟，一面把手指伸进她的灰色短发中，恼怒地紧紧抓着。然后，她突然定睛看着我，说道："嗨，马克。我要疯掉了。"紧接着就又开始抱怨起来。

"还有这个莫妮卡。我越想把她塑造得好点儿吧，她就越招人烦……蠢到家的姑娘……还挺自以为是！莫妮卡……莫妮卡？我认为是名字起得不好。南希？这个会不会好点儿？琼？叫琼的太多了。安妮也一样。苏珊？我已经有一个苏珊了。露西娅？露西娅？露西娅？我觉得我脑子里已经有露西娅的模样了。红头发，圆翻领套头衫……黑色紧身裤？至少也得是黑色长袜。"

这种兴高采烈转瞬即逝，一想起那个凤头鹦鹉的问题，奥利弗太太就又开始闷闷不乐起来，一边踱着步，一边心不在焉地把东西从桌子上拿起来，再把它们放到别的地方去。她带着几分小心地把她的眼镜盒放到一个漆盒里，那里面已经放了一把中国扇，然后她长叹一声说道："我很高兴你来了。"

"你太客气了。"

"真说不准有什么人会登门造访。不是某个想要让我开义卖会的蠢女人，就是那个来找米莉卖保险卡而米莉还死活不想要的男人，要么就是修管道的工人（不过要真是他可就谢天谢地了，对吗？）。或者也可能是什么人想做一次采访——问我一大堆让人尴尬的问题，而且每次都一样。最初是什么促使你想要开始写作的？你已经写了多少本书？你写书赚了多少钱？等等，等等。我从来都不知道该怎么回答这些问题，让我看起来就像个傻子一样。不过这些都无所谓啦，因为我想我已经快要疯了，就是为了凤头鹦鹉这点儿事。"

"是不是有些想法还不成熟？"我同情地说道，"也许我最好还是先回去。"

"不，别走。你在这儿好歹还能让我分分心。"

我接受了这句听上去有些不明不白的恭维。

"你想抽烟吗？"奥利弗太太以一种不咸不淡的殷勤口吻问道，"记得屋子里哪儿有些烟来着，去打字机的盖子那儿找找。"

"不麻烦了，我自己带着呢。给你一支。哦，对了，你不吸烟的。"

"也不喝酒，"奥利弗太太说，"我倒希望我能喝点儿。就像那些个美国侦探，总在他们的抽屉里放上些黑麦威士忌，随喝随拿。看上去这样就可以使所有问题迎刃而解。你知道的，马克，我真的想不明白，在现实生活中，一个人犯了谋杀罪怎样才能够逍遥法外。在我看来，从你杀人的那一刻起，你的罪行就昭然若揭了。"

"那可是胡说。你自己就写了好多那样的小说。"

"至少有五十五部了。"奥利弗太太说，"关于谋杀的部分写起来其实轻松简单，真正难的是怎么把罪行掩盖起来。我的意思是说，凭什么让人看起来应该是除了你之外的任何人？明摆着就是你嘛。"

"不过最后写完的时候可不是这样啊。"我说。

"是啊，随你怎么说吧。"奥利弗太太阴沉沉地说道，"但最让我绞尽脑汁的就是，让五到六个人同时出现在谋杀现场，而且每个人都具备杀人的动机,这太不合常理了——除非这个死者实在太招人讨厌,在这种情况下,没有人会在意他是否被杀掉,大家也丝毫不关心是谁干的。"

"我明白你的难题了。"我说,"不过既然你已经成功地解决了五十五次,想办法再来一次也不在话下。"

"我也是这么跟自己说的,"奥利弗太太说,"一遍一遍地告诉自己,但每一次我都没法相信,也正因如此我才无比痛苦。"

她又一次揪着自己的头发用力撕扯。

"别这样,"我叫道,"你会把头发连根拔出来的。"

"瞎扯,"奥利弗太太说,"头发结实着呢。不过我十四岁的时候出麻疹发高烧,头发还真的掉过,就在前额这片儿,太丢人了。后来用了整整六个月才重新长好。这对小姑娘来说太可怕了——女孩子们就在意这个。昨天我去疗养院探望玛丽·德拉方丹的时候想起这件事来。她也掉头发,跟我那时候一样。她说等她好点儿以后,非得弄个假发戴不可。我也觉得,等你到了六十岁,头发真不一定会再长出来了。"

"那天晚上我就看见一个女孩儿把另一个女孩儿的头发连根拔出来了。"我说道。我自己都能感觉出自己的语气中微微带着那种见过世面的得意之情。

"你上什么稀奇古怪的地方去了?"奥利弗太太问道。

"在切尔西的一家咖啡馆里看到的。"

"哦,切尔西!"奥利弗太太说道,"我相信那儿什么怪事都会有。披头族①啊，斯普特尼克②啊，还有广场上那些垮掉的一代啊。我不太写他们的事儿，因为我怕用词不当。我想还是写我自己比较熟悉的事情更稳妥。"

"比如说？"

"出门旅行的人啊，住旅馆的人啊，医院里发生的事，教区会议上讨论的事——还有作品的销售，音乐节、逛商店的姑娘们，各种委员会、家庭妇女、为了科学目的而徒步周游世界的青年男女，以及商店售货员——"

她停下来，有点儿上气不接下气。

"看起来接下去可写的题材很丰富啊。"我说。

"话虽如此，哪天你还是应该带我出去，去一趟切尔西的咖啡馆——让我开开眼界也好啊！"奥利弗太太眼巴巴地说道。

"时间由你，今晚怎么样？"

"今晚不行。我太忙了，得忙着写书，要么就是因为写不出来干着急。那真是写书过程中最烦人的一件事情——不过话说回来，每件事都很烦人——除了灵感迸发，觉得你所想到的是个绝妙的点子，并且迫不及待地要把它写出来的那一刻之外。告诉我，马克，你认为有可能通过远距离遥控来杀人吗？"

"你说的远距离遥控是指什么？按个按钮，然后发出一道致死的放射线？"

"不，不，不是说科幻小说。我想，"她迟疑了一下，"我真正想说的是巫术。"

---

① 披头族（Beatnik），上世纪五六十年代媒体中对于"垮掉的一代"（Beat Generation）的刻板印象。
② 斯普特尼克一号（Sputnik）是一九五七年十月四日前苏联发射升空的人类第一颗人造卫星，由此开启了美苏之间的太空竞赛。前文披头族（Beatnik）一词即受此卫星名字的启发得来。

"弄个蜡人,再扎上大头针?"

"哦,蜡人这一套已经过时了。"奥利弗太太轻蔑地说,"不过还是会有怪事发生——比如在非洲或者西印度群岛。人们通常会这么给你讲,那些土著人是如何就那样蜷成一团然后死掉啊,还有伏都教①或者西非土著的符咒之类的……不管怎么说,你应该能明白我的意思。"

我跟她说,很多这类事情现如今都归因于暗示的力量。巫医会向受害者传达信息,说他注定会死——剩下的事情就全都是他自己的潜意识在起作用了。

奥利弗太太对此嗤之以鼻。

"若是有人暗示说我注定要在某一刻躺倒死去,我会非常高兴地看着他们的愿望落空。"

我哈哈大笑。

"你骨子里就充满了那种西方的怀疑论精神,不容易接受暗示啊。"

"那么你觉得这种事是可能发生的了?"

"我对这个问题不太了解,所以也没法判断。你怎么会想起这些?难道你正在写的大作就是关于暗示杀人的吗?"

"不,还真不是。对我来说,写些老派的鼠药或者砒霜下毒就足够了,或者保险点儿的就用钝器。反正尽可能不用枪,用枪太复杂。不过你今天来不是为了和我探讨我的书吧?"

"老实说,不是——实际上是我表姐罗达·德斯帕德要举行一次教会的游乐会,然后——"

"别再提这个了!"奥利弗太太说,"你知道上次出什么事儿

---

① 又称巫毒教,起源于非洲西部的原始宗教,糅合了祖先崇拜、万物有灵论、通灵术等,目前也盛行于西印度群岛地区。

了吗?我安排了一场猎凶游戏,结果一上来就冒出来一具真的尸体①。我永远都忘不了那一幕!"

"这次活动没有什么猎凶游戏。需要你做的只是坐在帐篷里,在你自己的书上签名——签一本五先令。"

"呃,好吧,"奥利弗太太半信半疑地说,"那还可以。真的不需要我去主持开幕式?或者去说些傻话?再或者戴顶帽子什么的?"

我向她保证,她说的所有这些都不需要她去做。

"而且也就进行一两个小时而已,"我好言哄劝道,"结束之后还会有一场板球比赛——不对,我想不应该是在一年当中的这个时候。也许是孩子们的舞蹈。要不就是化装舞会的服装选秀——"

奥利弗太太尖叫一声打断了我的话。

"这不就结了,"她叫道,"一个板球!当然了!他从窗户里看见的……飞向半空中……这让他分了心——于是他就一点儿没提那只凤头鹦鹉!马克,你来得太好了。你实在是太棒了。"

"我没太明白——"

"也许你不明白,但我明白。"奥利弗太太说,"这事儿说来话长,我不想浪费时间去解释了。刚才我看见你真高兴,而现在我想让你做的是离开,立刻。"

"没问题,不过关于游乐会的事——"

"我会考虑的。现在别烦我。我到底把眼镜放到哪儿去了?真是的,有时候东西就是会无缘无故地消失……"

---

① 指阿加莎·克里斯蒂的另一部作品《死者的殿堂》。

第二章

1

杰拉蒂太太以她一贯的迅猛方式打开了神父宅邸的门。那架势不像是在应门，倒更像是扬扬得意地表达着自己那种"这次我可把你逮着了！"的心情。

"好啦，你想要干什么？"她语带挑衅地问道。

门口站着个其貌不扬的男孩——既不引人注目，也不容易让人记住——就跟其他很多男孩子一样。他因为感冒了而使劲吸着鼻子。

"这儿是神父家吗？"

"你是要找戈尔曼神父吗？"

"有人要找他。"男孩说。

"谁要找他？去哪儿？干什么？"

"在本索尔街二十三号。据说有个女人快死了。科平斯太太派我来的。这儿是天主教神父的家，对吧？那个女人说了，不要国教的牧师。"

杰拉蒂太太向他保证这一点没有任何问题，然后叮嘱他站在原地等，自己则退回了屋里。大约三分钟过后，一个上了年纪的高个子神父手里拿着一个小皮箱走了出来。

"我是戈尔曼神父。"他说,"你是说本索尔街?就是铁路站广场旁边的那条街,对吗?"

"是的,没错,离那儿很近。"

他们一起出发上路了,神父迈着轻快的步伐。

"你刚才是说,科平斯——太太?是姓这个吧?"

"她是那儿的房东,她把房间出租出去。是其中的一个房客想要你去。我想应该是姓戴维斯。"

"戴维斯。我有点儿纳闷儿,我不记得——"

"她是你们那个教派的,没问题。我的意思是说天主教。她说了,国教的牧师不行。"

神父点了点头。他们很快来到了本索尔街。男孩给他指了指一排高大却黯淡破败的房子中的一座。

"就是那幢。"

"你不进去吗?"

"我不住在那儿。科太太给了我一先令,就让我传个口信。"

"我明白了。你叫什么名字?"

"迈克·波特。"

"谢谢你,迈克。"

"不客气。"迈克说道,随后他嘴里吹着口哨溜开了。就算某人的生命危在旦夕,对他也没有什么影响。

二十三号的门开了,科平斯太太——一个长着一张大红脸的女人——站在门口,热情洋溢地迎接来客。

"请进,请进。我得说,她的情况很糟。本应该去医院的,而不是在这儿。我打过电话了,不过现如今老天爷才知道这些人什么时候会来。我妹夫摔断腿的时候就不得不等了六个小时。要我说,简直是丢人。这医疗服务,真够呛!拿了你的钱,可当你需要的时候,他们在哪儿?"

她一边说,一边领着神父走上了狭窄的楼梯。

"她怎么了?"

"本来就是个流感,看起来都好些了。要我说就是出去得太早。反正昨天晚上回来的时候看上去就跟快死了一样,躺在床上就起不来了,不吃东西,也不要看医生。今天早上我发现她在发高烧,都已经病到肺里面去了。"

"肺炎?"

科平斯太太此时已然气喘吁吁,发出一阵像蒸汽机般的声音,听上去像是表示赞同。她猛地推开房门,然后让到一边,让戈尔曼神父进屋,自己则站在他身后,以一种口是心非的乐观语气说道:"你要的神父大人来了,这下你很快就会好啦!"随即转身离开。

戈尔曼神父走进屋来。房间干净整齐,摆放着一些老式的维多利亚时代的家具。在靠窗的床上,一个女人无力地转过头来。神父立刻就看出她病得很严重。

"你来了……时间不多——"她只能在喘息之间挤出几个字来,"……邪恶……如此邪恶……我必须……我必须……我不能就这么死……忏悔——忏悔——我的罪过——太严重——太严重了……"她的目光游离了,然后半闭上眼睛。

她的嘴里吐出了一些不着边际的单调字眼。

戈尔曼神父来到床边。像平时一样,他以他最常用的方式开始讲话。权威之辞——宽慰之语……还有他对主的召唤,以及他的信仰。房间里恢复了平静……饱受折磨的双眼中渐渐没有了痛苦……

然后,当神父履行完自己的职责以后,气若游丝的女人又开口说话了。

"要阻止……必须阻止……你要……"

神父以令人安心的语气向她保证。

"该做的事情我会做的。你可以信任我……"

没一会儿,医生和一辆救护车就同时抵达了。科平斯太太迎接他们的时候,脸上有一种阴郁的得意之情。

"跟往常一样,太晚了!"她说,"她已经死了……"

2

戈尔曼神父伴随着渐浓的暮色踏上了归途。今晚看样子要起雾,此时雾气正迅速地浓重起来。他停步片刻,皱起了眉头。一个如此荒诞离奇、不同寻常的故事……这里面有多少内容是她在高烧、神志不清的状态下臆想出来的呢?当然,其中有些事情是真实的——但究竟有多少呢?不管怎样,重要的是应该趁着记忆还算清晰的时候,赶快把这些名字写下来。他一回去就要召集圣弗朗西斯同业公会。于是他猛然转身,走进一家小咖啡馆,点了一杯咖啡之后坐了下来。他摸了摸自己长袍的口袋。啊,这个杰拉蒂太太——他明明吩咐她把衬里补好,结果一如既往,她还是没做!此时他的笔记本、一截铅笔以及随身带的几个硬币都已经掉到夹层里面去了。他设法弄出来一两枚硬币和那支铅笔,但笔记本实在是太困难了。于是,咖啡送来的时候,他问侍者能否帮他拿张纸来。

"这个可以吗?"

那是一个撕破了的纸袋。戈尔曼神父点点头接了过来。他开始在纸上写字——写那些名字——重要的是千万不要忘记。名字的确是他容易忘记的一类事情。

咖啡馆的门开了，进来三个身穿爱德华七世时代风格服装的年轻小伙子，吵吵闹闹地落了座。

戈尔曼神父写完了他的备忘录。他把这张纸叠好，正准备随手把它放进口袋的时候，他想起了那个破洞。于是他像以前经常做的那样，把折好的纸塞进了鞋里。

一个男人静悄悄地走进咖啡馆，在远远的角落里坐了下来。戈尔曼神父出于礼貌，啜了两口寡淡无味的咖啡，随后要来账单，付了账。接着他站起身走出门外。

刚刚进来的那个男人看上去似乎改了主意。他看了看手表，仿佛是搞错了时间，然后起身匆忙离去。

大雾迅速弥漫开来。戈尔曼神父加快了脚步。他对自己的教区了如指掌。于是他拐了个弯，走上了紧挨着铁道旁的那条小街，那是条捷径。他可能已经意识到了身后的脚步声，却并没把它放在心上。他为什么要当回事儿呢？

在毫无防备的情况下，一根棍子击中了他。他身子向前一倾，仆倒在地……

3

科里根医生用口哨吹着"奥弗林神父"的曲子走进分区侦缉督察的办公室，以很随意的方式招呼着分区督察勒热纳。

"我帮你看了一眼你那个神父。"他说。

"结果怎么样？"

"专业术语我们还是留给验尸官吧。他是被棍子结结实实地打中了。第一下可能就要了他的命，可那家伙还是没停手。真够心狠手辣的。"

"是啊。"勒热纳说。

他是个健壮的男人,黑头发灰眼睛,举止看似文静,实际却带有迷惑性,因为有时候他也会做出一些出人意料的举动,从而泄露他法国胡格诺派①的血统。

他若有所思地说道:"比一般的抢劫下手要狠?"

"是抢劫?"医生问道。

"给人的感觉像是。他的口袋都被翻出来了,长袍的衬里也被撕开了。"

"他们也没法期望找到太多东西。"科里根说道,"绝大多数教区神父都穷得叮当响。"

"他们把他的脑袋打烂了——就为了置他于死地。"勒热纳沉思道,"我真想知道为什么。"

"有两种可能的答案。"科里根说,"第一,这事儿是一个心肠歹毒的年轻暴徒干的,这种人就是崇尚暴力,没什么别的原因,非常不幸的是,现如今这样的人还不少呢。"

"另一种答案呢?"

医生耸耸肩膀。

"有人对这个戈尔曼神父怀恨在心。有可能吗?"

勒热纳摇摇头。

"可能性很小。他是个招人喜欢的人,在这个教区广受爱戴。没有仇人,至少就我所知没听说有。也不像抢劫。除非——"

"除非什么?"科里根问道,"警方已经有线索了!我说得对吗?"

---

①十六至十七世纪兴起于法国而长期遭受迫害的新教教派,后其教徒大举外迁,定居于英国、瑞士等地。

"他身上确实有件东西没被拿走。其实就藏在他的鞋里。"

科里根吹了声口哨。

"听起来像间谍故事一样啊。"

勒热纳微微一笑。

"比那可简单多了。他的衣服口袋里有个破洞。派恩巡佐和他的女管家谈过话。看起来她有点儿懒。本来她应该把他的衣服补好,但她没干。她承认,有时候戈尔曼神父为了防止纸张或者信件掉到长袍的衬里里面去,会把它们用力塞到鞋子里。"

"而凶手不知道这一点?"

"凶手压根儿就没想到!更确切地说,假如他想找的就是这张纸,而不是区区那点儿零钱的话。"

"那张纸上写了什么?"

勒热纳伸手到抽屉里拿出了一张皱巴巴的薄纸。

"只是一份名单。"他说。

科里根好奇地看着这张纸。

奥默罗德

桑福德

帕金森

赫斯基思-迪布瓦

肖

哈蒙兹沃思

塔克顿

科里根?

德拉方丹?

他扬了扬眉毛。

"我看见我也上了名单!"

"这里面有哪些名字对你有特别的意义吗?"督察问道。

"一个都没有。"

"你也从来没见过戈尔曼神父?"

"从未见过。"

"那你帮不了我们什么了。"

"关于这份名单究竟是什么含义,有想法了吗?任何想法都可以。"

勒热纳没有直接回答。

"大约晚上七点钟左右,一个男孩去求见戈尔曼神父,说是有个女人快死了,想让神父去一趟。于是戈尔曼神父就跟他走了。"

"去哪儿了?你知道吧?"

"我们知道。没怎么费事就查清楚了。本索尔街二十三号。房东是一个姓科平斯的女人。生病的人是戴维斯太太。神父到那儿的时候是七点一刻,他陪她待了大约半个小时。在救护车抵达准备送她去医院之前不久,戴维斯太太就死了。"

"我明白了。"

"接下来我们得悉,戈尔曼神父去了一家叫'托尼之家'的又小又破的咖啡馆。那家店还算是个挺正经的地方,没犯过什么事儿,提供一些质量比较差的点心,客人也不多。戈尔曼神父要了一杯咖啡。然后,他摸了摸口袋,却没有找到想找的东西,于是便向店主托尼要了一张纸。这个——"他用手指指了一下,"就是那张纸。"

"然后呢?"

"托尼端来咖啡的时候,神父正在纸上写字。那之后不久他就离开了,咖啡几乎没动(这一点我不会怪他),当时他应该已经写完了名单并且塞进了鞋里。"

"那地方还有其他人吗?"

"有三个小混混模样的小伙子进来坐了一张桌子,还有个稍微上点儿年纪的男人进来坐在另一张桌子旁边,后来的这个人什么也没点就走了。"

"他是跟着神父出去的?"

"可能是。托尼没有注意他什么时候走的,也没注意他长什么样子。按他的说法,那就是个不起眼的男人。还算体面,长相普普通通,和一般人差不多。他记得大概是中等身材,穿一件深蓝色的大衣——也可能是棕色的。肤色既不黑也不白。没有理由说他跟这件案子有什么关系。这种情况下就是说不清。他还没有站出来说他在'托尼之家'看见了神父——不过现在还早。我们正在要求任何在七点四十五分到八点一刻之间见过戈尔曼神父的人和我们联系。目前为止只有两个人给出了回应:一个女人和一个在附近开了家店铺的药剂师。我现在马上就要去见见他们。神父的尸体是八点一刻在西街上被两个小男孩发现的——你知道那条街吗?实际上就是条小巷子,一边紧挨着铁道。剩下的事情你都知道了。"

科里根点点头,他轻轻敲了敲那张纸。

"你对这个有何感想?"

"我觉得这个很重要。"勒热纳说。

"难道说那个女人临死之前告诉了他一些事情,然后他趁着自己还没忘记的时候赶快把它们写在了纸上?唯一的问题是——如果那个女人在忏悔的时候要求他保密,他还会这么做吗?"

"这件事情也许并不需要保密。"勒热纳说,"比如说,假定这些名字和敲诈勒索之类的事情扯上了关系——"

"这就是你的想法,对吗?"

"我还没有什么想法。这只是一种假设。这些人都被敲诈了。那个将死的女人要么是敲诈者,要么就是知道内情。我看她大概就是想忏悔、坦白,并希望能够尽最大可能去弥补。于是戈尔曼神父便承担了这份职责。"

"然后呢?"

"其他所有事情都可以照此推测了。"勒热纳说,"假定这是个让那些人付钱的局,而某人不想让那些人停止付钱。某人恰好又得知戴维斯太太快要死了,临死之前她找了神父过去。剩下的事情就顺理成章了。"

"现在我有点儿纳闷,"科里根又看着那张纸说道,"你觉得为什么最后两个名字后面要加上问号?"

"可能是戈尔曼神父自己也不确定那两个名字他是否记对了吧。"

"也没准儿是马利根而不是科里根呢,"医生露齿一笑表示赞同,"这个还是很有可能的。不过我得说,不管你记没记清,像德拉方丹这种名字——你懂我的意思吧?奇怪的是,这上面连一个地址都没有——"他又看了一遍那份名单。

"帕金森——有好多姓帕金森的。桑福德,这也不少见——赫斯基思-迪布瓦——这个姓有点儿拗口。不会有很多人姓这个的。"

他突然心血来潮地倾身向前,一把抓过桌子上的电话号码簿。

"从E到L,我们来瞅瞅。赫斯基思,安太太……约翰家庭公司，管道工……伊西多尔先生。啊！在这儿呢！赫斯基思－迪布瓦，女士，埃尔斯米尔广场四十九号，西南一区。你说我们给她打个电话怎么样？"

"说什么？"

"车到山前必有路。"科里根医生漫不经心地说。

"那就打吧。"勒热纳说。

"你说什么？"科里根瞪着他。

"我说那就打吧，"勒热纳同样漫不经心地说道，"别一副那么吃惊的样子。"他亲自抓起了电话听筒，"给我接外线。"他看着科里根，"号码多少？"

"格罗夫纳六四五七八。"

勒热纳重复了一遍号码，然后把话筒递给了科里根。

"你随意。"他说。

等待电话接通的时候科里根看着他，带着些许困惑。电话那头声音响了很久都没人接。然后，一个夹杂着沉重呼吸声的女人声音从那边传来。

"格罗夫纳六四五七八。"

"这里是赫斯基思－迪布瓦女士家吗？"

"啊——呃，是的，我是说——"

科里根医生没有理会她的犹豫不决。

"请问我可以和她讲话吗？"

"不，你没法和她讲话了！赫斯基思－迪布瓦女士四月份就去世了。"

"啊！"科里根医生大吃一惊，甚至都没有顾上搭理电话那头"请问你是哪位"的问话，就把电话轻轻地挂上了。

他一脸冷峻地看着勒热纳。

"这就是你那么想让我打这个电话的原因？"

勒热纳不怀好意地笑着。

"我们可不会忽略这么明显的事实。"他解释道。

"四月份，"科里根沉思道，"那是五个月之前。也就是说，至少有五个月，她不用再为敲诈或者其他类似的事情担心了。她不是自杀什么的吧？"

"不是。她死于脑部肿瘤。"

"那我们重新再来。"科里根低头看着名单说道。

勒热纳叹了口气。

"我们的确不清楚这份名单和案子有什么关系，"他承认，"也有可能那只是发生在那个大雾晚上的一次普普通通的棍棒袭击案——而我们想要找到凶手的这点儿宝贵希望，恐怕都得寄托在那么一点点运气上了……"

科里根医生说："如果我继续集中精力研究这份名单，你不会介意吧？"

"尽管研究吧。我衷心祝你好运。"

"你是想说，如果你都没能弄明白，我也不太可能搞出什么名堂来，是吗？别太肯定啊。我会重点研究一下这个科里根——不管这个科里根是先生还是太太或是小姐——也包括后面那个大大的问号。"

第三章

1

"唉，说真的，勒热纳先生，我实在没有更多可以告诉你的了！之前我已经把所有事情都告诉你手下的巡佐了。我不知道这个戴维斯太太是谁，也不知道她从哪儿来。她在我这儿住了六个月，一直按期付房租，人看起来很好，品行也端正。你还想让我说更多的，我就真的不知道了。"

科平斯太太停下来喘口气，带着一丝不悦看着勒热纳。他则对她报以和蔼的一笑，透出几分郁闷。根据以往的经验，他知道这种笑容自有它的作用。

"并不是说我能帮助你而不愿意帮。"她改口道。

"谢谢你。帮助，正是我们所需要的。女人靠直觉去感受，知道的事情往往比男人多得多。"

这是一步妙棋，立竿见影。

"啊，"科平斯太太说，"我真希望科平斯能听到你说的话。他总是那么傲慢轻浮，出言不逊。他常常不屑一顾地对我说：'每次你找不到根据的时候就会说你就是知道。'结果呢，十有八九我都是对的。"

"这也是为什么我想要听听你对于戴维斯太太的看法。你觉得她——是不是有点儿闷闷不乐的？"

"关于这一点嘛——不，我不这么想。她给人的感觉总是公事公办、有条不紊，好像她的人生已经规划妥当，正在按部就班地执行似的。就我了解，她在一家消费者调查协会工作；每天四处走访，调查人们用哪种肥皂粉啊，哪种面粉啊，还有每周的消费预算都花在什么地方，怎么分配之类的问题。当然，我觉得这种工作其实就是在打探别人的私生活——但是政府或者某些人为什么想要知道这些，我就不懂了！而最终你能听到的调查结果也只是那些长久以来尽人皆知的事情——不过眼下似乎就兴这一套。如果你必须知道的话，我可以告诉你，可怜的戴维斯太太把活儿干得相当不错。她态度随和，不爱打听闲事，只是公事公办，就事论事而已。"

"你不知道雇佣她的那家公司或者协会的具体名字吧？"

"不，我恐怕不知道。"

"她曾经提起过她的亲戚吗？"

"没有。据我所知她是个寡妇，很多年前她丈夫就死了。死之前可能就是个病秧子，不过她从不多谈跟她丈夫有关的事。"

"她也没有提过她从哪里——从哪个地区来的？"

"我觉得她不是伦敦人。要我猜，她可能是从北边的什么地方过来的。"

"你不觉得她身上——呃，有什么神秘之处吗？"

勒热纳问这句话的时候自己也有些拿不准。如果科平斯太太是个容易接受暗示的人的话——不过，她并没有好好抓住摆在面前的这次机会。

"嗯，我真没觉得。从她所说的话里你不可能觉出什么来。唯一可能让我感到蹊跷的事就是她的手提箱。箱子的质量上乘，不过不是新的。上面的姓名首字母是被涂改过的。J.D.——杰西·戴维斯。但最初J.后面应该是其他字母,我猜是H,不过也有可能是A,反正我当时也没太多想。毕竟你可能经常会碰到相当便宜而质量又好的二手皮箱,改个首字母也是很自然的事情。她没有太多的东西——就只有那一个箱子。"

勒热纳知道这一点。这个死去的女人,个人物品少得出奇;没有保留任何信件,没有照片;很显然她也没有保险卡,没有银行存折,没有支票簿。她的衣服都是日常款式,质量不错,几乎是全新的。

"她看上去很快乐?"他问道。

"我觉得是。"

他一下子捕捉到了她声音中的那一丝不确定。

"你仅仅'觉得'是?"

"呃,这也不是我通常会考虑的那类事情,对吗?我应该说她人很不错,有一份好工作,对自己的生活也相当满意。她不是那种喜形于色的人。不过当然啦,当她病倒的时候——"

"哦,她病倒的时候怎么样了?"他催促她往下说。

"起先她很烦恼,我是指她刚得上流感的时候。她说这一病就把她的全部计划都打乱了,会错过各种约会之类的事情。不过流感就是流感,得上了你就不能不当回事儿。于是她就卧床了,用煤气炉给自己烧水沏茶,吃阿司匹林。我问她为什么不找个医生看看,她说用不着,得了流感只需要卧床休息,注意保暖,别的什么也不用做,还叮嘱我别离她太近,免得被传染上。她稍微好点儿的时候,我做了些东西给她吃。有热汤,有烤面包,有时还做些米布丁。当然了,这次流感真把她弄惨了——不过要我说,也不比通常情况更严重。人常常在退烧之后变得萎靡不振——她也跟其他人没什么两样。我记得她就坐在那儿,借着煤气炉取暖,然后对我说:'我真希望人没有那么多时间去想问题。我就不喜欢给我时间让我费脑筋,那让我觉得心情沮丧。'"

勒热纳继续做出聚精会神的样子,科平斯太太则越说越起劲。

"我呢,还借给她一些杂志。不过她似乎也没办法专心阅读。我记得有一次她说:'如果有些事情和你原本认为的不一样,那么不知道实情可能会更好一点,你同意吗?'我说:'你说得没错,亲爱的。'然后她又说:'我不知道——我从来都不能真正确定。'我跟她说那也没什么关系。她说:'我所做的每件事一直都是堂堂正正,光明磊落。所以我也没有什么可自责的。'我说:'你当然不用自责了,亲爱的。'不过我心里还真是有些纳闷,是不是雇用她的那家公司在账目上有什么猫腻,而她对此有所耳闻——只是又觉得这些的确不关她的事。"

"有可能。"勒热纳表示赞同。

"反正她又好起来了——或者说差不多好起来了,并且重新回去工作。我告诉她这样有点儿太早了,劝她再休息个一两天。你看,被我说中了吧!第二天晚上她一回来,我一下子就看出她正发着高烧,几乎都爬不上那段楼梯。我说你必须找个医生看看,但她就是不肯。结果她的情况越来越糟糕,一整天都眼神呆滞,双颊就跟着了火一样,呼吸的样子也很吓人。又过了一天,晚上她气息奄奄地对我说:'神父,我必须找个神父。要快……不然就来不及了。'不过她想找的不是我们国教的牧师,非得是天主教神父不可。我从来都不知道她是个天主教徒,她屋里也从来没见过十字架之类的东西。"

不过确实有一个十字架,就藏在手提箱的底部。勒热纳并没有提起此事，只是静坐聆听。

"我在街上看见了小迈克，就派他去请圣多米尼克的戈尔曼神父来。然后我给医生和医院都打了电话，就算是为了我自己，也不能就这么袖手旁观啊。"

"神父来了以后，你就带他上去见她了？"

"是的，我带他上去的，然后留下他们俩在一起。"

"他们俩说什么了吗？"

"这个嘛，我也记不太清了。我自己也说了句话，告诉她神父来了，她会好起来的，那是为了让她打起精神来。不过我现在倒是想起来，就在我关上门的时候，我听见她说了句什么关于邪恶的话。没错——而且好像还说了些关于马，或者赛马之类的事情。我自己偶尔也喜欢小赌一把——不过他们都说赛马这里面水挺深的。"

"邪恶。"勒热纳说道。他被这个字眼触动了。

"天主教徒在临终之前都必须坦白他们的罪孽，对吗？所以我猜那是一种忏悔。"

勒热纳并不怀疑事实正是如此，只是她所用的这个词激发了他的想象力。邪恶……

他想，如果得知了这件事情的神父被人跟踪并且用棍子打死，那么这个"邪恶"里面就有名堂了……

2

从这幢房子的其他三位房客那里没能问出什么来。其中的两个人，一个银行职员和一个在鞋店工作的老者，都已经在此居住多年了。第三个房客是个二十二岁的女孩，才刚搬来不久，在附近的百货公司上班。这三个人和戴维斯太太只是点头之交罢了。

那名报告称当天晚上在街上看见戈尔曼神父的女人也没能提供任何有用的信息。她是个天主教徒,曾经去过圣多米尼克,因此认得戈尔曼神父。在差十分钟八点的时候,她看见神父走出本索尔街,然后进了"托尼之家",仅此而已。

而巴顿街转角处药店的店主奥斯本先生提供的线索就有用多了。

他是个个子不高、秃顶的中年男子,长着一张朴实天真的圆脸盘,戴着一副眼镜。

"晚上好,总督察。到后面来,好吗?"他抬起老式柜台的翻板。勒热纳走到柜台后面,先经过了一个配药间,里面有个身穿白色工作服的年轻人,正在摆弄瓶瓶罐罐的药。他动作敏捷,犹如专业魔术师一般;然后经过一道拱门进入一间斗室,室内有两把轻便椅、一张桌子和一个写字台。奥斯本先生神秘兮兮地拉下了身后拱门上的门帘,在其中一把椅子上坐下,示意勒热纳坐另一把。他俯身向前,眼中闪烁着令人愉悦的兴奋之情。

"真是碰巧,我或许能够帮上你的忙。那天晚上正好不太忙——没太多的事情可做,天公也不作美。我雇的一个年轻姑娘站在柜台后面。我们星期四通常都要营业到八点。那时候雾渐渐起来了,没有什么人在外面走动。我走到门口看看天气,心想这雾下得还真快,跟天气预报说得一模一样。我在门口站了一会儿——屋里没有什么事情是那个小姑娘应付不了的——无非是些面霜和浴盐之类的。然后我就看见戈尔曼神父从街对面一路走来。当然啦,我对他的样子很熟悉。这起杀人案真是让人震惊,被害者居然是像他那么好的一个人。'那不是戈尔曼神父吗?'我心里说。他正在往西街的方向走,你知道,就是左手边下一个拐弯的地方，还没到铁道那里。他身后不远的地方有另一个人。本来这并不会引起我的注意，也不会让我多想什么，但突然间后面这个人停下来了——相当出乎意料，当时他正好走到和我的店门相对的地方。我正奇怪他为什么停下来——然后我就注意到，在他前面不远处的戈尔曼神父也放慢了脚步。他倒是没停下来，不过看起来似乎在想什么事情出了神，都忘了他正在走路呢。接着他又开始走起来，另一个人也开始走起来，而且相当快。我想——这完全是我自己的想法啊——也许那是个认识戈尔曼神父的人想要追上他，跟他说句话呢。"

"但事实上，他也可能就是在跟踪他？"

"现在我敢确定就是那么回事——而不是我当时想的那样。随着雾气越来越浓，我几乎是立刻就看不见他们两个人了。"

"你能描述一下这个人的样子吗？"

勒热纳的语气听起来也没抱什么信心。他已经做好了准备，估计和往常一样，他会听到一些没什么特征的描述。然而跟"托尼之家"的托尼相比，奥斯本先生可真是截然不同。

"啊，没问题，我想可以，"他有些沾沾自喜地说道，"他的个头很高——"

"很高？有多高？"

"嗯——我敢说，至少有五英尺十一英寸到六英尺的样子。不过也可能因为他很瘦，所以看起来显得比实际要高。有点儿溜肩膀，喉结特别明显。小礼帽下面的头发有点儿长。鹰钩鼻子，非常引人注目。当然了，我说不准他眼睛的颜色。你知道，我只看到了他侧面的轮廓。年纪大概在五十岁上下。我是根据他走路的姿态来判断的，年轻人走路的样子可大不一样。"

勒热纳在心里估算了一下这里到街对面的距离，然后讶异地看着奥斯本先生。他感到无比吃惊……

这位药剂师给出的描述，无外乎两种可能。它可能是出自非比寻常的丰富想象力——这种例子他知道很多，其中绝大多数是女人。她们会根据自己心目中所认为的凶手形象构建出一幅异想天开的肖像。然而这种异想天开的肖像总会包含些一听便知的似是而非的细节——比如滴溜乱转的眼睛，又粗又浓的眉毛，猿人一样的下巴以及狂暴不已的咆哮等等。而奥斯本先生的描述听上去就是个有血有肉的人。如果是这样的话，他可能就遇上了一个万里挑一的目击证人——一个明察秋毫，并且对于所见之事言之凿凿的人。

勒热纳再次斟酌了一下由店门到街对面的距离，同时沉思地盯着药剂师。

他开口问道："如果再见到他，你觉得你能认出他来吗？"

"哦，没问题，"奥斯本先生自信满满地说，"我从来不会忘记面孔。这是我的一项嗜好。我总说，要是哪个杀老婆的凶手来我店里买上一小瓶包装精致的砒霜，那么在审判的时候我一定可以指认他。我也总是希望类似的事情某一天真的会发生。"

"但是至今为止还没有发生过？"

奥斯本先生遗憾地承认，的确还没有过。

"而且现在看来也不太可能了。"他语带伤感地补充道，"我正在转让这家店铺。价钱相当不错，然后我就退休，搬到伯恩茅斯去。"

"你这儿看起来真是个好地方。"

"这儿可是一流的。"奥斯本先生说道，声音里充满自豪，"我们在这块地方开业已经有将近一百年了，在我之前是我祖父和我父亲。这是一份很好的老牌家族产业。不过我小时候可不这么想。那时候我觉得这里十分古板乏味。跟其他很多小伙子一样，想到舞台我心里就痒痒，觉得自己肯定能演戏。我父亲并没有试图阻止我。'孩子，试试看你能搞出什么名堂来吧。'他说，'你会发现你可不是亨利·欧文爵士①。'真让他说中了！我父亲是个特别睿智的人。我在轮演剧团里待了差不多一年半，最后还是回来经营这份产业了。我对这份产业真的很自豪。我们总是会保留一些货真价实的好东西。也许不那么时髦，但质量绝对没得说。只是现如今——"他难过地摇摇头，"实在是让我们这些药剂师失望至极。全是些卫生间的用品，你还不得不卖这些。一半的利润都得靠这些垃圾。粉饼、口红、面霜，还有洗发液和一些花里胡哨的盥洗包。我自己不碰这些玩意儿，而是雇了个年轻的姑娘站在柜台后面专门干这个。哦不，以前开药店可跟现在不一样。不过我存下了不少积蓄，这家店也卖了个好价钱，而且我已经在伯恩茅斯附近付了定金，买下一幢十分漂亮的小平房了。"

他又接着说道："趁着还能享受生活的时候退休，这是我的信条。我有一大堆爱好。比如说我喜欢蝴蝶，有时候也喜欢观察鸟类；还有园艺——有很多这方面的书教人怎么开始打理花园；再有就是旅游。我也许会参加一次周游——趁着还不晚，去看看没去过的地方。"

勒热纳站起身来。

"好，我祝你心想事成。"他说，"在你真正离开这里之前，假如你看见了那个人——"

"我会立即通知你的，勒热纳先生。那是自然的事情。你尽

---

①亨利·欧文爵士（Sir Henry Irving, 1838—1905），英国维多利亚时代著名戏剧演员和导演，以扮演哈姆雷特、奥赛罗、麦克白等莎士比亚剧作角色著称。

管相信我吧。这对我是一种荣幸。如我所言,我很善于记住面孔。我会特别留意的。就像常言说的,时时提防不放松。没问题,你可以信赖我。这是我的荣幸。"

第四章

马克·伊斯特布鲁克的笔述

1

我走出老维多利亚剧院，我的朋友赫米娅·雷德克里夫跟在我身边。我们刚刚看完一场话剧《麦克白》。外面雨下得很大。我们穿过街道向我停车的地方跑去的时候，赫米娅颇为不公地发表评论说，不管什么时候，只要一去老维多利亚剧院，准会赶上下雨。

"这真是没办法的事情。"

我不赞同这个看法。我说她和日暮正相反，只记得下雨的日子。

"哎，在格林德伯恩的时候，"我踩下离合器时，赫米娅继续说道，"我的运气就总是很好。除了完美，我想不出还有什么词可以用来形容：那音乐——那华丽的花境①——特别是那个白色的花境。"

我们讨论了一会儿格林德伯恩和那儿的音乐，然后赫米娅说

---

① 指模拟自然界中林地边缘地带多种野生花卉交错生长状态，运用艺术手法设计的一种花卉应用形式，在英国比较流行。

道:"我们这不是要去多佛吃早饭吧?"

"多佛?你这个想法真奇怪。我还觉得我们该去'梵特溪'呢。看完那么血腥阴暗的《麦克白》,我觉得怎么也需要来一顿真正的美酒佳肴啊,莎士比亚总是搞得我饥肠辘辘。"

"没错。瓦格纳也一样。考文特花园[①]幕间休息时的熏鲑鱼三明治,从来都不足以帮我挨过那种前胸贴后背的痛苦感觉。至于为什么提起多佛,那是因为你现在正往那个方向开呢。"

"我不得不绕一下。"我解释道。

"可你绕得也太远了,都已经开到老肯特路——要么就是新肯特路——上来了。"

我瞧瞧四周,然后不得不承认,和通常一样,赫米娅说得一点儿都没错。

"我在这儿总是犯迷糊。"我抱歉地说道。

"这里的确容易让人糊涂,"赫米娅表示赞同,"都是在滑铁卢站周围绕来绕去。"

最终我们还是成功地开过了威斯敏斯特大桥,然后我们继续之前的话题,讨论起刚刚看过的《麦克白》的演出场景。我的朋友赫米娅·雷德克里夫是个二十八岁的姑娘,清秀端庄,英气十足。她有着一张几乎没有瑕疵的希腊人式的脸庞,一头深栗色的秀发盘在颈后。我姐姐一提起她,就总是冠以"马克的女朋友"的称号,可她说这个词的语气又总是带着引号的,每次都会惹恼我。

"梵特溪"给予我们的接待令人愉快,我们被安排在紧挨着深红色天鹅绒墙壁的一张小桌边。要说"梵特溪"的好口碑也是

[①] 英国皇家歌剧院所在地。

当之无愧的，客人很多，桌子之间离得很近。我们刚一落座，邻桌的客人就兴高采烈地和我们打招呼。大卫·阿丁利是牛津大学的历史学讲师，他给我们引见了他的同伴。那是个很漂亮的女孩，梳着时髦的发型，给人的感觉就像是零零散散的头发从她的头顶上以各种匪夷所思的角度冒出来似的。说来也怪，这发型还挺适合她。她有一双大大的蓝眼睛和一张总是半张半闭的嘴。跟大卫所有为人所知的女朋友一样，她也愚蠢透顶。大卫本身是个极其聪明的年轻人，却只会和那些傻乎乎的女孩在一起找乐子。

"这是我的心肝小宝贝，波比。"他解释道，"这是马克和赫米娅。他们可都是很严肃很高雅的人，你必须努力才能达到他们那个境界。我们刚看完《都为找刺激》。演得相当好！我打赌你们俩是看完莎士比亚或者易卜生的老戏重排之后直接过来的吧。"

"我们在老维多利亚剧院看的《麦克白》。"赫米娅说。

"啊，那你怎么看巴特森排演的这一版？"

"我喜欢这出戏，"赫米娅说道，"舞台的布光很有意思。而且我也从来没看到过处理得那么好的宴会场景。"

"哦，不过女巫们怎么样？"

"糟透了！"赫米娅说，"她们总是那么差劲。"她补充道。

大卫表示同意。

"看样子戏里面肯定是偷偷掺了一些童话剧的元素。"他说，"三个女巫都那样蹦蹦跳跳的，就像三个女魔头，让人情不自禁地盼着出现一个穿着浑身闪闪发亮白衣服的好心仙女，然后平平淡淡地说：

你们的邪恶无法得胜。到最终，
还是麦克白本人会发疯。

我们都哈哈大笑起来，但向来精明的大卫却以锐利的目光扫了我一眼。

"你想到什么了？"他问道。

"也没什么。只是就在几天前我还在想童话剧里的邪恶势力啊，魔王啊之类的。当然啦，也想到了善良的仙女。"

"怎么就想起这个来了？"

"哦，那是在切尔西的一家咖啡馆里。"

"马克，你可够追新潮赶时髦的，不是吗？全都是和切尔西那个圈子的人打交道啊。在那地方，净是身穿紧身衣的富家女嫁给游手好闲又追名逐利的公子哥儿。波比就该到那种地方去，对不对，亲爱的？"

波比那双大眼睛睁得更大了。

"我讨厌切尔西，"她申辩道，"我还是更喜欢梵特溪，这里比那边太多了，有如此美味的饭菜。"

"这是为你好，波比。不过话说回来，对切尔西那个圈子而言，你还算不上是真正有钱。马克，再多给我们讲讲《麦克白》，还有那些糟糕透顶的女巫。你知不知道如果让我来排演的话，会怎么安排那几个女巫？"

大卫过去是牛津大学戏剧社的杰出成员。

"好吧，你怎么处理她们？"

"我会让她们看起来稀松平常。只是几个带着点儿狡猾的不起眼的老太太，就像村子里的巫婆似的。"

"可是这年月哪儿还有什么巫婆啊？"波比瞪着他说道。

"你这么说是因为你是个伦敦妞儿。在英格兰乡下的每个村子里都还能找着巫婆呢。好比说，住在山上第三幢小房子里的布莱克老太太。小孩儿们都被叮嘱过不要惹她生气，偶尔还得给她送点儿鸡蛋或者自家烤的蛋糕作为礼物。因为呢，"他装模作样地一边摇晃着一根手指头一边说道，"如果你冒犯了她，你家的牛就挤不出奶来了，土豆也会颗粒无收，没准儿小约翰尼还会崴了脚。你必须跟布莱克老太太搞好关系，别得罪了她。没人会明说——但大家都知道！"

"你开玩笑吧。"波比噘着嘴说道。

"没有，我可没开玩笑。我说得对不对，马克？"

"随着教育的普及，所有像这类的迷信确实已经完全销声匿迹了啊。"赫米娅用怀疑的口吻说道。

"在乡下可不是这么回事儿。你觉得呢，马克？"

"我想也许你说得对，"我慢吞吞地说道，"不过我也并非真正了解。我从来没在乡下待过多久。"

"我真想不明白你怎么能够把女巫塑造成普通老太太的形象，"赫米娅重拾了大卫前面谈起的话题，"她们周身应该散发着超自然的气氛啊。"

"哦，可你一想便知，"大卫说道，"那就有点儿像精神错乱了。如果你看见有个人疯疯癫癫的，在那里胡言乱语，走路晃晃悠悠，脑袋上还插着稻草，那根本就没什么可怕的！但我记得有一次他们派我去给一个精神病院的医生送口信，我被带进一间屋子里等着的时候，屋里有一个看上去很亲切的老太太在那儿喝牛奶。她先说了几句谈论天气的套话，然后突然就俯身过来，压低了嗓门问道：'壁炉后面埋着的那个是你家可怜的孩子吗？'接着她又点点头说，'十二点十分，每天都是在这个时间，分秒不

差。你要假装没注意那摊血。'①

"她说这些话时那种面不改色的样子实在是让人毛骨悚然。"

"那壁炉后面是不是真的埋着什么人?"波比想要知道答案。

大卫没理睬她,继续说道:"再说说那些灵媒吧。一瞬间就出神了,在黑咕隆咚的房间里敲敲打打。完事之后坐起身来,拍拍脑袋回家吃饭,又是鱼又是薯条的,就是个高高兴兴的平常妇女嘛。"

"所以你心目中的女巫,"我说,"应该是三个有着预知力和先见之明的苏格兰干巴老太婆——暗地里偷偷作法,围着一口大锅低声念着咒语,召唤着鬼魂,只是样子看起来就是三个普普通通的老太太。啊——那肯定让人印象深刻。"

"假如你能找到任何演员按照这个路子演的话。"赫米娅一本正经地说。

"让你说中了,"大卫承认,"剧本里哪怕有一星半点儿带着疯狂意味的影子,演员都会立刻下定决心就照着这个来!连猝死的场景也一样。没有哪个演员仅仅满足于安安静静地倒下然后死去。他肯定得先呻吟一番,脚步蹒跚,然后翻着白眼儿,嘴里喘着气,按着心窝,抱着脑袋,非得演个满堂彩出来不可。说到表演,你觉得菲尔丁演的麦克白怎么样?评论家们可是褒贬不一啊。"

"我认为精彩绝伦。"赫米娅说道,"在梦游之后和医生演对手戏的那一幕里,他的一句'你就不能服侍一个有病的人吗'让我恍然大悟——他真的是在命令医生杀了她啊。然而他是爱着妻子的。他把那种挣扎在怕与爱之间的感觉表现得淋漓尽致。还有

---

① 该情节也出现在阿加莎·克里斯蒂的另一部作品《熙阳岭的疑云》中,不过时间为十一点十分。

那句'从此以后你就会死去'真是我听过最令人心酸的话了。"

"莎士比亚本人若是看到他的剧本如今是这么个演法,也许会有点儿吃惊。"我不动声色地说。

"我怀疑伯比奇的公司已经快让莎士比亚原著的灵魂消失得无影无踪了。"大卫说道。

赫米娅喃喃自语道:"话剧制作人对作品的诠释永远都会出乎作者意料的。"

"难道莎士比亚的剧本真的不是一个叫培根的人写的吗?"波比问道。

"那种说法现在早就过时啦!"大卫亲切地说,"关于培根你都知道些什么?"

"他发明了火药。"波比得意地说道。

"你们知道我为什么喜欢这姑娘?"他说,"她知道的东西总是那么让人意想不到。亲爱的,我指的是弗朗西斯,不是罗杰[①]。"

"我觉得由菲尔丁扮演第三个凶手挺有意思的。"赫米娅说,"以前有过这样的先例吗?"

"我相信有,"大卫说,"在那个时候想做这种事肯定方便得很。"他继续说道,"你想干掉谁,随时都能找到一个人替你代劳。要是到了今天还能这么干就有的瞧了。"

"现在还有啊,"赫米娅反驳道,"地痞流氓,江洋大盗——别管怎么叫吧。在芝加哥或者诸如此类的地方就有。"

"啊,"大卫说道,"但我指的不是那些黑社会,也不是那些

[①] 弗朗西斯·培根 (1561—1626),英国文艺复兴时期最重要的散文家、哲学家、科学家,有谣言称他是莎士比亚的代笔人;罗杰·培根,(约 1214—1293),英国具有唯物主义倾向的哲学家和自然科学家,炼金术士,是实验科学的前驱。

敲诈勒索的骗子，或者强盗之类的。我只是说平平常常的普通人如果想要干掉谁的话——生意上的对手啊，特别有钱又很不幸长命百岁的艾米丽姑妈啊，碍手碍脚又不可理喻的丈夫啊。你要是能给哈罗斯百货公司打个电话说一声'请给我派两个优秀的杀手来好不好'，该有多方便啊。"

这番话让大家忍俊不禁。

"不过这真的可以办到，不是吗？"波比说。

我们都扭过脸看着她。

"怎么办到，小乖乖？"大卫问道。

"呃，我是说，人们如果想要就能办到……如你所说，就是像我们这样的人。只是我认为要价会很高的。"

波比的眼睛睁得大大的，双唇微启，一副天真无邪的样子。

"你这话究竟是什么意思？"大卫好奇地问。

波比看上去有些困惑。

"哦，也许是我把事情搞混了吧。我指的是'灰马'，或者那类的事儿吧。"

"一匹灰马？什么样的灰马？"

波比的脸上一阵发红，眼帘也低垂下来。

"我又犯傻了。这只是我听别人提起过的——不过我肯定是搞错了。"

"来吃点儿好吃的内斯尔罗德甜点吧。"大卫体贴地说道。

2

我们都知道，生活中最怪异的事情之一就是你刚刚听人提起过一件事，结果在二十四小时之内你几乎总是能够再碰上一回。

第二天早上的我就是个活生生的例子。

我的电话铃响了,我接起来——

"弗拉克斯曼七三八四一。"

电话那头传来一阵喘息声。接着一个气喘吁吁却又桀骜不驯的声音响起来:"我已经考虑过了,我会去的!"

我在脑子里飞速地搜索着。

"太棒了,"我答应着,尽量拖延时间,"呃——你是不是——"

"再怎么说,"那个声音又说道,"闪电也不会击中同一个地方两次的。"

"你确定你没打错电话吗?"

"我当然确定。你是马克·伊斯特布鲁克,对不对?"

"我知道了!"我说,"你是奥利弗太太。"

"哦?"那个声音很惊讶地说,"难道你刚才不知道是谁?我可根本没想到。是关于罗达的游乐会的事情。如果她想让我去,我就去那儿给我的书签名。"

"你可实在是太好了。当然了,他们会把一切都给你安排好的。"

"不会有派对吧?"奥利弗太太不无担忧地问。

"你知道那种状况,"她继续说道,"人们会走上前来问我此时此刻在写些什么——这时候你就会想,他们明明能看出来我压根儿就没在写东西,而在喝我的姜汁汽水或者番茄汁呢。他们还会说他们喜欢看我的书——当然啦,这样的话挺让人愉快的,不过我从来都不知道如何回应。如果你说'我非常高兴',那听起来就像是在说'幸会幸会'一样,都是些套话。没错,就是这样。你觉得他们不会想要叫上我出去到'飞马'①喝上一杯吧?"

"飞马?"

"啊,是'灰马'。我是指那些酒馆。我实在是不喜欢去酒馆,也只能在万不得已的情况下才喝点儿啤酒,即便那样也会搞得我肚子里叽里咕噜的。"

"你刚刚说的'灰马'是什么意思?"

"那儿有家酒馆就叫这个名字,对吧?或者也许就是我说的'飞马'?或者是其他的什么地方?也可能只是我的想象而已。我确实会凭空想出好多事情来。"

"凤头鹦鹉的事情进展得怎么样啦?"我问道。

"凤头鹦鹉?"奥利弗太太听起来一头雾水。

"还有那个板球呢?"

"真是的,"奥利弗太太语带威严地说道,"我觉得你肯定是脑子糊涂了,要不就是昨天喝多了或者怎么的。净说些什么矮马,凤头鹦鹉,板球之类的。"

她挂断了电话。

我脑中还在回想着第二次听人提到"灰马"的事情,这时候电话铃又响了。

这次是索姆斯·怀特先生打来的,他是一位著名律师。他打来电话是要提醒我,依照我的教母赫斯基思-迪布瓦女士的遗嘱,我被准许从她的藏画中挑选三幅。

"当然啦,也不是什么特别贵重的东西。"索姆斯·怀特先生用他那种失败主义者的忧郁腔调说道,"不过就我所知,你在某个时候曾经对死者的一些藏画表达过赞美之情。"

---

①注:原文为 Pink Horse,与 Pale Horse 发音相近,译文采用与"灰马"发音相近的"飞马"代替字面意思"粉马",此处应为虚构。

"她有一些非常迷人的印度风景水彩画。"我说,"我相信你肯定写信跟我说过这件事,不过恐怕被我抛在脑后了。"

"准是这么回事。"索姆斯·怀特先生说,"只是现在遗嘱的认证已经获得了批准,而我作为遗嘱执行人之一,正在安排出售她在伦敦住宅里的个人财产。如果你能在近期来一趟埃尔斯米尔广场的话……"

"我现在就去。"我说。

看起来这真的是个不宜工作的早晨。

3

我腋下夹着自己选中的三幅水彩画,刚从埃尔斯米尔广场四十九号的前门走出来,就跟一个站在台阶上的人撞了个满怀。我道了歉,对方也回以歉意。就在我准备伸手招呼一辆驶过的出租车的时候,心里忽然之间想起了什么,我猛然转回身问道:"嗨——你是科里根吗?"

"是啊——呃——没错——你是马克·伊斯特布鲁克!"

吉姆·科里根和我在牛津大学读书的时候就是朋友,只是从我们俩上次见面至今,少说也有十五年的时间了。

"我就觉得我认识你——但一时又对不上号。"科里根说,"我时不时会读到你写的文章——我很喜欢。"

"你怎么样?是不是在做着你一直想要从事的研究工作?"

科里根叹了口气。

"没有啊。这工作花费太高——我是说如果你想要自己单干的话。除非你能找到一个言听计从的百万富翁,或者找一个不会指手画脚的信托基金。"

"肝吸虫，对不对？"

"你记性也太好了吧！不过如今我已经不研究肝吸虫了。现在我感兴趣的是柑橘状腺体①分泌物的特性。你大概都没听说过吧！是和脾脏相连的。表面上看一点儿作用都没有。"

他说话的时候带着一种科学家的热忱。

"那么，关于这个你有什么高见呢？"

"嗯，"科里根的话听上去像在为自己辩解，"我的理论是，它可能会影响人的行为。说得粗浅些吧，它们的作用可能就跟你汽车里的刹车液差不多。没有刹车液，刹车就会失灵。就人类而言，缺乏这种分泌物可能就会——我只是说可能——使你成为一个罪犯。"

我吹了声口哨。

"那么原罪如何解释？"

"是啊，怎么解释呢？"科里根医生说，"教区的牧师估计不会喜欢这种说法，是吧？说来不幸，我还没能吸引任何人对我的理论感兴趣呢。因此我现在在做法医，就在西北分区。相当有趣。你能看到各种各样的罪犯。不过我不想用这些工作上的事儿烦你了——除非你愿意来和我共进午餐？"

"我很乐意。但你刚才不是正要进去吗？"我冲着科里根身后的房子点点头。

"也不是真有什么要紧事。"科里根说，"我只是个不请自来的不速之客。"

"那里面除了一个管理员之外没别人了。"

"我想也是。不过我只是希望如果可能的话，打听出一些已

---

①此处应为虚构。

49

故的赫斯基思-迪布瓦女士的消息。"

"我敢说我能告诉你的比那个管理员要多。她是我的教母。"

"真的?那我运气太好了。我们去哪儿填饱肚子?在朗兹广场旁边有个小饭馆——不是很豪华,不过他们有一种特别的海鲜汤不错。"

我们在那家小餐馆落了座——一个面色苍白、穿着法国水手裤的小伙子给我们端来一大锅热气腾腾的汤。

"美味啊。"我尝了一口汤,说道,"那么,科里根,关于那个老太太你想知道些什么?顺便问一句,为什么?"

"关于为什么可就一言难尽了。"我的朋友说道,"你先告诉我,她是个什么样的老太太?"

我想了想。

"她是个很古板守旧的人,"我说,"维多利亚时代的。她是某个无名小岛上已故总督的遗孀。很有钱,喜欢过她那种舒适的生活。每到冬天就出国去埃什托里尔之类的地方休养。她的房子难看至极,里面满是维多利亚时期的家具,和最糟糕也最华丽的维多利亚银器。她没有孩子,养了两只相当乖巧的贵宾犬,让她爱不释手。她固执己见,是个坚定的保守党党员,心地善良,就是有些独断专行。积习难改啊。你还想知道什么?"

"我也不太确定,"科里根说道,"就你所知,她像是曾经受到过敲诈勒索吗?"

"敲诈勒索?"我大惊失色地问道,"我想象不出还有比这更不可思议的事情了。这一切到底是怎么回事?"

也就在那时,我第一次听说了戈尔曼神父遇害的前前后后。

我放下汤匙,问道:"有一份名单?你手里有吗?"

"我没有原件,不过我抄了一份,在这儿。"

我接过他从口袋里掏出来的那张纸，开始研读起来。

"帕金森？我认识两个姓帕金森的。一个叫亚瑟的，当了海军，另一个亨利·帕金森在某个政府部门工作。奥默罗德——有个当警察的奥默罗德少校——桑福德——我小的时候我们家的老雷克托就姓桑福德。哈蒙兹沃思？不认识——塔克顿——"我迟疑了一下，"塔克顿……我猜，不会是托马西娜·塔克顿吧？"

科里根好奇地看着我。

"就我所知，有可能是吧。她是谁，干什么的？"

"她现在什么也干不了了。大概一周前她的讣告就登在报纸上。"

"这样的话也没有太大帮助了。"

我继续念那份名单。"肖。我认识一个牙医姓肖，还有一个杰罗姆·肖，王室法律顾问……德拉方丹——我最近刚刚听到过这个姓，不过想不起来是在哪儿了。科里根，这个有没有可能指的是你？"

"我真心希望不是。我有种感觉，上了这份名单的都没好事儿。"

"也许吧。你怎么会想到这和敲诈勒索有关呢？"

"如果我没记错的话，这是侦缉督察勒热纳的想法。这种可能性看起来是最大的——不过也还有很多种其他的可能。这可能是一份毒品走私者的名单，或者瘾君子，或者特工人员——实际上，一切皆有可能。现在只有一件事可以确定，那就是这份名单非常重要，为了得到它，凶手甚至不惜采取谋杀的手段。"

我好奇地问道："你总是对你工作中警方的那部分事情如此感兴趣吗？"

他摇摇头。

"也不能这么说。我所感兴趣的是罪犯的性格,背景,成长过程,特别是关于腺体的健康状况——所有这些!"

"那你为什么对这份名单那么感兴趣?"

"我要知道就好了。"科里根缓缓地说道,"也许是因为看到我自己的姓也在上面吧。保佑所有姓科里根的人!一个科里根去拯救另一个科里根。"

"拯救?你确定要把这份名单看成是受害者的名单——而不是罪犯的名单?但毫无疑问两种可能性都存在啊。"

"你说得完全正确。真奇怪我竟然这么肯定。也许这只是一种感觉。要么就是跟戈尔曼神父有关。我并不经常遇到他,不过他真的是个好人,每个人都尊敬他,教区的教众也都爱戴他。他是个善良而又坚韧的斗士。他把这份名单看得生死攸关,让我无论如何都无法忘怀……"

"警方难道还没有什么进展吗?"

"有啊,不过这可是个慢活儿。这个也得查,那个也得查。还得调查那天晚上把他叫出去的那个女人的背景。"

"她是谁?"

"她没什么神秘的,这个很显然。是个寡妇。我们觉得她丈夫可能跟赛马的事儿有瓜葛,不过看起来似乎又不像。她自己给一家小贸易公司打工,做些市场调查工作。这些都没什么问题。那家公司规模不大,声誉还不错。公司对她的情况也知之甚少。她是从英格兰北部来的——兰开夏吧。唯一蹊跷的事情就是她的个人物品实在是太少了。"

我耸了耸肩膀。

"我想还有更多的人是这样的吧,超乎我们的想象。这是个寂寞的世界。"

"是啊，就像你说得那样。"

"不管怎么说，你已经决定帮一把手啦？"

"只是四处打听打听。赫斯基思－迪布瓦这个姓氏不常见。我想着，假如我能够发现些什么跟这位女士有关的事情——"他欲言又止，"不过从你告诉我的看起来，似乎也没有什么可能有用的线索。"

"她既没有毒品成瘾也不走私这东西，"我向他保证，"当然也不是什么特工。她一直过着无可指摘的生活，也不可能被人敲诈勒索。我想象不出她能上什么样的名单。她的珠宝首饰都存在银行，所以也不会有人想要抢她。"

"你还知道其他姓赫斯基思－迪布瓦的人吗？比如她的儿子？"

"她没有孩子。我记得她有一个外甥和一个外甥女，只是都不姓这个姓。她丈夫是独子。"

科里根酸溜溜地感谢我帮了他一个大忙。然后他看看表，愉快地告诉我说，他已经约好要去把某人大卸八块了，于是我们就此作别。

回家以后我依然思绪万千，发现自己根本无法把精力集中在工作上。到最后，我一时兴起，拨通了大卫·阿丁利的电话。

"大卫吗？我是马克。那天晚上我遇见你时和你在一起的那个姑娘，波比——她本名叫什么？"

"怎么，你想抢我的妞儿？"

大卫听上去被逗坏了。

"你反正有那么多妞儿，"我马上顶回去，"让一个出来当然也没问题。"

"老伙计，你自己不是也有一个重量级的了吗？我还以为你们俩确定关系了呢。"

"确定关系"，一种让人反感的说法。然而我忽然觉得，这用来形容我和赫米娅之间的关系实在是再适合不过了。可它为什么让我感到有些沮丧呢？我内心深处一直认为有一天我和赫米娅会结婚……我喜欢她的程度胜过其他我认识的所有人。我们有着太多的共同点……

说不上为什么，每念及此我就会觉得有些乏味，忍不住想要打哈欠……我们的未来就展现在我面前。赫米娅和我会一起去看高雅的戏剧演出——这个很重要。一起讨论艺术，讨论音乐。毫无疑问，赫米娅是个无可挑剔的伴侣。

只是没什么意思，我潜意识中一个带着点儿嘲弄的声音突然说道。这让我惊愕不已。

"你睡着啦？"大卫问道。

"当然没有。说实话，我发现你那个朋友波比特别能让人耳目一新。"

"这词儿用得好。对她，你得一点儿一点儿来。她本名叫帕梅拉·斯特灵，在梅费尔一家附庸风雅的花店里上班。你知道，就是那种随便弄上三根枯枝，加一朵花瓣被别在后面的郁金香，再加上一片带着斑点的月桂叶，就敢卖三畿尼①的地方。"

他把地址给了我。

"带她出去好好玩一玩，"他以一种长辈似的慈祥口吻对我说道，"你会发现特别放松。那姑娘什么都不懂——脑子里绝对空空如也。你告诉她什么她都相信。顺便说一句，她品行还挺端正的，所以别打什么歪主意啊。"

说完他就挂断了电话。

---

① 畿尼，英国在一六六三年至一八一三年间发行的一种旧货币，一畿尼等值于一磅一先令。

4

我带着些许惶恐走进了花卉研究有限公司的大门。一阵极其浓郁的栀子花香几乎把我熏得倒退几步。里面有好几个女孩穿着浅绿色的紧身衣，个个看起来都像波比，一时把我弄糊涂了。最终我还是认出了她。她正在费劲地写着一个地址，中间充满疑惑地停下来，似乎不知道福斯科克雷森特应该如何拼写。在好不容易算清楚顾客给她的五磅钞票应该找回多少零钱之后，她稍有了一点儿空闲。见此，我马上过去跟她搭话。

"我们那天晚上见过——你和大卫·阿丁利在一起。"我提醒她。

"啊，没错！"波比热情地答应着，眼神却茫然地越过我的头顶。

"我想问你一些事情，"我突然觉得有些不安，"也许我该先买点儿花儿？"

就像是有人按对了机器人的按钮一样，波比马上说道："我们有一些今天刚进的新鲜玫瑰花，很漂亮。"

"要不，拿那些黄色的吧？"屋子里到处都是玫瑰花，"多少钱？"

"特别特别便宜，"波比用甜美诱人的嗓音说道，"每朵只要五先令。"

我咽了咽口水，说我想买六朵。

"再配一些非常特别的叶子吗？"

我疑惑地看着面前那些眼瞅就要烂掉的特别的叶子，最后还是选了些翠绿的文竹，这一来波比心中对我的评价显然低了不少。

"我有些事情想要问问你，"就在波比笨手笨脚地把文竹包在玫瑰花外面的同时，我又旧话重提，"那天晚上你提起过一个叫'灰马'的什么东西。"

波比猛然一惊，失手把玫瑰和文竹掉在了地上。

"你能再多告诉我一些有关的事情吗？"

波比弯腰拾起花束后又站直了身子。

"你说什么？"她问道。

"我刚才在问你跟'灰马'有关的事。"

"一匹灰马？你什么意思？"

"那天晚上你提起来的。"

"我保证我从来都没有提起过那样的事！也从来没有听说过！"

"有人告诉过你。是谁？"

波比深吸了一口气，急速说道："我一点儿都不明白你在说什么！而且我们也不应该跟客人聊天……"她草草地在我的花束外面包上纸，"不好意思，一共是三十五先令。"

我交给她两磅。她用力往我手里塞了六先令，然后迅速地转向了另一位顾客。

我注意到她的手在微微颤抖。

我缓步出门。走出一段之后我才意识到她算错了价钱（文竹应该是七先令六便士），因此找给我的钱也多了不少[①]。她犯下的这个算术错误其实只是因为在那之前她的心思就已经转到别的地方去了。

我脑中又浮现出她那张相当可爱而又茫然的面孔，还有那双

[①] 按照英国的旧辅币单位，一磅等于二十先令，一先令等于十二便士。

大大的蓝眼睛。

"她害怕了,"我自言自语道,"都吓傻了……到底为什么?为什么呢?"

第五章

马克·伊斯特布鲁克的笔述

1

"想到这件事了结了,"奥利弗太太长出了一口气,"而且什么乱子都没出,真是种解脱啊!"

此刻是放松时间。罗达的游乐会按照游乐会应有的样子顺利举行。相当多的争论都围绕着该不该把摊位设在露天,要不就是是否可以把所有活动都集中在长长的谷仓中以及大帐篷底下。各种关于茶点安排、农产品摊位等等问题的激辩此起彼伏。罗达把所有这些都安顿得妥妥帖帖。只是她那几只讨人喜欢却不守规矩的狗时不时跑出来折腾一番。本来由于拿不准在这么盛大的场面之下它们会干什么,想要把它们关在屋子里的,这下子她的担心得到了充分的证实!一个外表可亲但思维混乱,浑身上下被毛皮大衣包裹着的女明星亲临现场,为游乐会主持了开幕式。她表现得非常迷人,最后还讲了几句感人至深的关于难民处境的话,只是大家都觉得有些不知所云,因为这次游乐会的本意是为了整修教堂的钟楼。卖酒的货摊大受欢迎,找零钱的困难也一如既往。而一到茶点时间,场面就乱作一团,因为每个参加者在那一刻都想要挤进帐篷,都想吃上东西。

终于,美好的夜幕降临了。本地的舞蹈表演还在谷仓中继续进行。烟花表演和篝火晚会也都在计划之列,但此时疲惫不堪的亲戚朋友已经回到了屋中,正在餐厅里分享马马虎虎的冷餐,一边吃一边东拉西扯地聊着天。每个人都在发表自己的意见,而很少去注意别人说了些什么。屋子里的气氛闲散而舒适。解禁了的狗儿们则在桌子底下起劲儿地啃着它们的骨头。

"我们应该能比去年搞的那次救助儿童活动收获更多吧。"罗达欢欣鼓舞地说道。

"在我看来实在是非同寻常啊,"麦卡利斯特小姐说,她是个苏格兰人,是孩子们的保姆兼教师,"迈克尔·布伦特居然能连续三年发现埋藏的宝贝。我怀疑他是不是事先得到了消息。"

"布鲁克班克女士赢得了那头猪,"罗达说,"不过我觉得她并不想要它。她看起来为难得要死。"

这群人里包括我表姐罗达和她丈夫德斯帕德上校、麦卡利斯特小姐、金吉儿——一个有着满头和她名字相称的红头发的年轻姑娘①、奥利弗太太,以及教区牧师凯莱布·戴恩·卡尔斯罗普和他的妻子。牧师是个上了年纪的学者,和蔼可亲,他最大的乐趣就是引经据典。尽管这样经常会让交谈在尴尬中戛然而止,此时出现却是再合适不过了。牧师从来不需要别人对他深沉而洪亮的拉丁语表示认同,能够找到一句贴切引语的那种快乐就是对他最好的奖赏。

"贺拉斯说过……"他笑容满面地环顾桌边的众人。

和往常一样,谈话被打断了片刻。接着金吉儿若有所思地说道:"我觉得霍斯福尔太太在香槟瓶子上做了手脚。最后是她侄

---

① Ginger(金吉儿),英文中也指红棕色头发的人。

子得到了。"

戴恩·卡尔斯罗普太太有着一双美丽的眼睛,有时会让人觉得不知所措,此时她正聚精会神地研究着奥利弗太太。突然间,她开口问道:"你本来以为游乐会上会发生什么事情?"

"啊,说真的,一桩谋杀或者类似的事情吧。"

戴恩·卡尔斯罗普太太似乎来了兴趣。

"但为什么会发生呢?"

"根本说不出理由。其实可能性太小了。只是我上次参加的游乐会上就发生了一起。"

"我懂了。那件事搅得你心烦意乱了?"

"简直寝食难安。"

牧师现在从拉丁文改成了说希腊语。

这阵停顿过后,麦卡利斯特小姐又开始怀疑抽奖得活鸭子的活动里有猫腻。

"'国王军火'的老勒格给我们卖酒的摊位一下子送来十二打啤酒,真够大方的。"德斯帕德说。

"'国王军火'?"我立刻大声问道。

"亲爱的,那是我们当地的一家酒馆。"罗达说。

"这附近是不是还有另外一家酒馆?叫什么'灰马'的,不是你说的吗?"我转过头问奥利弗太太。

这句话带来的反应出乎我的意料。几张脸转过来冲着我,表情让人看不明白,似乎对此也并不感兴趣。

"'灰马'不是一家酒馆,"罗达说,"我是说,现在不是。"

"它本是一家古老的酒店,"德斯帕德说,"我觉得那得是十六世纪的事儿了。不过它现在只是一所普通的房子。我总想着她们应该把那名字改改。"

"哦，可别改！"金吉儿大声叫道，"要是改成叫什么'道边居'、'丽景阁'之类的可就太傻了。我认为'灰马酒店'比别的名字好听多了，而且那儿有一块古老的酒店招牌，可漂亮了。她们还给它装了个框，挂在大厅里呢。"

"她们是谁？"我问道。

"那房子是属于塞尔扎·格雷的。"罗达说，"我不知道你今天看见她没有？是个高个子的女人，留着灰色的短发。"

"她非常神秘，"德斯帕德说。"喜欢搞一些招魂啊，催眠啊，还有魔法巫术之类的。倒不是什么黑弥撒[1]或者恶魔崇拜，但反正是那类的事情。"

金吉儿突然哈哈大笑起来。

"真对不起，"她满怀歉意地说道，"我刚刚只是把格雷小姐想象成站在黑天鹅绒祭坛上的蒙特斯潘夫人[2]了。"

"金吉儿！"罗达说道，"可别在牧师面前胡说。"

"对不起，戴恩·卡尔斯罗普先生。"

"没关系的，"牧师面带笑容地说道，"古希腊人说过——"接着就继续讲起了他的希腊语。

在大伙儿用一阵毕恭毕敬的静默表达了欣赏之后，我又回到了刚才的话题。

"我还是想知道'她们'是谁——有格雷小姐，还有谁？"

"哦，有个朋友跟她住在一起。叫西比尔·斯坦福蒂斯。我认为她充当的是灵媒的角色。你在这附近肯定见过她——戴着一大堆圣甲虫形状的宝石和珠子——有时候还会穿着一身纱丽——我想不通为什么，她可从来没去过印度啊——"

---

[1] 撒旦教教徒在崇拜仪式中进行的一种以献祭动物的方式来鼓励魔鬼的活动。
[2] 法国国王路易十四的情妇之一。

"然后还有贝拉。"戴恩·卡尔斯罗普太太说,"她是她们的厨师,"她解释道,"而且她还是个巫婆。是从小邓宁村来的。在那儿她就以会巫术和魔法而小有名气。这是她家世代相传的。她母亲也是个巫婆。"

她说这番话的时候语气很平静。

"听起来你好像相信巫术和魔法似的,戴恩·卡尔斯罗普太太。"我说道。

"那当然啦!这些事情没有什么神秘可言,都是实实在在的东西。你继承的只是家族财富而已。别人家的孩子都被告诫不能去逗你家的猫,人们还会时不时地给你送些自家做的干酪或者果酱。"

我充满疑问地看着她。她的表情却相当认真。

"今天西比尔帮助我们给人算命来着,"罗达说,"就在那顶绿帐篷里。我觉得她在这方面很在行。"

"她给我算的命很好,"金吉儿说,"她说我会手有余财。有个从国外来的英俊的黑人小伙子追求我。我会结两次婚,生六个孩子。真是够慷慨的。"

"我看见柯蒂斯家那姑娘出来的时候咯咯笑个不停,"罗达说,"后来就对和她在一起的那个小伙子特别忸怩起来,还提醒他千万别以为自己是这个世界上独一无二不可替代的。"

"可怜的汤姆,"她丈夫说道,"他没还嘴吗?"

"哦,当然还了。'小丫头,我还没告诉你她给我算的结果呢!'他说,'大概你听了以后也不会那么舒服的!'"

"汤姆说得好。"

"老帕克夫人对此就很尖酸刻薄,"金吉儿笑着说道,"'那都是些蠢话,'这是她的原话,'你们俩一句都别相信。'但马上克里普斯太太就接口说:'莉齐,你跟我一样都明白,斯坦福蒂斯小姐能看到别人看不到的东西,而格雷小姐能算出哪天会死人,她从来都没说错过!有时候想想就让我毛骨悚然。'然后帕克小姐说:'死人——那是另一回事儿。这是种天赋。'克里普斯太太说:'不管怎么说,我可不想得罪那三个人中的任何一个,绝对不想!'"

"这些事儿听起来可真让人兴奋。我都想见见她们了。"奥利弗太太满怀渴望地说。

"明天我们就带你们过去。"德斯帕德上校向她保证,"那家古老的小酒店也真的值得一看。她们特别聪明,把那儿弄得很舒服,而且没有破坏它原本的特色。"

"我明天早上给塞尔扎打电话。"罗达说。

必须承认,我上床的时候感到有一点点泄气。

"灰马"一直萦绕在我心中,本以为这是个象征着未知和邪恶的挥之不去的符号,现在看来完全不是那么回事。

当然了,除非在其他什么地方还有另一个"灰马"。

直到睡着,我都在想这个问题。

2

第二天是星期天,四周弥漫着一种放松的氛围,给人一种曲终人散、如释重负的感觉。潮湿的微风中,大大小小的帐篷在草地上发出无精打采的声响,只等着次日清早派对的承办方派人来收走。到了周一,我们都要去帮忙收拾东西,同时盘点一下有没有什么损坏的地方。因此罗达很明智地决定,今天大家最好尽可能出去走走。

我们一起去了教堂，毕恭毕敬地聆听戴恩·卡尔斯罗普先生博闻强识的布道，那是以赛亚书中的一个段落，似乎和宗教的关系并不大，倒更像是在讲述波斯的历史。

"我们准备去和维纳布尔斯先生共进午餐。"罗达随后解释道，"马克，你会喜欢他的。他真的是个特别有意思的人。哪儿都去过，见多识广，知道各种各样稀奇古怪的事情。他大约三年前买下了这幢普赖厄斯大宅。对这幢宅子的整修肯定花了他一大笔钱。他以前得过小儿麻痹症，下半身都是瘫的，所以到哪儿都离不开轮椅。我相信这对他来说肯定特别遗憾，因为直到那时他还都是一个伟大的旅行家呢。当然啦，他还在不停地挣钱，而且如我所说，他整修那幢宅子的方式简直不可思议——根本就是推倒重来嘛。现在里面富丽堂皇，摆满了各种华美的物品。我觉得如今他最喜欢光顾的地方恐怕非拍卖场莫属了。"

普赖厄斯大宅离我们只有几英里远。我们驱车抵达的时候，宅子的主人亲自坐着轮椅沿着走廊出来迎接我们。

"真不错，你们都来了。"他热情地说道，"昨天折腾了一天，你们肯定筋疲力尽了。罗达，游乐会办得实在是太成功了。"

维纳布尔斯先生年纪在五十岁上下，长了一张像老鹰一般瘦削的脸，鹰钩鼻子傲然挺立。他穿着一件平翼领的衣服，略微透出一种老派的气息。

罗达为我们做了引见。

维纳布尔斯冲着奥利弗太太微微一笑。

"昨天我遇见了这位才华横溢的女士，"他说，"买了六本她签名的书。留着可以作为六份圣诞节礼物。奥利弗太太，你写得实在是太棒了。为我们继续写下去吧，好作品不会嫌多的。"他咧着嘴朝金吉儿一笑，"小姐，你差点儿就让我得着一只活鸭。"

接着他又转向我,"我很喜欢上个月你在《时评》里写的那篇文章。"他说道。

"你能来出席我们的游乐会实在是太好了,维纳布尔斯先生。"罗达说,"在你给了我们那么慷慨的支票以后,我是真的没想到你还会亲自露面。"

"哦,我喜欢参加这种活动。这是英国乡村生活的一部分,不是吗?最后我回家的时候抱着个从套圈游戏里得来的糟糕透顶的丘比特娃娃,还有我们那个戴着亮闪闪的头巾、浑身上下缀满了假冒埃及串珠的西比尔给我预言的光辉美好却不切实际的前程。"

"这个好心的老西比尔。"德斯帕德上校说道,"今天下午我们就打算去塞尔扎家喝茶。她那块老地方可是挺有意思的。"

"你说'灰马'?是啊,我倒希望它还保留原来小酒店的样子。我总觉得那地方有着一段神秘而非比寻常的邪恶历史。不太可能跟走私有关,因为我们这儿离海不够近。或许是绿林强盗的聚集地?要不然就是家黑店,有钱的客人在这里过夜之后从此人间蒸发。不管怎么说,如今那儿变成了三个老处女的安乐窝,总让人觉得有些平淡无味。"

"哦,我可从来不这么看她们!"罗达叫道,"西比尔·斯坦福蒂斯也许是——穿着纱丽,戴着她的圣甲虫宝石,还总能看到人们头顶的光环,她确实是有点儿荒唐可笑。不过塞尔扎可真是有些让人心生敬畏的地方,你不觉得吗?她给人的感觉是,她似乎的确能知道你在想什么。她倒是没说过自己有预见力——不过所有人都说她有。"

"还有贝拉,她可绝对不是个老处女,都已经死了两个丈夫了。"德斯帕德上校补充道。

65

"我真诚地乞求她的原谅。"维纳布尔斯先生哈哈大笑道。

"按照邻居们对于那些死人的比较阴暗的解释,"德斯帕德又说道,"是那些人先冒犯了她,于是她就用眼睛盯着他们看,然后被看的人就会生病,接着慢慢死掉!"

"当然,我倒忘了,她是本地的巫婆吧?"

"戴恩·卡尔斯罗普太太说她是。"

"巫术和魔法,有意思。"维纳布尔斯若有所思地说道,"在世界各地你会看到各种不同形式的巫术——我记得我在东非的时候——"

说起这个话题的时候他显然得心应手,而且谈笑风生。他讲到了非洲的巫医,还有婆罗洲鲜为人知的邪教,并且答应午饭后给我们看一些西非巫师的面具。

"这幢房子里真是要什么有什么。"罗达笑言道。

"哦,好吧——"他耸了耸肩膀,"如果你不能走出去见识一下世界的话,就必须想方设法把它弄到跟前来。"

就在那一刻,他的声音中突然透出一分苦涩。他眼帘低垂,迅速扫了一眼自己瘫痪的双腿。

"大千世界包罗万象啊!"他感慨道,"我觉得这一直是我心头的不解之结。我想了解、想看的东西太多太多!唉,我这辈子过得也不能算很糟糕,即便是目前这样——生活也自有它的慰藉所在。"

"为什么在这儿?"奥利弗太太突然问道。

其他人都感到有些局促不安,仿佛是在空气中嗅出了一丝悲剧气息似的。只有奥利弗太太不为所动。她想知道什么就问什么。而她这种毫不掩饰的好奇心也让气氛重新变得轻松愉快起来。

维纳布尔斯诧异地望向她。

"我是说,"奥利弗太太说道,"你为什么要来这里,在这附近安家?这儿太闭塞,你无法知道外面正在发生什么事情。是不是因为你有朋友也在这里?"

"不是。既然你这么感兴趣,我可以告诉你,我选择住在这里,是因为我在这儿一个朋友都没有。"

他的嘴角浮现出一抹带有讽刺意味的微笑。

我很纳闷,他的残疾究竟对他影响有多深?不能够无拘无束地活动,也无法自由自在地去探索世界,这些是否已经对他的内心造成了深深的伤害?还是说他已经用一种相对平静坦然的态度——一种真正的伟大意志——使自己适应了这种已经改变了的环境呢?

维纳布尔斯仿佛读懂了我的想法,他说道:"你在文章中曾经对于'伟大'一词的含义提出过疑问——你比较了东方和西方文化所赋予它的不同意义。不过,在今天的英国,当我们使用'伟人'这个词的时候,它意味着什么呢?"

"毫无疑问,才智上要超群。"我说,"当然啦,人品同样也得端正吧?"

他看着我,双眼熠熠放光。

"如此说来,一个邪恶的人是不是就不能用伟大来形容了呢?"

"当然可以啦,"罗达叫道,"拿破仑、希特勒,哦,还有好多好多,他们可都是伟人啊。"

"就因为他们所带来的影响?"德斯帕德说,"不过你要是认识他们本人,我怀疑你还会不会被他们所打动。"

金吉儿俯身向前,她的手指穿过那一头蓬乱的红发。

"这个想法真有意思,"她说道,"兴许他们压根儿就不是看起来可怜兮兮、五短身材的人呢。是不是纵然把这个世界搅得面目全非，他们依然会趾高气扬，装腔作势，总是感觉不满足，一心想着要名垂千古呢？"

"哦，不会的，"罗达激动地说道，"若真是那样的话，他们也就不可能造成那样的结果了。"

"我可说不好，"奥利弗太太说，"再怎么说，即便是最笨的孩子，想点着一幢房子也是轻而易举的吧。"

"好啦，好啦，"维纳布尔斯说道，"如今那种对邪恶轻描淡写，认为它根本不存在的观点我是不敢苟同的。因为邪恶确实存在，而且它的力量是很强大的，有时候甚至会超过善良。它就在那儿，我们必须认清它——并且与之斗争，否则的话——"他摊开双手，"我们就会沉沦于黑暗之中了。"

"当然，我从小就是伴随着魔鬼长大的。"奥利弗太太语带歉意地说，"我的意思是说，我相信它的存在。但你们得知道，在我看来，它总是一副傻乎乎的样子。长着蹄子，长着尾巴，还有其他所有那些东西，然后像个蹩脚的演员一样上蹿下跳。诚然，在我的小说中总会塑造一个犯罪大师——读者喜欢这个——但说真的，写他犯案也是越来越难。只要你还不知道他是谁，我就能把他写得引人入胜。不过一旦真相大白——不知为什么，他看上去就显得那么不对劲。这也是一种虎头蛇尾吧。如果你只是写一个银行经理侵吞挪用了钱款，或者一个丈夫想要害死他的妻子——以便和孩子们的家庭女教师结婚，就容易得多。那看起来再自然不过了——如果你们明白我的意思的话。"

大家都笑起来，奥利弗太太又以愧疚的口吻说道："我知道我说得不是太清楚——不过你们都懂我的意思吧？"

我们都说我们对她的想法已经心知肚明了。

第六章

马克·伊斯特布鲁克的笔述

我们离开普赖厄斯大宅的时候已经过了下午四点。在享用了一顿极其美味可口的午餐之后,维纳布尔斯带着我们参观了一下这幢房子。他的确很喜欢给我们展示他的各种藏品——而这幢房子也可以称得上是个名副其实的藏宝屋了。

"他肯定还在挣钱,"最终离开的时候我对罗达说道,"你看那些珠宝玉器,那些非洲的雕刻作品,更不用说那些麦森和鲍的瓷器①。有这样的邻居你们可真够走运的。"

"你以为我们不知道?"罗达说道,"住在这附近的人多数都很亲切友好——只是的确有些沉闷无趣。维纳布尔斯先生跟他们绝对有天壤之别啊。"

"他靠什么挣钱?"奥利弗太太问道,"还是说他一直就很有钱?"

德斯帕德用揶揄的口气说,这年头没人还会再吹嘘自己继承了一大笔遗产什么的了。因为那样的话,遗产税之类的事情早就找上他了。

---

①均为德国著名的瓷器品牌。

"有人告诉我说,"他又补充道,"他最早是做码头装卸工的,不过这看起来似乎不大可能。他从来没有谈起过他的童年和家庭——"他转向奥利弗太太,"这可是个给你准备的神秘人物啊——"

奥利弗太太说人们总是喜欢给她一些她并不想要的东西。

"灰马"是一幢露明木架结构①的建筑(那是真正的露明木架,绝非仿造)。它坐落的位置离村里的街道有一点距离。房子后面隐约可见一个带围墙的花园,增添了几分令人愉悦的旧时样貌。

我对此有些失望,便照实说了。

"没有那么邪恶啊,"我抱怨道,"一点儿不祥的氛围都没有嘛。"

"等你进去以后再看。"金吉儿说。

我们下了车,朝大门走去,刚走到门前,门就开了。

高大而略带男人气的塞尔扎·格雷小姐站在门口,身着粗花呢上衣和裙子。她高耸的前额上支棱着粗乱的灰发,她长着一个大大的鹰钩鼻子,还有一双极其敏锐犀利的淡蓝色眼睛。

"你们可算是来了,"她以她浑厚的低音热诚地说道,"我还以为你们都迷路了呢。"

从她覆着粗花呢的肩上看过去,我才意识到,在她身后昏暗的大厅的阴影中,有一张脸正对着我们。那是一张有些看不清的奇怪的脸,就像是个误打误撞进入雕刻家工作室的孩子用油灰做出来的东西一样。我觉得是有时候会在意大利人或者弗拉芒人②早期画作中的人群里出现的那种脸。

---

①指一些旧式建筑以木梁作为框架和主要支撑,其间以砖石结构填充。
②比利时的两大族群之一,主要居住在比利时北部的弗兰德地区。

罗达为我们做了引见,并且解释说我们是去普赖厄斯大宅和维纳布尔斯先生共进了午餐。

"啊!"格雷小姐说道,"原来如此!饱餐了一顿啊。他那个意大利厨子没得挑啦!还有他那藏宝屋里面的一屋子珍宝。唉,也是个可怜人——总得有点儿什么东西能让他打起精神,振作起来啊。来,快请进,请进。我们对我们自己这块小地方也相当自豪。都是十五世纪——还有些是十四世纪的东西呢。"

大厅低矮昏暗,有一道盘旋的楼梯通向上面。壁炉很宽大,上面挂着一幅镶在镜框里的画。

"那个是从前的酒店招牌。"注意到我的一瞥之后,格雷小姐说道,"在这种光线之下看不出什么来。这里就是灰马酒店。"

"我准备替你把它弄干净,"金吉儿说,"以前我就说过。你把它交给我,然后你会大吃一惊的。"

"我还是有点儿不放心,"塞尔扎·格雷说道,随即又毫不客气地补充说,"万一你把它弄坏了呢?"

"我当然不会把它弄坏,"金吉儿有些愤愤不平,"我就是干这个的。"

"我给伦敦的很多画廊干活儿,"她向我解释说,"这工作可有意思了。"

"现代的绘画修复技术真得让人适应适应才行,"塞尔扎说,"如今每次我去国家美术馆的时候都要倒抽一口凉气。所有画作看上去都好像刚刚用洗涤剂洗过一样。"

"如果它们都是污黑暗黄的,你也不会真的喜欢。"金吉儿反驳道。她凝视着酒店的招牌。"还可以加上好多东西呢。马背上面甚至可以加个骑士。"

我随她一起盯着那幅画。这只是一幅绘制粗糙的画,除了它本身尚存疑问的古老历史，以及表面布满灰尘之外，也实在是乏善可陈。在一片模糊不清的深色背景衬托之下，一匹灰色的种马微微泛着光。

"嗨，西比尔，"塞尔扎叫道，"客人们在评论我们这匹'马'呢，还真够吹毛求疵的！"

西比尔·斯坦福蒂斯小姐从一扇门中出来，走向我们。

她是个又高又瘦的女人，一头黑发有些油腻腻的，脸上一副傻笑，嘴像鱼一样半张着。

她穿着一身鲜艳的祖母绿纱丽，那衣服却无法使她增色半分；她说起话来声音微弱，显得紧张不安。

"我们可爱的，亲爱的'马'啊，"她说道，"我们第一眼看见这个古老的酒店招牌就爱上它了。我觉得正是因为受了它的影响，我们才买下了这幢房子。你觉得呢，塞尔扎？快请进——请进。"

她带我们进的房间不大，四四方方，当年可能是用作酒吧的。如今这里以印花棉布装点，配上奇彭代尔式的家具，俨然是一间乡村风格的女士起居室了。屋子里还摆放着几盆菊花。

接着我们被带去参观花园，我能想象出来，夏天的时候它一定令人无比陶醉。然后我们又被带回屋中，发现茶已经备好了。点心包括三明治和一些自制的蛋糕。我们落座的时候，一个老女人端着一个银质茶壶走了进来，这就是我在大厅瞥见的那张脸的主人。她披着一件普普通通的深绿色外衣。近看之下，她的脑袋更加坐实了那种像是孩子用橡皮泥随手捏出来的印象。那是一张混沌愚笨的脸，但不知为什么，我就是觉得那张脸上透着股邪恶劲儿。

突然之间，我对自己感到十分懊恼。什么改造过的酒店啊，什么三个中年女人啊,都是胡扯!

"谢谢你,贝拉。"塞尔扎说。

"想要的东西都齐了吗?"

这句话出口的时候几乎就是一句小声的咕哝。

"都有了,谢谢。"

贝拉走到门口。她本来谁都没瞧,但就在即将出去之前,她抬起双眼,迅速地扫了我一下。那一瞥之中有种东西吓到了我——尽管很难说出为什么。那眼神带着一股恶意,还有一种非比寻常的深刻了解。我觉得她已经看穿了我的内心——不费吹灰之力,也几乎不带有任何好奇。

塞尔扎·格雷注意到了我的反应。

"贝拉有点儿让人紧张,对吗,伊斯特布鲁克先生?"她柔声说道,"我注意到她看了你一眼。"

"她是本地人,是吧?"我尽力表现出只是出于礼貌的兴趣。

"是啊。我敢说一定会有人告诉你她是本地的女巫。"

西比尔·斯坦福蒂斯把她的串珠弄得叮当作响。

"你就实话实说吧,伊——伊——"

"伊斯特布鲁克。"

"伊斯特布鲁克。我担保你已经听说过我们都会巫术。承认了吧。要知道,我们可是远近闻名的——"

"也许算不上徒有虚名吧,"塞尔扎说,看上去很开心,"西比尔在这方面可是天赋异禀啊。"

西比尔愉快地长吁一声。

"我总是会被神秘的事情所吸引。"她喃喃道,"我还是个孩子的时候就已经意识到自己身上具有不一般的力量。我经常会不由自主地写下一些东西,我甚至不知道我写的都是什么!我只是坐在那里，手里拿着铅笔——对于发生了什么一无所知。当然了，我也总是极其敏感。有一次我去一个朋友家里喝茶的时候就晕倒了。那个房间里一定发生过什么可怕的事情……我知道！后来我们找到了答案。原来二十五年前那里发生过一起谋杀案。就在那间屋子里！"

她点点头，怀着极大的满足感环顾大家。

"非常了不起。"德斯帕德上校带着一种礼貌的反感说道。

"这幢房子里也发生过邪恶的事情，"西比尔阴郁地说道，"但是我们已经采取了必要的措施。被困在这里的鬼魂已经获得了自由。"

"这就像是一种对于灵魂的大扫除吗？"我问道。

西比尔满腹狐疑地看着我。

"你这身彩色的纱丽可真好看。"罗达说道。

西比尔面露喜色。

"是啊，我在印度的时候得到了这件衣服。那里的生活很有趣。你知道，我在那儿研究了瑜伽，还有很多其他的东西。但我还是忍不住觉得那些都实在太复杂了——还不够贴近自然和原始。我认为一个人必须回去，回到最开始的地方，回溯那些早期的原始的力量。我是为数不多的去过海地的女人之一。在那儿你才能真正触及神秘学的源头。当然啦，看上去会有一定程度的破坏和歪曲，不过它的起源就是在那儿。

"他们给我看了很多很多，尤其是在他们得知我有一个比我稍微大一点的双胞胎姐姐之后。他们告诉我，双胞胎里面，后出生的那个会拥有特别的力量。很有趣，对吗？他们的死亡之舞精彩绝伦。跟死亡有关的那一整套玩意儿，头骨、交叉的大腿骨，还有掘墓人的工具，铁锹、镐以及锄头。他们装扮成送葬的哑巴，戴着高帽子，穿着黑衣服——

"为首的是巴隆·撒麦迪[1]，他所祈求的神明是雷格巴[2]，就是那个'清除障碍'的神明。你要献祭死者——去导致死亡。很怪诞的念头，对不对？

"还有这个，"西比尔站起身来，从窗台上拿过来一件东西，"这是我的圣器，是由一个干葫芦和一个蛛网，以及——你们看到这些东西了吗？——晒干了的蛇的脊椎骨做成的。"

尽管没什么兴趣，我们还是礼貌地看着。

西比尔满怀深情地摆弄着她那令人讨厌的玩物，发出咯咯的响声。

"很有意思。"德斯帕德彬彬有礼地说道。

"我还能告诉你们更多的——"

就在这个时候，我走神了。西比尔继续宣讲着她关于巫术和伏都教的各种见闻——迈特·卡夫[3]，洛阿神，盖德家族——而那些话我一句都没听清。

我转过头，发现塞尔扎正带着几分嘲弄看着我。

"你一点儿都不信，对吗？"她咕哝道，"但你要知道，你想错了。你不可能把所有事情都用迷信、恐惧、或者宗教偏执来搪塞。的确存在一些最基本的事实，一些最自然的力量。一直都有，也一直会有。"

"我想我对此并无异议。"我说。

"聪明人。来，看看我的藏书室。"

---

[1]即安息日男爵，是海地伏都教中的死神，通常被描绘成一个身型瘦弱、以棉花塞住鼻孔、用鼻音腔调说话的男子。多以高帽子、黑色的晚礼服、佩戴单眼镜片的绅士装扮出现。
[2]海地伏都教中拥有特别地位的神祇，被认为是连接人类和伏都教洛阿大神的媒介。
[3]伏都教中培多罗之神之一，十字路口之长。

我随着她穿过落地窗出来，来到花园里，向房子的一侧走去。

"这是我们在从前的马厩基础上改建的。"她解释说。

马厩和它旁边的屋子被改造成了一个大房间，其中一整面长长的墙上摆满了书。我走过它们的时候不由得惊呼起来。

"格雷小姐，你这里还真是有一些稀世珍本啊。这是原版的《女巫之锤》吗？要我说的话，你有不少珍品呢。"

"对啊，不是吗？"

"那部《魔法手册》，真是难得一见啊。"我一卷接一卷地把书从书架上拿下来。塞尔扎看着我——她的神情中有一种我不太明白的平静的满足感。

当我把那本《对撒都该主义的胜利》[①]放回原处的时候，塞尔扎说："能够得遇知音是件让人高兴的事。多数人要么就无聊地打着哈欠，要么就目瞪口呆地看着。"

"我觉得跟巫术啊，魔法啊有关的，以及其他所有这类的事情，就没有什么你不知道的吧？"我说，"你最初怎么会对这个感兴趣的呢？"

"一言难尽啊……这个说来话长了……一开始也只是漫不经心地看看——然后呢，就被牢牢地抓住了！研究这个让人欲罢不能。看看人们都相信些什么——以及他们都做过些什么蠢事！"

我笑了起来。

"这种说法倒是让人耳目一新啊。我很高兴你没有全盘相信你读过的那些东西。"

"你万不可用看待可怜的西比尔那样的眼光来看待我。哦，

[①] 撒都该教派是古犹太教的四个教派之一，该派信徒否认灵魂及死后生活的存在。

没错,我刚才看见了你脸上的那种高傲!但你错了。在很多方面她都是个愚蠢的女人。她相信伏都教,相信妖魔鬼怪,相信巫术,然后把所有东西混在一起,变成个华丽而神秘的大杂烩——但是,她确实有法力。"

"法力?"

"我不知道你还能叫它什么……的确有人能够在这个世界和另一个充满神秘怪异力量的世界之间架起一座桥梁。西比尔就是其中之一。她是个一流的灵媒。她从不以此为生,但她的天赋是出类拔萃的。当她和我,还有贝拉在一起——"

"贝拉?"

"是啊。贝拉也有她自己的法力。我们都有,程度不同而已。作为一个团队——"

她突然停下来。

"巫师有限公司?"我微笑着说道。

"也可以这么说。"

我低头扫了一眼手里拿着的那本书。

"就像诺查丹玛斯[①]和他的那一套?"

"就像诺查丹玛斯和他的那一套。"

我平静地说:"你确实相信这一套,对吗?"

"我不是相信,我是知道。"

她说这句话的时候得意扬扬。我看着她。

"但你又怎么知道?用什么方法?有什么理由?"

她冲着书架一挥手——

"所有这些!太多的废话连篇!说得如此天花乱坠!但撇开

[①] 诺查丹玛斯(Nostradamus,1503—1566),法国籍犹太裔预言家,著有四行体诗写成的预言集《百诗集》。

那些迷信和时代的偏见——核心的部分就是事实！只不过是把它们粉饰起来——事实总是被粉饰起来——以求给人们留下深刻印象罢了。"

"我没太明白你的意思。"

"我亲爱的老兄，为什么古往今来的人们要去求助于方士、巫师，还有巫医？其实只有两个原因。只有两样东西让人们梦寐以求，就算冒着遭天谴的风险也要想方设法得到：一种是春药，另一种是毒药。"

"啊。"

"很简单，对不对？爱和死亡。春药——帮你得到你想要的男人；而安魂弥撒——帮你留住你的爱人。药要在月圆之夜服下。要念出那些魔鬼或者幽灵的名字。要在地上或者墙上画符。所有这些都不过是粉饰。事实真相就是吃下去的那点儿春药！"

"那死亡呢？"我问道。

"死亡？"她笑道，那怪异的轻笑让我很不舒服，"你对死亡那么感兴趣？"

"谁不感兴趣呢？"我轻巧地说道。

"我也想知道。"她用锐利的目光瞥了我一眼，吓了我一跳。

"死亡。历来做这种生意都要比卖春药的买卖大多了。不过——过去的那一套实在是太幼稚了！听说过波吉亚家族和他们赫赫有名的秘密毒药吧。你知道他们实际上用的是什么吗？不过是普通的砒霜而已！跟穷街陋巷里任何一个想毒害亲夫的妻子用的东西一模一样。不过如今我们已经进步多了。科学开阔了人们的眼界。"

"用不着痕迹、无法追踪的毒药？"我的声音中满是疑惑。

"毒药！那是老掉牙的把戏了①。哄孩子的玩意儿。现在已经有新方法了。"

"比如说？"

"意志。了解意志究竟是什么——意志能够做什么——以及人们可以利用意志做什么。"

"请接着说下去。这太有意思了。"

"方法原则是尽人皆知的。巫医们在原始社会中已经使用了成百上千年。你不需要亲自动手去杀人。你需要做的全部事情就是——告诉他去死。"

"暗示？但除非受害者笃信不疑，否则不会起作用的。"

"你的意思是说，对于欧洲人不起作用。"她纠正我说，"有时候是有效的，不过这不是关键所在。我们已经比巫医先进多了。心理学家已经指明了道路，那就是对于死亡的渴望！它就在那儿——每个人都有。去激发它！去激发死亡的意愿。"

"这是个有趣的想法。"我带着些许科学研究的兴趣说道，"对你的目标施加影响，让他去自杀？是这个意思吗？"

"你还是没弄明白。你听说过创伤性的疾病吗？"

"当然。"

"有些人会由于不想重返工作的潜意识而导致产生真正的疾病——不是诈病，是真的生病，有症状，也有实际的疼痛。很长时间以来这一直让医生伤透了脑筋。"

"我开始有点儿明白你的意思了。"我缓缓说道。

"要想毁掉你的目标，必须要在他隐秘的潜意识自我上下功夫。存在于我们每个人心中的死亡意愿必须被激发，被放大。"

---

① 原文为法语。

她越说越兴奋,"你还不明白吗?一场真正的疾病会被这种寻求死亡的自我所诱发。你想要生病,想要去死——于是,你就真的生病,真的死掉了。"

此刻她耀武扬威似的昂着头,而我则突然感到一股深深的寒意。当然,这些都是无稽之谈。这个女人有点儿疯狂……然而——

塞尔扎·格雷突然放声大笑起来。

"你不相信我,对吗?"

"这个理论很吸引人,格雷小姐——我承认,它很符合现代的思想。但是你打算怎么激发出这种我们大家都具有的死亡意愿呢?"

"那是我的秘密。方法!手段!有很多种交流的方式不需要通过接触。你只要想想无线电、雷达、电视就明白了。关于超感知力的实验研究还远没有达到人们的期待,但那是因为他们还没有掌握最首要、最简单的原则。有时候你也可能误打误撞地达到了目的——不过一旦你知道了它是如何起作用的,就屡试不爽……"

"你能做到吗?"

她没有立即回答。然后她站远了一些,说道:"伊斯特布鲁克先生,你不能要求我把我所有的秘密都说出来。"

我跟着她走向房间通往花园的门口。

"你为什么要告诉我所有这些?"我问道。

"你能够理解我的那些藏书。人有时候需要——呃,跟别人说说话。而且——"

"怎么?"

"我有种感觉——贝拉也有——就是你可能需要我们。"

"需要你们？"

"贝拉觉得你来这里——是为了找我们的。她很少感觉错。"

"我为什么会想要——就像你说的，来找你们呢？"

"这个嘛，"塞尔扎·格雷轻声说道，"我还不知道。"

第七章

马克·伊斯特布鲁克的笔述

1

"原来你们在这儿啊!我们还纳闷儿你们干吗去了呢。"罗达从敞开的门里走进来,其他人跟在她的身后。她环顾了一下四周。"这儿是你们举行降神会的地方,是不是?"

"你的消息很灵通啊。"塞尔扎·格雷轻快地笑着说,"在村子里,每个人都会比你自己更了解你的那些事儿。据我所知,我们都背着极大的恶名呢。若是放在一百年前,我们要么会被沉湖,要么会被烧死。我记得,我的高曾姨母——或者可能再高个一两辈——就是在爱尔兰被当成女巫活活烧死的。那个时候就是这样!"

"我一直都以为你是苏格兰人呢。"

"我父亲那边是,所以我才会拥有预知能力。我母亲这边是爱尔兰人。西比尔是我们的占卜师,原本是有希腊血统的。而贝拉祖祖辈辈可都是英国人。"

"恐怖三人组。"德斯帕德上校评论道。

"如你所言。"

"有意思!"金吉儿说。

塞尔扎迅速瞟了她一眼。

"没错,从某种程度上来说的确是。"她又转向奥利弗太太,"你应该写一本关于使用巫术杀人的书。我可以给你爆很多料。"

奥利弗太太眨了眨眼,看起来有点尴尬。

"我只写些很普通的谋杀案。"她怀着愧疚说道。

那口气就跟别人说"我只会做家常菜"一样。

"也只是写写某些人想要除掉其他人,又试图把事情做得聪明一些而已。"她补充道。

"对我来说,他们通常都太精明了。"德斯帕德上校说。他看了一眼手表。"罗达,我觉得——"

"哦,是啊,我们得走了。我没想到都这么晚了。"

在向主人表达了谢意且道别之后,我们并没有走原路穿屋而出,而是绕到了一个侧门。

"你们养了很多家禽啊。"德斯帕德上校看着一块用金属网围成的场地说道。

"我讨厌母鸡,"金吉儿说,"它们咯咯叫的声音烦死人了。"

"这些绝大多数都是小公鸡。"说话的是贝拉。她从一道后门走了出来。

"白色的小公鸡。"我说。

"用来吃的?"德斯帕德问。

贝拉说:"它们对我们来说很有用。"

她的嘴张着,就像刻在那张奇形怪状的肥脸上的一道长长的曲线;眼睛里透出一丝狡黠而心照不宣的神情。

"它们都是贝拉养的。"塞尔扎·格雷轻声说道。

我们再次道别,而西比尔·斯坦福蒂斯也从敞开的前门中走出来，祝我们一路顺风。

"我不喜欢那个女人，"当我们驱车离开的时候，奥利弗太太说，"我一点儿都不喜欢她。"

"你用不着把老塞尔扎太当回事儿。"德斯帕德宽容地说道，"她就喜欢夸夸其谈那套东西，然后看看它们能对你起什么作用。"

"我不是指她。她是个寡廉鲜耻的女人，对一切发财的机会都虎视眈眈。但她还不像另一个人那么危险。"

"贝拉？我得承认，她看起来是有点儿诡异。"

"我说的也不是她。我指的是那个西比尔。她看上去只是有些傻乎乎的。那些个串珠啊，身上穿的衣服啊，关于伏都教的各种见闻啊，还有她给我们讲的所有那些荒诞离奇的投胎转世故事。（为什么似乎从来没听说过像厨房女佣或者丑陋老农这样的人能够转世，而转世的总是那些埃及公主或者俊美的巴比伦奴隶呢？这也太离谱了吧。）不过尽管如此，尽管她很愚蠢，我依然觉得她真的有点儿能耐——能做出些奇怪的事情来。我总是表达不清楚——不过我是想说，正因为她很蠢，才有可能被有些人以某种方式利用。我猜没人能听懂我的意思吧？"她最后一句话说得可怜兮兮的。

"我能明白，"金吉儿说，"而且我丝毫不怀疑你是对的。"

"我们真该去参加一次她们的降神会，"罗达跃跃欲试地说，"可能会很有意思。"

"别，你别去，"德斯帕德坚决地说道，"我不会让你跟那种事搅和在一起的。"

他们边笑边吵起来。而我直到听见奥利弗太太问起第二天早上的火车时，才从自己的思绪中惊醒。

"你可以跟我一起开车回去。"我说。

奥利弗太太看上去有点儿拿不定主意。

"我想我最好还是坐火车——"

"嗨,别想了。你以前也坐过我的车啊。我是个最可靠的司机。"

"我不是那个意思,马克。只是我明天要去参加一个葬礼,所以我回城一定不能晚了。"她叹了口气,"我实在痛恨参加葬礼。"

"你非去不可吗?"

"我想这次我肯定得去。玛丽·德拉方丹是我多年的故交——我觉得她会希望我去的。她就是那种人。"

"当然,"我脱口叫道,"德拉方丹——对啊。"

其他人都惊讶地瞪着我。

"抱歉,"我说道,"只是,呃,我刚才一直在想最近在哪里听到过德拉方丹这个姓氏。是你提的,对不对?"我看着奥利弗太太,"你说了你去探望她之类的——在疗养院。"

"是我说的吗?很有可能。"

"她是怎么死的?"

奥利弗太太紧锁双眉。

"中毒性多发性神经炎——好像是这么个病。"

金吉儿用她那既聪明又具有洞穿力的眼神充满好奇地看着我。

我们下车的时候,我突然说道:"我想我得去溜达一圈儿。吃得实在太多了。那么丰盛的午餐再加上下午茶,我得想办法消耗消耗。"

还没等任何人来得及提出要陪我,我就迅速开溜了。我实在太想自己独处一会儿,整理一下思绪。

这一切到底是怎么回事?至少我得让自己搞明白。这件事想来是从波比随口说出的那句惊人之语开始的,不是吗?如果你想要"除掉谁",就应该到"灰马"去。

紧接着就是我和吉姆·科里根的那次会面,以及他那份和戈尔曼神父之死联系在一起的名单。那份名单上有赫斯基思-迪布瓦,有塔克顿,后者使我不由得回想起在路易吉咖啡馆的那天晚上。名单上还有德拉方丹,让我依稀觉得有些熟悉。这是奥利弗太太提起来的,是她一个生病的朋友。而现在,这个生病的朋友已经死了。

在那之后,我也搞不清自己哪根筋搭错了,居然跑到波比的花房去招惹她。而波比则断然否认自己知道有"灰马"这样的地方。而且更值得注意的是,她显然很害怕。

今天——塞尔扎·格雷登场了。

只是灰马酒店和住在里面的人无疑与那份名单是两码事,他们之间看不出半点瓜葛。可究竟为什么我心里总把它们联系在一起呢?

为什么那一刻我会想象它们之间存在着某种关联呢?

德拉方丹太太想来是住在伦敦的。托马西娜·塔克顿的家则是在萨里郡的某个地方。名单上没有一个人能和这个叫玛契迪平的小村子扯上关系。除非——

我此刻正好走到了"国王军火"旁边。"国王军火"是那种名副其实的酒馆,门脸装点得出类拔萃,刚刚写就的告示上表明这里提供"午餐、晚餐和茶点"。

我推门而入。吧台在我的左手边,还没有开始营业,右边那间小房间闻起来满是呛人的烟味。楼梯旁挂着的标牌上写着:

办公室。办公室有一扇紧闭的玻璃窗,上面贴着一张卡片,印着"请按铃"。在一天中的这个时段,酒馆里显得冷冷清清。办公室窗户旁的架子上有一本破旧的访客登记簿。我随手翻开,漫不经心地看着。光顾这里的客人没有多少,一周大概也就五六个人,多数也只来过一个晚上。我又往回翻看,留意着上面的名字。

没一会儿,我就合上了登记簿。周围还是一个人都没有。不过现阶段我也的确没有什么问题想问的。于是我又走出来,重新回到午后温和潮湿的空气里。

在过去的一年中,有一个叫桑福德的人和一个叫帕金森的人曾经在"国王军火"逗留过,这仅仅是巧合吗?这两个姓氏都在科里根的名单上。没错,只是它们都并不少见。不过我还注意到了另一个名字——马丁·迪格比。如果这就是我认识的那个马丁·迪格比的话,他应该是我通常都叫她米恩阿姨的赫斯基思-迪布瓦女士的侄孙。

我信步向前,不知道自己要去哪儿。我迫切地想找个人谈谈。找吉姆·科里根,或者找大卫·阿丁利。再或者找总是又冷静又理智的赫米娅。我现在脑子里乱成一团,不想一个人待着。坦白地说,我就是想找一个人能说服我不再像现在这样胡思乱想。

我拖着沉重的步伐,在泥泞的小路上走了大约半小时,最终来到了牧师家的大门前,在这个格外困扰我的难题驱使下,我走上前去,按响了门边那个锈迹斑斑的门铃。

2

"它不响了。"戴恩·卡尔斯罗普太太悄无声息地出现在门口,说道。

其实我也已经怀疑到这种可能性了。

"他们已经修过两次了，"戴恩·卡尔斯罗普太太说，"不过从来都坚持不了多久。所以我不得不时时留意门口，就怕有什么重要的事儿。你有要紧事儿，是不是？"

"这个——嗯——是的，要紧事儿——我是说对我来讲。"

"我也是这个意思……"她若有所思地看着我，"没错，我能瞧出来，相当严重——你想找谁？牧师？"

"我——我也不确定——"

我来这里本来是想找牧师的——不过此时，我忽然有点儿拿不定主意了。我也不知道怎么回事。但戴恩·卡尔斯罗普太太立刻就给了我答案。

"我丈夫是个极好的人，"她说，"我是说除了作为牧师之外。而有时候这会使事情显得有些难办。你也知道，好人并不真的了解邪恶。"她停顿了一下，然后干脆利落地说道，"我觉得你最好跟我讲讲。"

"邪恶的事情归你管？"我淡然一笑，问道。

"对，没错。了解教区里各种——呃，正在发生的罪孽，是至关重要的。"

"罪孽难道不属于你丈夫的职责范围吗？或者说，是他的公务。"

"是宽恕罪孽，"她纠正我道，"他可以给别人赦罪，我不行。而我，"戴恩·卡尔斯罗普太太非常快活地说道，"可以帮他把罪孽分门别类。而如果你了解了这些，也就可以帮忙防止其他人受到伤害。你无法帮助他们自身——我的意思是说我不能。你知道，只有上帝才能令人悔悟——或许你也不知道。如今很多人都不知道这个。"

"这方面的学问我跟你无法相比,"我说道,"不过我也想阻止人们受到伤害。"

她迅速看了我一眼。

"就是这么回事儿,对吗?你最好进来,这样我们都能舒服些。"

牧师家的客厅很大,有些破旧。房间的大部分被一株巨大的维多利亚式灌木的阴影所笼罩,看上去似乎没人有本事能阻挡它的生长。不过奇怪的是,这种昏暗却并未给人阴郁的感觉。相反,它让人觉得放松而惬意。所有那些老旧的椅子上都留存着多年来人们坐过的印迹。壁炉上的大钟发出令人舒服的滴答声,沉重而有规律。这间屋子总能让你敞开心扉,畅所欲言,让你从外面世界所带来的烦恼中解脱出来。

我觉得,泪眼汪汪的女孩在发现自己即将成为妈妈的时候,可以来这里向戴恩·卡尔斯罗普太太倾诉她们的苦恼,得到她的忠告,哪怕它并非那么合乎传统;愤怒的家人可以来这里向她发泄他们对于姻亲的各种不满和怨气;母亲们可以来这里向她解释她们的孩子其实并不坏,只是太活泼好动,因为这个就把他们送去管教所实在是荒唐透顶。丈夫和妻子们也可以来这里畅谈婚姻生活中的种种难题。

而此时的我,马克·伊斯特布鲁克,一个阅历丰富的学者、作家,面对着这个一头灰发、饱经风霜、慈眉善目的女人,也准备把烦恼和盘托出了。为什么?我也不知道。我只是很奇怪地确信,她就是那个我该找的人。

"我们刚和塞尔扎·格雷一起喝了茶。"我开口说道。

对戴恩·卡尔斯罗普太太解释事情从来都不难。她会立即跟上你的思路。

"啊,我明白。这让你觉得心烦意乱了?我同意,那三个人有点儿让人受不了。我自己也曾经感到纳闷……她们太能自吹自擂了。根据我的经验,真正邪恶的人一般不会那么招摇,都对自己做的恶事只字不提。倒是罪孽不那么深的人特别愿意把这些挂在嘴边。罪孽就是这样一种卑贱、拙劣而又可耻的小事情,因此才极其需要使自身看起来显得无比重要。村子里的女巫通常都是些居心叵测的傻老太婆,她们就喜欢吓唬人,这样一来就可以不劳而获。毫无疑问,这事儿做起来太简单了。布朗太太家的母鸡要是死了的话,你只需要点点头,阴森森地说上一句:'啊,上星期二她家的比利欺负过我的小猫咪。'贝拉·韦布应该就是这类女巫。不过她也有可能,只是有可能,比这个更厉害……有些东西从很小的时候就在她心里生根发芽,在这片乡野之地时不时地会突然显现出来。那样的时刻还真让人有些不寒而栗,因为它总透着一股发自心底的恶意,而绝非仅仅是想要给你留下印象而已。西比尔·斯坦福蒂斯是我所见过的最愚蠢的女人之一,不过她还真是个灵媒——甭管灵媒到底是什么吧。塞尔扎——我就不知道了……她跟你说了些什么?我猜,是不是她跟你说的一些话让你觉得心烦意乱了?"

"你真是一语中的啊,戴恩·卡尔斯罗普太太。就你的所见所闻,你觉得一个人可能在不存在任何看得见的联系的情况下,相隔很远的距离去消灭另一个人吗?"

戴恩·卡尔斯罗普太太的眼睛稍稍睁大了些。

"你所说的消灭,我理解就是杀死?"

"是的。"

"我得说这根本就是无稽之谈。"戴恩·卡尔斯罗普太太坚决地说。

"啊!"我松了一口气。

"不过当然啦,我也可能说得不对,"戴恩·卡尔斯罗普太太说道,"我父亲就说过不可能造出飞艇,而我的曾祖父可能也说过火车根本是胡扯。他们俩说得都没错,在他们那个时代这些确实是不可能的,不过现在都实现了。塞尔扎能干什么?触发一道死光或者什么其他的东西?还是她们仨画个五角星然后一起许愿?"

我笑了。

"你为我指点了迷津。"我说道,"我肯定是被那个女人催眠了。"

"哦,不,"戴恩·卡尔斯罗普太太说,"你不会被催眠的。你不是那种容易受人暗示的人。肯定还有什么别的事情。先前发生的事情,在所有这一切之前。"

"你说得太对了。"接着,我尽可能简明扼要地给她讲述了戈尔曼神父的死,以及那晚在饭店偶然听人提起的"灰马"。随后我从口袋中掏出了那份名单,那是我从科里根医生给我看的那张纸上抄下来的。

戴恩·卡尔斯罗普太太低头看着名单,眉头紧蹙。

"我懂了。"她说,"那么这些人,他们有什么共同点吗?"

"我们还不确定。有可能是敲诈勒索——或者跟毒品——"

"胡说,"戴恩·卡尔斯罗普太太说,"让你烦心的不是这个。其实你真正想着的是——他们都死了,对吗?"

我长叹了一声。

"没错,"我说道,"不过我真的不知道究竟是不是这么回事儿。他们当中有三个人死了。明妮·赫斯基恩-迪布瓦,托马西娜·塔克顿，玛丽·德拉方丹。这三个人都是因为很自然的原因死在床上的。而这正是塞尔扎·格雷声称会发生的事情。"

"你是说她声称这些都是她造成的？"

"不，不。她并没有特指某个人。她只是不厌其详地告诉我，她所相信的事情存在着科学上的可能性。"

"表面看起来就是胡言乱语。"戴恩·卡尔斯罗普太太沉吟道。

"我知道。要不是因为当初听人提起'灰马'时候那种令人费解的情景，我肯定也就是客气几句，自己心里暗笑罢了。"

"是啊，"戴恩·卡尔斯罗普太太沉思着说道，"'灰马'，还真是意味深长啊。"

她沉默了半晌，然后抬起头来。

"这不是好事，"她说，"非常糟糕。不管这背后藏着什么，都必须想办法阻止它。好在你已经觉察到了。"

"说的是啊……可我又能做什么呢？"

"你得去找出真相。不过时间紧迫，不能耽搁了。"戴恩·卡尔斯罗普太太雷厉风行地站起身来，"你必须马上着手去办，刻不容缓。"她又想了想，"就没有什么朋友能帮你吗？"

我思索着。吉姆·科里根？大忙人一个，几乎没什么时间，况且他可能已经竭尽所能了。大卫·阿丁利——但大卫能相信一星半点儿吗？赫米娅？对了，还有赫米娅。头脑清晰，逻辑缜密。如果能说服她鼎力相助，那绝对是雪中送炭了。再怎么说，她和我——我没有再往下想。赫米娅是我的固定女友——赫米娅就是我要找的人。

"你已经想起谁了？很好。"

戴恩·卡尔斯罗普太太没有半点拖泥带水。

"我会留意那三个女巫。不知为什么,我依然觉得她们并非问题的答案。那个姓斯坦福蒂斯的女人逢人就讲她那套关于埃及秘闻以及金字塔铭文上的预言之类的蠢话。她说的那些话一听就是一派胡言,不过金字塔啊、铭文啊,以及围绕那些庙宇的谜团,倒是的的确确存在着。我始终感觉塞尔扎·格雷已经掌握了些什么情况。弄清了真相也好,道听途说也罢,总之她把这些都胡乱掺和在一起,就为了凸显她自己的重要性,以及她对于神秘力量的控制。人们对于邪恶倒会引以为豪。很奇怪,不是吗?好人从来不会把他们的优点视为骄傲的资本。我想这正是基督教所倡导的谦卑在起作用吧。他们甚至对自己的善良浑然不觉。"

她沉默了片刻,又开口说道:"我们真正需要的是找到某种关联,能够把其中的某个名字和'灰马'联系在一起,要确凿无疑的。"

第八章

侦缉督察勒热纳听见外面走廊里有人用口哨吹起了那首脍炙人口的《奥弗林神父》。他抬起头,正好看见科里根医生走了进来。

"抱歉让各位失望了,"科里根说道,"那辆捷豹的司机根本就没喝酒……埃利斯警员从他嘴里闻到的气味肯定是出于埃利斯自己的想象,要么就是口臭。"

不过此刻的勒热纳对这些每天司空见惯的汽车司机违章事件一点儿都没兴趣。

"来,看看这个。"他说。

科里根接过递给他的信。信上的字迹小巧工整。抬头的地址写着:伯恩茅斯市,格伦道尔巷,埃弗勒斯。

亲爱的勒热纳警督,

你也许还记得你告诉过我,如果我碰巧看到戈尔曼神父遇害那天晚上跟着他的那个人,务必和你联系。我一直很留意我药店的周边,但始终都没再见过他。

然而昨天,我参加了一场在距离这里大约二十英里的村子里举办的教会游乐会。我是因为听说著名侦探小说作家奥利弗太太会亲临现场给她的书签名才去的。我读过很多侦探小说，所以特别想见见这位太太本人。

令我万分意外的是，我看到了我跟你描述过的戈尔曼神父遇害当晚从我店门前走过的那个男人。看起来似乎在那晚之后他遭遇了什么事故，因为在游乐会上他不得不坐在轮椅上活动。我小心翼翼地打听了一下他是谁，听说他姓维纳布尔斯，就是当地居民。他住在玛契迪平村的普赖厄斯大宅。据说他是个腰缠万贯的人。

希望这些信息能够对你有所帮助。

扎卡赖亚·奥斯本敬上

"如何？"勒热纳问道。

"听起来简直太不可能了。"科里根失望地说道。

"表面上看起来也许是。不过我并不那么确定——"

"这个姓奥斯本的家伙——在那样一个下着大雾的夜晚，他根本不可能把谁的脸看得那么清楚。我认为可能只是碰巧两个人有点儿相像。你也知道这些人都是怎么回事，总是到处宣称他们见到了一个失踪者——而十次里有九次，这个人甚至和印出来的画像毫无相似之处。"

"奥斯本跟他们不一样。"勒热纳说。

"他怎么样？"

"他是个短小精悍、体面正派的药剂师，很传统，挺有个性，并且非常善于观察人。他这一生的梦想之一，就是能够挺身而出指认一个在他的药店里买过砒霜的杀妻凶手。"

科里根哈哈大笑起来。

"如此说来，这显然是个痴心妄想的典型。"

"也许吧。"

科里根好奇地看着他。

"那你觉得这里面可能有名堂？你打算怎么处理？"

"无论如何，悄悄地调查一下这位住在玛契迪平普赖厄斯大宅的维纳布尔斯先生——"他指指那封信，"总不会有什么坏处。"

第九章

马克·伊斯特布鲁克的笔述

1

"乡下发生的这些事儿可真刺激!"赫米娅轻快地说道。

我们刚刚吃完晚饭。面前摆着一壶黑咖啡——

我看着她。这不是我期望她说的话。我刚刚已经花了一刻钟给她讲我的故事。她一脸睿智地听着,表现出浓厚的兴趣。但她的反应却完全出乎我的意料。她说话的腔调带着纵容——看起来既不震惊也不激动。

"那些说乡下的日子沉闷无趣,而城里的生活充满刺激的人,真的不知道自己在说什么。"她继续说道,"摇摇欲坠的小屋里还藏着最后的女巫;颓废的年轻人在遥远的宅邸中举行黑弥撒;孤立的小村落里迷信依然盛行;人到中年的老处女把她们的冒牌圣甲虫弄得叮当作响,举行降神会,一张张白纸上写满了耸人听闻的占卜词。关于所有这些,真的可以写出一系列妙趣横生的文章了。你为什么不试试呢?"

"我觉得你还是没有真正理解我告诉你的意思,赫米娅。"

"我当然理解,马克!我觉得所有这一切都太有意思了。那是历史上的一页,所有那些被人渐渐遗忘而又徘徊不去的中世纪传说。"

"我不是对这段历史感兴趣,"我心急火燎地说道,"我感兴趣的是事实真相。在一张纸上有一份名单,我知道其中一些人的身上已经发生了什么事情。那么剩下的人身上又即将发生,或者已经发生了什么呢?"

"难道你不觉得自己有点儿小题大做了吗?"

"没有,"我固执地说,"我不觉得。我认为这种威胁是确实存在的。而且也不是只有我一个人这么想,牧师的太太就同意我的看法。"

"噢,牧师的太太!"赫米娅的语气中带着轻蔑。

"不,不是你想的那种'牧师的太太'!她是个与众不同的女人。这整件事情都是千真万确的,赫米娅。"

赫米娅耸了耸肩膀。

"或许吧。"

"不过你不这么想?"

"我是觉得你有点儿异想天开了,马克。我敢说你的那几个中年妇女自己是真心相信这一套玩意儿的。我确信她们就是一帮卑鄙下流的老女人!"

"但还够不上真正的邪恶?"

"说真的,马克,她们还能怎么邪恶?"

我沉默了片刻。我的思绪踌躇不定——从光明到黑暗,接着又回到光明。"灰马酒店"意味着黑暗,而赫米娅则象征着光明。这是一种你每天都能感受到的充足的光明——好比牢牢固定在灯座上的电灯泡,可以照亮所有黑暗的角落。那儿什么都没有——空无一物,只除了你通常会在一个房间中发现的那些日常物品。

然而……然而……赫米娅所代表的光明，纵然可以令事物看上去显得清晰，却终究只是镜花水月……

我回过神来，决意固执己见，毅然决然……

"我想要做些调查，赫米娅。我要把这件事查个水落石出。"

"我同意。我觉得你该查查。可能蛮有意思的。事实上，这真的挺好玩儿。"

"不是好玩儿！"我厉声道。

然后我接着说："我想问问你愿不愿意帮助我，赫米娅。"

"帮助你？怎么帮？"

"帮我做些调查。看看这一切到底是怎么回事。"

"但我亲爱的马克，眼下我已经忙得不可开交了。'日报'需要我的文章。还有跟拜占庭有关的那摊子事情。此外我还答应我的两个学生——"

她用她充满理智的声音一直说下去——我却充耳不闻了。

"我明白，"我说，"你已经安排得满满当当的了。"

"就是这样啊。"对于我的识趣，赫米娅显然松了一口气。她冲我微笑了一下。我又一次被她所表现出的那种纵容惊呆了。那种纵容的神情，就仿佛一个母亲溺爱地看着她的小儿子沉浸于他的新玩具一样。

去它的吧，我可不是小男孩。我也不是要找个妈妈——反正肯定不是这种类型的妈妈。我自己的母亲和蔼可亲，没什么本事，包括她儿子在内的每一个人都会喜欢照顾她。

我平心静气地打量着桌子对面的赫米娅。

如此漂亮，如此成熟，如此理智，如此博学！而且如此——该怎么说呢？如此——对了，如此该死的沉闷无趣！

2

第二天早上我试图找到吉姆·科里根——但没成功。不过我留了口信,说我六点到七点之间会在家,如果他能来我这儿喝一杯的话。我知道他是个大忙人,因此也不敢确定他能否在这么短的时间内赶过来,没想到他还真的在差十分钟七点的时候出现了。我给他倒威士忌的时候,他四处转悠着看我的照片和存书。最后他说,他倒是不介意做个莫卧儿的皇帝,怎么也强过当个经济窘迫又得超负荷工作的法医。

"不过呢,我敢说,"他一边在椅子上坐下来一边说道,"他们肯定在女人的问题上吃尽了苦头。至少我算是躲过去了。"

"这么说,你还没结婚?"

"绝不。要我说,结了婚你就再也不能住在你那个舒服的狗窝里了。妻子一眨眼的工夫就会把它收拾得整整齐齐。"

我告诉他,我并不觉得女人像他所说得那么糟糕。

我拿着我的酒在他对面的椅子上坐下,开口说道:"你肯定很纳闷儿我为什么这么急着想要找你来。不过老实说,发生了一些事,这些事可能和我们上次见面时讨论的问题有关联。"

"什么事儿来着?——哦,想起来了。戈尔曼神父那件案子。"

"没错——但首先你得告诉我,'灰马'这个名字对你来说有什么意义没有?"

"灰'马'……'灰'马——不,我觉得没有。为什么问这个?"

"因为我觉得这有可能和你给我看的那份名单有关系——我最近和朋友一起去了一趟乡下——那是个叫玛契迪平的地方,他们带我去了一家老的酒店,或者应该说曾经是一家酒店,名字就叫作'灰马'。"

"等一下！玛契迪平？玛契迪平……这地方在伯恩茅斯附近吗？"

"离伯恩茅斯大概有十五英里吧。"

"我猜你没在那儿遇上一个姓维纳布尔斯的人吧？"

"我当然遇见啦。"

"你见着啦？"科里根兴奋得坐直了身子，"你还真是有能耐啊！他是个什么样的人？"

"他是个极其不同寻常的人。"

"哦？是吗？怎么个不同寻常？"

"主要体现在他的人格力量上。尽管他因为小儿麻痹，已经落了个完全残疾——"

科里根突然打断了我。

"什么？"

"他多年前得了小儿麻痹症，腰部以下已经瘫痪了。"

科里根带着一脸的憎恶靠回了椅背。

"那又完蛋了！我就觉得天上不可能掉馅儿饼嘛。"

"我不明白你的意思。"

科里根说道："你该去见见分区侦缉督察勒热纳，他肯定会对你说的话感兴趣的。戈尔曼神父遇害以后，勒热纳到处找任何那天晚上在那条街上看见过他的人了解情况。像往常一样，多数回答都是毫无用处的。不过有一个在那一带开了一家药店的药剂师，姓奥斯本。他报告说，当天晚上他曾经见到戈尔曼从他的店前走过，同时他还看见一个男人紧跟在他后面——当然，当时他并没有想到什么。不过他还是想方设法把那个人描述得相当仔细。看起来他相当确信能再次认出那个人来。哈，几天前勒热纳接到了奥斯本寄给他的一封信。他退休了，住在伯恩茅斯。他说他参加了一次当地的游乐会,在那儿见到了他曾经提到过的那个男人。出现在游乐会上那个男人坐着轮椅。奥斯本找人打听他是谁,别人告诉他那个人姓维纳布尔斯。"

他用询问的表情看着我。我点点头。

"一点儿没错,"我说道,"那就是维纳布尔斯。他去参加了游乐会。不过他不可能是在帕丁顿的街道上跟在戈尔曼神父身后的那个人。从身体上来讲不可能啊。奥斯本肯定是搞错了。"

"他把他描述得非常细致。身高大约六英尺,突出的鹰钩鼻子,以及特别明显的喉结。符合吗?"

"对,维纳布尔斯就是这个样子。可尽管如此——"

"我知道。奥斯本先生也未必就像他自认为的那样善于认人。很显然他是被这种纯属巧合的相似之处给误导了。不过连你也来跟着一起蹚这浑水——说些什么灰马之类的事情,还真是有点儿令人不安呢。这个灰马究竟是什么意思?你给我讲讲。"

"你不会相信的,"我提醒他,"连我自己都不太相信。"

"来吧。说来听听。"

我对他讲了我和塞尔扎·格雷之间的谈话。他立即做出了回应。

"这简直是一派胡言啊!"

"就是嘛,对不对?"

"当然是啊!你怎么了,马克?白色的小公鸡。我猜那是用来献祭的吧!一个灵媒,也是当地的巫婆,再加上一个会发射致命死光的中年乡下老处女。这太疯狂了,老兄——绝对的疯狂!"

"没错,就是疯狂。"我沉重地说道。

"哦!马克,别再那么附和我。你这样一说,让我觉得这里有些名堂。你不会也相信这里面的某些东西吧?"

"让我先问你一个问题。那些所谓的每个人都有一种隐秘的死亡愿望或者冲动，这种说法有科学道理吗？"

科里根犹豫了片刻，然后说道："我不是精神科医生。就咱俩私下里说，我觉得这几个人真的是有点儿半疯。她们的理论说不清道不明，而且她们也做得太过了。我不妨告诉你，有人会为了收银机抽屉里的钱就杀害无助的老太太，警方一点儿都不喜欢那种总被叫来给这样的凶手开脱罪责做辩护的专家级医学证人。"

"你还是更推崇你的那套腺体理论？"

他咧嘴笑笑。

"好吧，好吧。我也是个理论家。这是公认的。不过我的理论背后是有充分事实依据的——只要我能把它搞清楚。但这套什么潜意识的玩意儿！别扯淡了！"

"你不相信这些？"

"我当然相信。只是这些家伙扯得有点儿太远了。还说什么潜意识里的'死亡意愿'，当然，这里面可能也有几分道理，但远不像她们说得那么邪乎。"

"不过确实有这样的事儿啊。"我坚持道。

"你最好去买一本心理学方面的书好好看看。"

"塞尔扎·格雷声称该知道的她都知道。"

"塞尔扎·格雷！"他哼了一声，"一个愚蠢到家的乡下老处女能明白什么心理学？"

"她说她懂得很多。"

"就像我刚才说的，都是扯淡！"

"这个，"我说，"就是人们在对待任何与公认观点不符的新发现时最常说的话。比如在铁栏杆上抽搐的青蛙腿[①]——"

他打断了我的话。

"这么说你已经完全相信这一套说法喽？"

"也不是啊，"我说，"我只是想要搞清楚这里面究竟有没有科学依据。"

科里根对此嗤之以鼻。

"快算了吧，还科学依据！"

"好啦，我只是想知道。"

"你下面就该说她是那个带着盒子的女人了。"

"什么带着盒子的女人啊？"

"只是个胡诌的故事，这样的故事还有好多，时不时就会冒出来——诺查丹玛斯的书里讲过，都是从希普顿修女[②]那儿来的。有些人就是什么都相信。"

"你至少可以告诉我关于那份名单你进行得怎么样了吧。"

"小伙子们干得都挺卖力气的，不过这种差事很耗费时间，一大堆的例行工作。名单上只有姓氏，既没有地址也没有教名，要想追踪或者确定可不是件容易事。"

"我们不妨换个角度来看。有一件事我敢跟你打赌。就在最近的一段时间之内——好比说一年或者一年半吧——那上面的每一个姓氏都曾经在死亡证明上出现过。我说得对吗？"

他用怪异的眼神看了看我。

"至少在我看来，你说得没错。"

[①] 意大利医生及动物学家路易吉·伽伐尼在一七八〇年的一次实验中发现，将铜钩插入死青蛙的脊髓中再挂在铁栏杆上，当青蛙腿碰到铁栏杆时就会发生颤抖抽搐，这一发现为科学界对于生物电的认识打下了基础。

[②] 一四八八年出生于英格兰北约克郡的女先知，关于她和她的预言故事大约有五十个版本在流传，现在普遍认为她的很多预言都是在她死后由别人编撰的。

"那就是他们所有人的共同点——死亡。"

"是，但这可能并不像听上去的那样有那么大的意义，马克。你知道在不列颠群岛上每天要死多少人吗？况且这里面有些姓氏太普通了——帮不上什么忙啊。"

"德拉方丹，"我说，"玛丽·德拉方丹。这可不是个很常见的名字，对不对？据我所知，她的葬礼就是在刚刚过去的周二举行的。"

他飞速地扫了我一眼。

"你怎么知道的？我猜是从报纸上看的吧。"

"我是从她的一个朋友那儿听说的。"

"她的死没有任何疑点。这个我可以告诉你。事实上，警方已经调查过的每一起死亡都没有什么疑点。如果他们是'意外死亡'，那可能还值得怀疑一下。不过所有这些死亡事件都再自然不过了。肺炎、脑出血、脑部肿瘤、胆结石，还有一例是小儿麻痹——丝毫没有可疑之处啊。"

我点点头。

"不是意外，"我说道，"没有下毒。只是普通疾病导致的死亡。这就和塞尔扎·格雷声称的一样。"

"你真的是在暗示说那个女人能够让一个她从未谋面又远隔千里的人染上肺炎，并且因此送命吗？"

"我可没有这么说，是她说的。我是觉得这件事情太荒诞离奇了，我更愿意相信这是不可能的。不过这里面的确有些令人费解的因素。有人在不经意间提到了'灰马'——和除掉讨厌的人联系在一起。而确确实实有个地方就叫'灰马'——住在那儿的女人几乎就是在夸口说这种事情是完全可能发生的。住在那旁边的一个男人又被明确地指认为戈尔曼神父遇害那天晚上跟在他后面的人——就在那天晚上，神父被叫到一个临终的女人床前，有人听到那女人说了'极其邪恶'之类的话。你不觉得这里面巧合太多了点儿吗？"

"那个男人不可能是维纳布尔斯，因为按照你的说法，他已经瘫痪多年了。"

"从医学的角度来看，瘫痪是不可能伪装出来的吗？"

"当然不可能。瘫痪的肢体是会萎缩的。"

"那么说来这个问题似乎就解决了。"我叹了口气承认道，"真遗憾。在我看来，如果有这么一个——我不知道该怎么称呼——比如说专门从事'除掉某人'的组织的话，维纳布尔斯就是那种能够在背后实施策划的人。他那幢房子里所拥有的东西表明他富得流油。那么这些钱是从何而来的呢？"

我停顿了一下，然后接着说道："所有这些已经死了的人——因为各种原因，死在床上的人，有没有人会由于他们的死亡而获益呢？"

"无论多少，总有人会因为死亡而获益。不过这里面没有明显让人起疑的情况，如果你是指这方面的话。"

"也不一定吧。"

"你可能知道，赫斯基思-迪布瓦女士身后大约留下了五万英镑。由她的一个外甥女和一个侄子继承。侄子住在加拿大。外甥女结婚以后住在英格兰的北部。两个人倒是都能用得上这笔钱。托马西娜·塔克顿的父亲也留给她一笔巨额财产。如果她死的时候不满二十一岁，而且还没结婚的话，这笔钱就归她的继母了。那个继母看起来相当清白。然后就是你说的这个德拉方丹太太——她的钱留给了一个表妹——"

"啊哈，这个表妹呢？"

"跟她的丈夫一起住在肯尼亚。"

"全都有绝好的不在场证明。"我评论道。

科里根白了我一眼。

"有三个死了的桑福德,其中一位留下一个比他自己年轻得多的老婆,那女人已经又结婚了——相当神速。这位已故的桑福德是个罗马天主教徒,是不可能答应她离婚的。有个叫西德尼·哈蒙兹沃思的家伙死于脑出血,伦敦警察厅怀疑他靠暗中敲诈来敛财。他这一死肯定会让好几个身居高位的人如释重负。"

"你刚刚说的实际上是想表明,所有这些死亡都是很合时宜的。那么姓科里根的呢?"

科里根嘿嘿一笑。

"科里根是个常见姓。有一大堆死者都姓科里根——不过就我们所知,没有哪个特别的人会因此获得特别的利益。"

"那就明白了。你可能就是下一个受害者了。自己多加小心吧。"

"我会的。别以为你那个恩多女巫①用十二指肠溃疡或者西班牙流感②就能让我玩儿完。对于一个坚不可摧的医生来说,门儿都没有!"

"听着,吉姆,我想要调查一下塞尔扎·格雷的这番断言。你愿意帮助我吗?"

"不,我不愿意!我真不明白,像你这样一个受过教育的聪明人,怎么会被这种扯淡所蒙骗。"

我叹了口气。

---

① 传说中的女巫和灵媒,在《圣经·撒母耳记》中曾替扫罗王呼唤过先知撒母耳的灵魂。
② 西班牙大流感暴发流行于一九一八至一九二〇年间,造成五亿人感染,死亡人数在五千万至一亿之间。

"你就不能换个词儿？我都已经听腻了。"

"废话连篇，如果你喜欢这个的话。"

"也不怎么样。"

"马克，你可真是个固执的家伙，是不是？"

"在我看来，"我说，"总得有人这样！"

第十章

格伦道尔巷是崭新的。它延伸成一个不规则的半圆形,在地势比较低的那一边,建筑工人还在施工。沿这条路走到大约一半的地方有一扇大门,上面写着"埃弗勒斯"。

勒热纳警督可以看到一个圆滚滚的背影正弯着腰在花园的边上种球茎植物。他毫不费力地认出那就是扎卡赖亚·奥斯本先生。他推开大门走了进去。奥斯本先生直起身来,回过头看看是谁闯进了他的领地。在认出来人之后,他本已通红的脸因为高兴而变得更红了。住在乡间的奥斯本先生看上去和在伦敦药店里的奥斯本先生几乎一模一样。他脚下穿着结实的乡下鞋子,上身只穿着衬衣,不过即使这么随意的打扮,也几乎没有影响他外表的干净整洁。一滴细小的汗珠挂在他闪闪发亮的光头顶上。他小心地从口袋里掏出一块手帕将它拭去,然后才走上前去迎接来客。

"勒热纳警督!"他愉快地大声说道,"你能来是我的荣幸啊。我这是发自肺腑的,长官。我接到了你关于收到我的信的回函,但从来没奢望过你会亲自前来。欢迎光临寒舍。欢迎光临'埃弗勒斯'。这个名字也许会吓你一跳吧?我一直都对喜马拉雅山有着浓厚的兴趣[①]。珠穆朗玛峰探险的每个细节我都会关

[①] 英文中埃弗勒斯(Everest)即喜马拉雅山的珠穆朗玛峰。

注。这真是我国的巨大成功啊。埃德蒙·希拉里爵士[①]！太了不起了！那得是何等的忍耐力啊！尽管我自己从来都不必经受那种身体上的不适，但我真的由衷钦佩那些人的勇气。他们会一往无前地攀登人类未曾征服过的山峰，或者穿越冰封海面去探索极地的奥秘。我还是请你进屋，跟我一起随便吃点儿什么吧。"

于是，奥斯本先生在前面带路，把勒热纳领进了他的小屋。这间屋子虽说少有陈设，却也整洁至极。

"还没完全安顿好呢。"奥斯本先生解释道，"我只要有机会就会去参加本地的拍卖会。有很多不错的东西就是这么买来的，只需要花费商店里价格的四分之一就能拿到手。我请你喝点儿什么？来一杯雪莉酒？还是啤酒？或者来杯茶？我马上就可以去烧壶水。"

勒热纳表示他想要喝啤酒。

"来喽！"没一会儿工夫，奥斯本先生就带着两个斟满了酒的白色大酒杯回来了，"我们就坐在这儿休息片刻。'埃弗勒斯'。哈哈！我这所房子的名字可是一语双关啊。我总是喜欢开些小玩笑。"

一番客套过后，奥斯本先生满怀希望地俯身向前。

"我的消息对你有用吗？"

勒热纳说话的时候用了尽可能缓和的方式。

"恐怕不像我们所期望的那么有用。"

"啊，我承认我有点儿失望了。不过说真的，我也明白没有理由去猜测一个和戈尔曼神父走往同一个方向的绅士就一定是杀

[①] 埃德蒙·珀西瓦尔·希拉里爵士（1919—2008），世界最著名的登山家之一，生于新西兰，一九五三年成为世界上第一个登上珠穆朗玛峰的人，同年被英国女王伊丽莎白二世授予爵位。

害他的凶手。实际上还是我寄予的期望太高了。而且我也了解到，这个维纳布尔斯先生家境殷实，在本地广受尊重，他的交际圈子也都是上流人士。"

"问题是，"勒热纳说，"你那天晚上看到的人不可能是维纳布尔斯先生。"

"哦，但那真的是他。我自己心里有绝对的把握。我从来没有认错过一张脸。"

"恐怕你这次一定是搞错了，"勒热纳温和地说道，"你知道，维纳布尔斯先生是个小儿麻痹症患者。他从腰部以下都是瘫痪的，时间已经超过三年了，根本就没法用腿走路。"

"小儿麻痹！"奥斯本先生脱口叫道，"哦，天哪，天哪……那看起来已经盖棺论定啦。不过勒热纳督察，我斗胆问一句，希望你别生气。事情真的是这样吗？我的意思是说你有明确的医学证据吗？"

"是的，奥斯本先生，我们有。哈利街的威廉·达格代尔爵士可是医学界的杰出成员，而维纳布尔斯先生就是他的病人之一。"

"当然，当然。英国皇家内科医师学院院士。大名鼎鼎啊！哦，老天爷，这下看起来我错得太离谱了。我那会儿那么确信。结果却让你白忙活一场。"

"你可千万别这么想，"勒热纳随即接口道，"你的消息还是很有价值的。很显然，你看见的那个男人长得一定和维纳布尔斯先生很像——而维纳布尔斯先生是个相貌不同寻常的人，这样一来我们就掌握了极其宝贵的信息。不会有很多人符合那种模样的。"

"这倒是，这倒是。"奥斯本先生稍稍打起点儿精神来，"一个犯了罪的家伙，外表看起来又很像维纳布尔斯先生。肯定不会有很多这样的人。在苏格兰场的档案里——"

他带着殷切的期望看着督察。

"也许没有那么简单，"勒热纳缓缓说道，"这个人可能没有前科。而且不管怎么说，就像你刚才提到的，到现在为止，还没有理由怀疑这个特定的男人和戈尔曼神父的遇袭有任何关系啊。"

奥斯本先生看起来又有些沮丧了。

"你得原谅我。恐怕是我又有点儿一厢情愿了……我实在是太想在谋杀案审判的时候能够出庭作证了……而且我可以向你保证，他们没法让我动摇。哦，不，我本就应该坚持我的说法！"

勒热纳沉默了，心里在暗自揣摩着款待他的主人。还是奥斯本先生先开口打破了这阵沉默的审查。

"怎么了？"

"奥斯本先生，你为什么要如你所说，坚持自己的说法呢？"

奥斯本先生看上去十分惊讶。

"因为我太确定了——哦，是啊，我明白你的意思。这个人不是要找的那个人。所以我不该如此肯定。但我——"

勒热纳俯身向前。"你可能会纳闷儿我今天为什么来找你。在已经得到了医学证据，表明你看到的那个人不可能是维纳布尔斯先生以后，我为什么还要到这儿来？"

"对啊，对啊。勒热纳督察，那你为何要来呢？"

"我来，"勒热纳说，"是因为你确认时那种极其肯定的态度给我留下了太深刻的印象。我想知道你怎么就敢如此确定。别忘了，那天晚上下着大雾。我去过你的药店。我站在你当时所站的门口向街对面张望。依我所见，那样一个雾夜，那样一种距离，一个人影看起来应该是有些虚无缥缈的，要想清晰地分辨出特征来几乎是不可能的。"

"当然，从某种程度上来说，你说得完全正确。当时正在下雾。不过如果你能明白我的意思的话，当时的雾气是时断时续的。时不时就会有一小片地方变得清楚起来。我看见戈尔曼神父沿着对面的人行道匆匆走过去的时候就是这种情况。这就是为什么我能够如此清晰地看见他和紧随其后的男人。而且，就在后面那个男人走到我对面的位置时，他用打火机又点了一次他的烟。那一瞬间他的侧影异常清晰——那鼻子，那下巴，还有那明显的喉结。我觉得那张脸实在太引人注目了。在那之前我从来没在周围见过他。我认为如果他曾经来过我的店里，我会记住他的。所以呢，你看——"

奥斯本先生住了口。

"是的，我明白。"勒热纳若有所思地说。

"一个兄弟，"奥斯本先生充满期望地提议道，"也许是个孪生兄弟？那不就全解决了吗？"

"答案是长得一模一样的孪生兄弟？"勒热纳微笑着摇了摇头，"小说里这么写倒是挺方便的。但在现实生活中——"他又摇了摇头，"你也知道，不会发生的。真的不会发生的。"

"是啊……是啊，我想也不会发生。不过也有可能只是个普通的兄弟。一家人嘛，可以长得很像——"奥斯本先生看上去还是不满足。

"根据我们能够确认的信息，"勒热纳谨慎地说道，"维纳布尔斯先生没有兄弟。"

"根据你们能够确认的信息？"奥斯本先生把这句话重复了一遍。

"虽说他有英国国籍，却是在国外出生的，他的父母直到他十一岁那年才带他回到英国。"

"那么其实你们也并不特别了解他？我是指，了解他的家庭？"

"对，"勒热纳沉思道，"想要调查清楚维纳布尔斯先生还真是不容易——换句话说，除非我们直接去问他本人——而我们又没有理由这么做。"

他这么说是故意的。其实除了直接去问以外，还有好多种调查方法，只是他没想对奥斯本先生如实相告。

"也就是说，若非有这份医学证据，"他边说边站起身来，"你还是会坚持你的指认吧？"

"那是啊，"奥斯本先生顺水推舟地说，"你也知道，记人脸可是我的一大爱好呢。"他低声轻笑道，"很多顾客都会被我吓一跳。我会对某个人说'哮喘怎么样啦？'而她则会一脸的惊奇。然后我会说'三月份的时候你来过，带着一张处方，是哈格里夫斯医生开的。'你说她能不大吃一惊吗？这给我的生意带来很大的好处。人们发现自己被记住了会觉得很高兴的，尽管我记名字不像记面孔记得那么好。我从很年轻的时候就开始把这个培养成了一种爱好。我总是对自己说，扎卡赖亚·奥斯本，如果税务员能做到，你也能做到！没多久这就习惯成自然了。几乎不费吹灰之力。"

勒热纳叹了口气。

"在法庭上我真喜欢能有你这样一个证人。"他说，"指认是件很棘手的事情。大多数人什么都没法告诉你。他们总是会说：'哦，我觉得个子比较高。金发——呃，也不是特别多，中等吧。长相很普通。蓝眼睛——或者是灰色的——或者也许是棕色的。穿着灰色的雨衣——或者也可能是深蓝色的。'"

奥斯本先生笑了。

"这种话对你来说可真没什么用。"

"平心而论,赶上你这样的证人可真是千载难逢啊!"

奥斯本先生看起来很高兴。

"这算一种天赋。"他谦恭地说道,"不过也得告诉你,我有意培养过自己这种天赋。你知道,在小孩子的聚会上有一种游戏——一大堆东西放在一个盘子里端出来,然后给你几分钟时间去记住它们。每次我都能够拿满分。人们都觉得相当惊讶。他们会说这太了不起了。其实这没有什么。只是一种本领,熟能生巧。"他咯咯笑道,"我还是个不错的魔术师呢。圣诞节的时候我会露几手逗逗孩子们。不好意思,勒热纳先生,你胸兜里那是什么?"

他倾身向前,掏出了一个小烟灰缸。

"啧啧,长官,亏你还是个警察呢!"

他开怀大笑起来,勒热纳也随着他一起笑。接着奥斯本先生叹了口气。

"长官,我买下的这块小地方还真是不错。邻居们都很友善可亲。这是那种我向往多年的生活。不过勒热纳先生,我得向你承认,我还是很怀念我拥有自己生意时的那份乐趣。总有人来来往往。你知道,可以让我有机会观察各式各样的人。我也渴望拥有一个自己的小花园,而且我还有很多很广泛的兴趣。我告诉过你我喜欢蝴蝶,有时候也喜欢看看鸟。不过我没意识到自己会如此怀念那种东西,我把它称作人的因素吧。

"我以前想过要出国待上一小段时间。呃,我已经花了一个周末,去了一趟法国。我得说这一趟相当不错——不过我还是深深地感到,英国对我来说已经足够好了。首先我就不喜欢外国的饭菜。至少在我看来,他们根本就不知道怎么做鸡蛋和培根。"

他再次叹了口气。

"我只是想告诉你人的本性是怎么回事。我是一直想着要退休的。而现在——你知道，我又开始有点儿想在本地，在伯恩茅斯找一家药品店入股，只要一小部分，能够满足我的一点儿乐趣就可以，而不需要成天被拴在店里。那样的话我就又会觉得有事可忙了。我想你将来也会这样的。你会事先定好很多计划，可是真到了那个时候，你又会怀念起你过去那种生活的刺激。"

勒热纳微微一笑。

"奥斯本先生，警察的生活并不像你想象得那样刺激有趣。你对于调查犯罪方面的了解还是不够专业。绝大多数都是些沉闷的例行公事。我们并不总是在抓捕罪犯，追踪神秘的线索。说真的，这差事其实相当枯燥乏味。"

奥斯本先生看起来并不那么相信。

"还是你最清楚。"他说，"再见吧，勒热纳先生，我真的很抱歉没能帮到你。如果有任何事情，请随时——"

"我会让你知道的。"勒热纳向他保证。

"参加游乐会的那天，看起来真是个不错的机会。"奥斯本惋惜地喃喃自语道。

"我知道。遗憾的是医学上的证据太明确了。人得了这种病是不可能恢复的，对吗？"

"不过——"奥斯本先生的话停在了嘴边，但勒热纳并没有留意到。他迈着大步子迅速地离开了。奥斯本先生站在门边看着他的背影。

"医学证据。"他说，"那些医生可真是的！如果他对医生的了解能有我的一半就好了——他们那帮人，无知啊！那帮医生就是这样！"

第十一章

马克·伊斯特布鲁克的笔述

1

先是赫米娅。现在又是科里根。

好吧,我让自己出了个大洋相!

我把一堆胡言乱语当成了板上钉钉的事实。我被那个女骗子塞尔扎·格雷催眠了,竟然相信了她的连篇鬼话。我就是个又迷信又轻信的蠢货。

我决定把这件该死的事情通通忘掉。说到底,它跟我又有什么关系呢?

透过这片失望的迷雾,戴恩·卡尔斯罗普太太急切的声音又在我耳畔回响起来。

"你必须得做点儿什么!"

这话说起来容易。

"你需要个人来帮助你……"

我需要过赫米娅。我需要过科里根。不过他们俩都不愿意插手。这么一来就没别人了。

除非——

我坐下来考虑对策。

一时冲动之下我奔向电话,拨了奥利弗太太的号码。

"喂。我是马克·伊斯特布鲁克。"

"有什么事吗?"

"你能告诉我那天因为游乐会留在家里的女孩儿叫什么名字吗?"

"应该可以。让我想想啊……对,叫金吉儿。那就是她的名字。"

"这个我知道。但其他的名字呢?"

"什么其他的名字?"

"我怀疑她受洗时候的名字不是金吉儿,而且她总得有个姓吧。"

"啊,那是自然。不过我不知道她姓什么。现如今似乎大家也不再以姓氏相称了。那也是我第一次遇见她。"奥利弗太太停顿了一下,接着说道,"这事儿你得给罗达打个电话问问。"

我不喜欢这个主意。不知为什么我觉得有点儿不好意思。

"哦,我没法打这个电话。"我说。

"这太简单了,"奥利弗太太鼓励我道,"你就说你答应要送给她一本你写的书,但是把她的地址弄丢了,也不记得她的名字;或者说你要告诉她一家卖便宜鱼子酱的店名;再或者说那天你流鼻血,她把手绢借给你了,你现在要还给她;要么就说你一个有钱的朋友想找她修一幅画,你要把地址告诉她。这些理由够不够?你愿意的话我还能想出好多来。"

"这当中随便哪个都很好了。"我向她保证道。

我挂断了电话,然后拨了一〇〇,没一会儿就和罗达通上话了。

"金吉儿？"罗达说道，"哦，她住在那种由马厩改成的排屋①，那地方在卡尔加里街四十五号。稍等一下，我给你她的电话号码。"她走开了，没一会儿又回来，"凯普里科恩三五九八七。记下来了吗？"

"记下来了，谢谢啊。不过我还不知道她的名字。我从来没听人叫过。"

"她的名字？哦，你是指她姓什么吧。她姓科里根。凯瑟琳·科里根。你说什么？"

"没什么。谢谢你，罗达。"

在我看来这是个奇怪的巧合。科里根。两个科里根。也许这预示着什么呢。

我拨通了凯普里科恩三五九八七。

2

金吉儿和我在桌边相对而坐，我们约好在"白凤头鹦鹉"酒吧碰面，一起喝上一杯。她看上去和在玛契迪平时一样容光焕发——一头蓬乱的红发，一张长着雀斑的迷人的脸，还有一双机敏的绿眼睛。她穿着紧身裤，一件邋遢乔的套头衫以及黑色的羊毛长袜，颇带有一股伦敦的艺术气息——除此之外她还是那个金吉儿。我非常喜欢她。

"我花了好大的工夫才找到你。"我说道，"你姓什么，你的住址以及你的电话号码——我通通都不知道。真给我出了个难题。"

---

① 原文为 Mews，是伦敦一种历史悠久的排屋，在十七和十八世纪是马厩，楼下养马，楼上住人。现在全部改建为高房梁的多层式住宅。

"我那个每天来帮忙的女佣也是这么说的。通常情况下这就意味着我该给她买个新的深平底锅或者地毯刷,或者其他什么无聊的东西了。"

"这次你什么都不用买。"我向她保证道。

接着我开始向她讲述。因为她对"灰马酒店"以及住在里面的人都已熟知,所以我并没有像给赫米娅讲故事那样花费那么长时间。讲完的时候,我把眼神从她身上移开。我不想看到她的反应;我不想看到那种纵容的愉悦或者赤裸裸的怀疑。这整件事情此时听起来比以前显得更白痴。没有任何人(除了戴恩·卡尔斯罗普太太之外)会与我感受相同。我用一把放在一旁的餐叉在塑料桌面上随手画着图案。

金吉儿的声音在耳边轻快地响起。

"就是这些,对吗?"

"就是这些"我承认。

"那你打算怎么处理这件事呢?"

"你觉得——我应该做点儿什么?"

"是啊,当然啦!是得有人做点儿什么呀!你总不可能明知道有一个组织专门干杀人的勾当,还听之任之吧。"

"但我能做什么呢?"

我本来应该搂住她的脖子,给她一个拥抱的。

她正皱着眉头,呷着她的潘诺茴香酒。一阵暖流涌遍我的全身。我再也不是孤军奋战了。

她随即沉思道:"你得查出这一切都意味着什么。"

"我同意。不过怎么个查法?"

"看起来有一两条线索。也许我能帮上忙。"

"你行吗?可你还得工作呢。"

"下班以后的时间还可以做很多事情。"她思索的时候又皱起了眉头。

"那个女孩儿,"最终她说道,"就是你们从老维多利亚剧院出来以后去吃晚饭时遇见的那个,叫波比还是什么来着。她知道些事情——她肯定知道——所以才会那么说。"

"是,不过她被吓着了,当我想问她问题的时候她就立刻躲开了。她确实是害怕了,什么都不肯说。"

"这就是我能帮上忙的地方了,"金吉儿自信地说,"她会告诉我一些不肯告诉你的事情。你能设法安排我们俩见面吗?你的朋友带上她,再加上你和我?看一场演出或者吃一顿饭之类的?"接下来她看上去有些拿不定主意,"这样会不会太破费了?"

我向她保证我花得起这份钱。

"至于你嘛——"金吉儿思索了片刻,"我相信,"她缓缓说道,"你最好从托马西娜·塔克顿那方面入手。"

"怎么入手啊?她已经死了。"

"但如果你的想法正确无误的话,应该是有人想让她死!而且是通过'灰马酒店'安排了这一切。这样看来有两种可能性。要么是她的继母,要么就是那个被她抢了男朋友而在路易吉的咖啡馆和她打架的女孩儿。没准儿她想要嫁给他。要是她对那个小伙子足够痴迷的话,可就不会合她继母或者另一个女孩儿的意了。她们两个人哪个都有可能去'灰马酒店'。这样我们就可能找到线索了。那女孩儿叫什么名字,还是说你也不知道?"

"我想应该是叫卢。"

"有点儿发灰的金发,又长又直,中等身材,胸挺大的?"

我肯定了她的描述。

"我觉得我在这附近见过她。卢·埃利斯。她自己有笔小钱——"

"她看起来可不像。"

"好吧,他们那帮人看起来都不像——不过她的确有钱。至少她肯定能负担得起'灰马酒店'的费用。我猜她们不会白干这事儿。"

"那简直不能想象。"

"你得想办法搞定那个继母。这件事你比我更适合。去拜访她一下——"

"我不知道她住在哪儿,一无所知。"

"路易吉对于汤米的家庭有些了解,我想他应该知道她住在哪个郡。剩下的查查参考资料应该就够了。嗨,我们可真够傻的!你在《泰晤士报》上看到过她的讣告。你只要去报社翻翻他们的档案就行了。"

"我要去对付她的继母,总得找个托词吧。"我若有所思地说。

金吉儿说那再简单不过了。

"你瞧,你是个名人,"她解释道,"一个历史学家。你会做演讲,也出过书。塔克顿太太肯定会有印象,没准儿她见到你会高兴坏了呢。"

"那用什么托词啊?"

"比如她的房子的某些特点令你感兴趣?"金吉儿有些含糊其词地建议道,"那要是幢老房子的话,肯定会有点儿什么的。"

"那跟我研究的时代也毫无瓜葛啊!"我反对道。

"她又不知道,"金吉儿说,"人们总是觉得任何超过一百年历史的东西都一定会吸引历史学家或者考古学家的兴趣。或者你觉得谈谈画作怎么样?那幢房子里肯定会有些老画的。反正你就约好时间到那里，对她一顿巴结讨好，展现出你的魅力来，然后你说你有一次见过她女儿——她的继女——再说些你感到多难过之类的……接下去，你要突然提起'灰马酒店'。要是愿意的话，你就显得邪恶一点儿。"

"那然后呢？"

"然后你就观察她的反应。如果你出其不意地提起'灰马酒店'，而她又确实心里有鬼的话，她不可能不露出马脚来。"

"假如她果真如此——下面我怎么办？"

"最重要的是，那样我们就知道我们找对了方向。一旦确认，我们就可以开始全力追查了。"她沉思地点点头，"还有一个问题。你觉得那个姓格雷的女人为什么要跟你说那些事情？她凭什么要那么热心地提供消息？"

"按常理来判断，是因为她有点儿疯疯癫癫的。"

"我不是指这个。我是说——为什么是你？为什么偏偏选中了你？我只是在想，这里面会不会有某种关联？"

"跟什么有关联？"

"稍等片刻，容我理一理头绪。"

我等待着。金吉儿断然地点了两下头，然后开口了。

"假设——仅仅是假设啊，事情是这样的。那个叫波比的女孩儿知道的关于'灰马酒店'的事情都是些大概——不是亲身经历，而是道听途说。听起来她是那种任何人在聊天的时候都不会太注意的女孩子——不过她记住的很可能比他们所想象得要多得多。看上去傻乎乎的人经常是这样。比方说她那天晚上对你说起这些的时候，被别人无意中听到了，有人为此教训了她一顿。于是那天你去问她问题的时候，她已经吓坏了，所以才什么都不说。不过你去找过她，并且问她问题这件事也已经传开了。而你又为什么要问她这些问题呢？你又不是警察。那么最有可能的原因就是：你是一个潜在的客户。"

"但显然——"

"我告诉你吧，这是顺理成章的。你先是听到了这件事的一些传言——出于自己的目的，你想要一探究竟。没多久你就在玛契迪平举办的游乐会上露了面。你被带到了'灰马酒店'——也很有可能是因为你要求他们带你去那儿的——然后发生了什么呢？塞尔扎·格雷就直奔主题开始招揽生意了。"

"我想这是一种可能性……"我思索着，"金吉儿，你觉得她能做到她宣称的那些事吗？"

"你要问我的话，我会说她当然不能！不过怪事确实可能会发生。尤其是类似催眠这样的事情。比如说告诉某个人明天下午四点去咬一口蜡烛，他们就会莫名其妙地照着去做。诸如此类吧。要么就是让你在电热箱里滴上一滴血，然后就能知道你在两年之内会不会得癌症。这些一听就像是骗人的，不过也可能并不完全是假的。至于塞尔扎说的那些——我觉得不像真的——但我特别害怕它可能成真！"

"没错，"我神情严肃地说道，"这就都能解释得通了。"

"我或许该在卢身上下点儿功夫。"金吉儿若有所思地说道，"我知道在好几个地方都可以跟她来个不期而遇。路易吉可能也会知道些什么。

"不过当务之急，"她补充道，"是和波比联系上。"

这件事安排得毫不费力。大卫三天后的晚上有空，我们选定了一场音乐表演，他带着波比一起来了。我们去"梵特溪"吃晚饭，我注意到金吉儿和波比一起去卫生间去了很久，当她们再次出现的时候，就已经相处得非常融洽了。按照金吉儿的指示，晚餐期间我们没有谈论任何有争议的话题。之后我们就此道别,我开车送金吉儿回家。

"没太多可汇报的,"她兴致勃勃地说道,"我已经跟卢说上话了。顺便说一句,那天晚上她们为之争吵的男人叫吉恩·普莱登。要让我说,他不是什么好东西。极端利欲熏心。姑娘们倒都挺爱慕他。他先是想方设法勾搭上了卢,然后汤米就出现了。卢说他其实一点儿都不喜欢她,只是图她的钱——不过这也许只是她一厢情愿的想法。总之,他就像扔掉烫手的山芋一样甩了卢,而她自然会恼羞成怒。按她的说法,那天的事情算不上什么争吵——只是女孩子之间闹着玩儿罢了。"

"女孩子之间闹着玩儿!她都把汤米的头发连根拔出来了。"

"我只是在告诉你卢对我说的话。"

"她看起来还真是问什么说什么啊。"

"哦,她们都愿意谈论自己那点儿私事。只要有人听,她们跟谁都讲。而且,卢现在又有了另一个男朋友——我得说,又一个废物,不过她已经被他迷住了。所以在我看来,她似乎不像是'灰马酒店'的主顾。我提到了这个词,不过她无动于衷。我觉得我们可以把她排除在外了。路易吉也不觉得这里面还有多少文章。另一方面,他觉得汤米对吉恩是认真的,而吉恩追求她也是大张旗鼓的。关于那个继母,你进行得怎么样了?"

"她出国了,明天回来。我给她写了封信——确切地说,是我让我的秘书给她写了封信,要求约个时间见面。"

"好啊,我们有进展了。我可不希望就这么不了了之。"

"只要能有点儿成果就行!"

"总会有的。"金吉儿满腔热情地说,"这倒提醒我了。回到这整件事情的开端,据说是戈尔曼神父在被叫去探望一个垂死的女人之后遇害身亡，而他被谋杀是因为那个女人告诉了他或者向他忏悔了什么。那个女人后来怎么样了？她死了吗？她是谁？这里面应该也会有些线索。"

"她死了。对于她我确实知之甚少。我想她姓戴维斯。"

"好吧，你没法再查到更多了吗？"

"我去看看我还能做什么。"

"如果我们弄清楚了她的背景，也许就能查出她是如何得知她所知道的事情了。"

"我明白了。"

第二天一大早，我就给吉姆·科里根打了个电话，把我的问题抛给了他。

"让我想想看。我们确实有了点儿进展，不过不多。戴维斯不是她的真姓，这也是为什么我们多花了些时间才查清她。稍等一下，有些东西我记下来了……啊，在这儿呢。她其实姓阿切尔，她丈夫过去是个不入流的骗子。她离开了他，于是改回了她的娘家姓。"

"阿切尔是个什么样的骗子？他现在在哪儿？"

"哦，都是些小打小闹。从百货商店里顺手牵羊之类的，净偷些不起眼的东西。他被逮住过几次了。至于说他现在在哪儿，他已经死了。"

"那就没什么意义了。"

"的确，没什么意义。戴维斯太太死的时候供职的那家公司叫C.R.C.（客户反响分类），他们显然对她本人和她的背景一无所知。"

我谢过他，挂断了电话。

第十二章

马克·伊斯特布鲁克的笔述

三天以后,金吉儿给我打来电话。
"我替你查到些消息,"她说,"有一个名字和一个地址。你记下来。"
我拿出了我的笔记本。
"说吧。"
"名字是布拉德利,地址是伯明翰市政广场大楼七十八号。"
"好嘛,真要命,这些都是什么啊?"
"上帝才知道!反正我是不知道。我也怀疑波比是不是真的知道!"
"波比?这是——"
"没错。我在波比身上可谓使尽了浑身解数。我告诉过你,只要我尝试,就能从她那里得到些消息。一旦我让她的态度软化下来,事情就好办了。"
"你是怎么让她开口的?"我好奇地问道。
金吉儿笑起来。
"都是女孩子们在一起的那一套呗。你不会懂的。关键在于,如果一个女孩子跟另一个女孩子说了什么的话,也并不真的算数。她反正不觉得这件事有什么要紧。"

"就是说跟工会组织似的?"

"你可以这么说。不管怎么样,我们一起共进了午餐,然后我就滔滔不绝地给她讲我的恋爱经历——以及各种各样的阻碍——已婚男人和让人不堪忍受的妻子,天主教徒,不愿意跟他离婚,让他的生活暗无天日等等这类的话。还有他老婆如何痼疾缠身,总是疼痛难忍,几年之内却又死不了。她要是死了其实对她来说更好。我说我很想试试找'灰马酒店',但的确不知道怎么着手操作这件事情——而且,费用会不会特别贵?波比说没错,她觉得一定会很贵。她曾经听说他们的要价高得吓人。然后我说:'好吧,我可能会继承一笔遗产。'你知道,我还真有一个叔祖父——那是个老宝贝儿,我可不想让他死,不过这件事儿还真派上用场了。我说,没准儿她们可以让我先押些东西?可是究竟要如何开始呢?于是波比就告诉了我那个名字和地址。她说我得先去找他把最主要的事情谈妥。"

"这真是太棒了!"我说。

"是啊,相当不错。"

我们俩都沉默了片刻。

我难以置信地问道:"她就这么毫无隐瞒地告诉你了?她看起来一点儿都——不害怕?"

金吉儿有些不耐烦地说:"你不明白。告诉我没什么大不了的。而且再怎么说,马克,假如我们认定的这种生意确有其事的话,它或多或少要做点儿宣传,对吗?我是说,她们肯定一直都需要新的'客户'。"

"我们真是疯了,居然会相信这样的事。"

"好吧,我们就是疯了。你要不要去伯明翰见见这个布拉德利先生?"

"行啊,"我说,"我打算去会会这个布拉德利先生。如果确有其人的话。"

我几乎很难相信真有这么个人。不过我错了,布拉德利先生的确存在。

市政广场大楼是个庞然大物,里面的办公室密如蜂巢。七十八号在四楼。磨砂玻璃门上整齐地印着"C.R.布拉德利,佣金代理人"几个黑字。黑字下面则以更小的字号写着:请进。

我走了进去。

靠外是一间比较小的办公室,里面空无一人,有一扇半开着的门上写着"非请勿扰"。从门后传来一个声音:"请进吧。"

里面这间办公室比较大。屋里有一张办公桌,两把舒适的椅子,一部电话,一大堆文件夹,而布拉德利先生就坐在办公桌后。

他个头不高,肤色黝黑,一双黑眼睛显得非常精明。他身穿一套深色西装,看上去体面至极。

"麻烦把门关上,好吗?"他客气地说道,"请坐吧。那把椅子相当舒服。吸烟吗?不吸?那好,有什么我可以为你效劳的吗?"

我看着他,搞不清要如何开口,也完全不知道该说些什么。我觉得我简直就是在一种孤注一掷的情绪驱使下才说出了那句话,要不就是在那双圆溜溜的小眼睛的逼视下。

"多少钱?"我说。

我很高兴地注意到,这句话让他稍稍吓了一跳,不过也并没有如我预想的那样吃惊。如果让我来猜的话,他是没料到会有个像我这样头脑有些不正常的人闯进他的办公室吧。

他的眉毛挑了起来。

"好,好,好,"他说道,"你一点儿时间都不愿耽搁,对吗?"

我不为所动。

"究竟什么价钱?"

他轻轻地摇摇头,带着一点责备的意思。

"这可不是办事儿的方法啊。我们必须按部就班地来。"

我耸了耸肩膀。

"随你。怎么个按部就班法?"

"我们还没有自我介绍过,对不对?我还不知道怎么称呼你呢。"

"此时此刻,"我说,"我觉得我还不想告诉你。"

"谨言慎行。"

"谨言慎行。"

"这一品质值得钦佩啊——虽说并不总是行得通。那么,是谁让你来找我的呢?我们有共同的朋友吗?"

"这个我还是不能告诉你。我一个朋友的朋友认识你的一个朋友。"

布拉德利先生点了点头。

"我的很多客户都是这么找上门来的,"他说道,"其中有些麻烦还相当——棘手。我想你应该知道我是干什么的吧?"

他并没打算等我来回答,而是忙不迭地向我公布了答案。

"赛马佣金代理人。"他说道,"你或许会感兴趣,对于——赛马?"

在说出最后那个词之前,他有一次几乎难以察觉的停顿。

"我不是个赛马狂。"我不置可否地说道。

"其实马有很多种玩儿法。赛马，打猎，或者就是平常骑一骑。我感兴趣的是竞技运动方面的。赌马。"他顿了一下，接着以一种近乎过于漫不经心的口气问道，"你心里有特别中意的马吗？"

我耸耸肩，决定破釜沉舟了。

"灰马……"

"啊，很好，好极了。如果可以这么说的话，我觉得你看起来就像一匹黑马。哈哈！你千万别紧张。真的没必要紧张。"

"那都是你说的。"我有些粗鲁地说道。

布拉德利先生的态度变得更温和舒缓起来。

"我特别理解你的感受。不过我敢跟你担保，你一点儿都不用担心。我自己就是个律师——当然啦，已经被取消资格了，"他以一种近乎迷人的方式顺带补充了一句，"不然的话我也不会在这儿了。不过我可以向你保证，我了解这行的规矩。我推荐的所有事情都是光明正大，绝对合法的。这无非是个赌注的问题。想赌什么就赌什么，甭管是明天会不会下雨，还是俄国人能不能把人送上月亮，或者你夫人会不会生个双胞胎，都可以。你也可以赌一赌布太太圣诞节前会不会死，或者科太太能不能长命百岁之类的。你根据你自己的判断，你的直觉，或者类似的不管你愿意怎么叫它的东西来下注。就是这么简单。"

我感觉这就像是主刀大夫在手术前劝我安心一样。布拉德利先生简直太像诊室里的医生了。

我缓缓说道："我其实并不了解'灰马酒店'的具体情况。"

"那让你觉得不安了？没错，好多人都会为此而担心。'天地之大无奇不有啊，赫瑞修'①，反正就是这类的话吧。老实说，我自己也不了解。不过它确实有效，而且是以最不可思议的方式达到效果。"

"要是你能再多告诉我一些的话——"

现在我已经进入角色了——谨小慎微，急不可耐，却又提心吊胆。很显然，布拉德利先生经常需要和持这种态度的人打交道。

"你知道那个地方吗？"

说谎大概是不明智的，于是我迅速做出了决定。

"我——呃，是的，我和几个朋友去过那儿。他们带我去的——"

"很令人着迷的古老酒店。到处都有历史的遗迹。而她们也奇迹般地让它恢复了旧貌。你应该见过她了吧，我是指我的朋友格雷小姐？"

"呃——是啊，当然见过。一个非同寻常的女人。"

"是吗？没错，她算吗？这话你算是说到点儿上了。一个非同寻常的女人，而且有着非同寻常的法力。"

"她宣称的那些事儿！想必是——相当，呃，不可能的吧？"

"确实如此！问题的关键就在这儿。她宣称她能预知和她能做到的那些事，都是不可能的！所有人都会这么说。比如说，在法庭上——"

那双圆溜溜的黑眼珠正直勾勾地盯着我的眼睛。布拉德利先生仿佛特意强调似的重复了一遍这几个字。

---

①出自《哈姆雷特》第一幕第五场，原文为"There are more things in heaven and earth, Horatio, than are dreamt of in your philosophy"，大意为"天地之大啊，赫瑞修，比你所能梦想到的多出更多"。

"比如说，在法庭上——这些事说出来都会遭人耻笑！如果那个女人站起来承认她杀了人，甭管是通过遥控，还是'意志力'，还是什么她愿意用的瞎编乱造的名字，这种认罪都是不可能被接受的！就算她说的话句句属实（当然，像你我这样理智的人是根本不会相信的），法律上也不可能承认。遥控谋杀还不算是法律上承认的谋杀，只是一派胡言罢了。只要你稍微琢磨一下，就能体会到这件事的绝妙之处正在于此。"

我明白他想要打消我的顾虑。在英国的法庭上，超自然力杀人不算是谋杀。如果我买凶用棍棒或者刀子杀人的话，因为事先有过合谋，我就算是共犯，跟凶手一样有罪。而如果我委托塞尔扎·格雷使用她的巫术的话——巫术在法律上并不被认可。按照布拉德利先生的说法，这就是整件事情的妙处。

我发自心底的疑虑油然而生，不禁大声地抗议起来："去他妈的吧，太难以置信了！"我喊道，"我不信，这根本不可能。"

"我跟你看法一致，这是真心话。塞尔扎·格雷是个不同寻常的女人。她当然具有一些不一般的法力，不过你没法全盘相信她宣称自己能做到的所有事情。就像你说的，太难以置信了。如今这年月，谁还真的相信一个人能够坐在英格兰的一间乡间小屋里，不管是靠自己还是通过灵媒，发些意识波之类的东西，就能让远在像卡布里岛[①]那样地方的人轻而易举地得场大病，然后死掉呢？"

"但这不就是她所宣称的吗？"

"是啊。她当然拥有法力——她可是个苏格兰人，据说这个民族的人独特之处就在于拥有预见力。这的的确确存在。而我所

[①]位于意大利那不勒斯湾南部的一座风景秀丽的小岛，是著名的旅游胜地。

相信的,不带半点怀疑的是,"他俯身向前,信誓旦旦地摇着他的食指,"塞尔扎·格雷确实知道——事先就知道——谁会什么时候死。这是一种天赋,而她就具有这种天赋。"

他又向后靠回去,端详着我。我等着他说下去。

"我们来设想一种情况。某个人,可以是你自己也可以是其他人,特别想知道另一个人——比方说伊莱扎姑婆吧——什么时候会死。你不得不承认,知道这类事情还是有用的。不是什么冷酷无情,也不犯什么错误——只是从一种便利的角度出发。比如说,要制定什么样的计划?到十一月份的时候会不会拿到一笔可用的钱?如果你能确切地知道,也许你就可以做一些更有益的选择了。死亡实在是个说不好的事情。在医生的激励下,我们的老伊莱扎没准儿会再活上个十年。当然啦,这样你也会很高兴,因为你喜欢这个可爱的小老太太。不过要是能知道她什么时候会死,又该多有用啊。"

他顿了一下,身子更往前倾了一些。

"接下来就该说到我了。我是个好赌的人。我什么都可以赌——当然了,得根据我自己的条件。你来找我,自然不是想要赌老太太死,因为那会和你的善心背道而驰。所以我们不妨这么说,你跟我定下一个赌注,你赌伊莱扎姑婆到圣诞节的时候还能硬硬朗朗地活着,而我赌她不会。"

那对圆溜溜的眼珠子又停在了我的脸上,盯着我……

"没什么反对意见,对吧?很简单。我们就这件事发生了争论。我说伊莱扎姑婆就快要不行了,而你说不对。我们拟定一份赌约然后签字。我给你一个日子。我说无论怎么样,从那天算起,两周时间之内你就会看到伊莱扎姑婆的葬礼通告。你说不会。如果你说对了,我就付钱给你。如果你说错了,你——付钱给我!"

我瞧着他,试图从自己身上唤起那种想要除掉一个有钱老太太的感觉。接着我又把它转换成一种针对一个敲诈勒索者的情绪,这样想似乎更容易一些。某个家伙已经敲诈了我很多年,我再也忍受不下去了。我要让他死。我没有勇气去亲手结果了他,但我愿意付出任何代价——没错,任何代价——

我开口说话了——嗓音有些沙哑。我正带着几分信心扮演这个角色。

"什么条件?"

布拉德利先生的态度立刻起了变化,变得轻松愉快,几乎有些可笑了。

"这就是我们刚才在谈的,对吗?或者该说是你刚才要谈的,哈哈。'多少钱?'你刚才说。可当真吓了我一跳。我还从来没见过哪个人这么开门见山的呢。"

"什么条件?"

"那要视情况而定。取决于几个不同的因素。大体上来说,这取决于这件事究竟有多大的风险。有些情况下也要看客户能得到多少好处。要是一个很麻烦的老公——或者一个敲诈者之类的——就得看我的客户能出多少钱了。我把话挑明了吧,我不跟穷客户打赌,除非是像我刚才举例子说的那种情况。那样的话要视伊莱扎姑婆有多少财产来定。条件是双方协商决定的。我们都想从这件事上得到些好处,不是吗?不管怎么说,算下来的赔率通常都是五百比一。"

"五百比一?这也太夸张了。"

"我这个赌注就是有些夸张。假如你已经知道伊莱扎姑婆行将就木了,你也不会来找我的。要预言一个人在两周之内死去本就是件概率很低的事情。这样看来的话，五千磅对一百磅一点儿都不过分。"

"那你要是失算了呢？"

布拉德利先生耸耸肩膀。

"那只能说太糟糕了。我会付钱的。"

"那如果我输了，我付钱。假定我不付呢？"

布拉德利先生向后靠回椅背，眼睛半闭。

"我不会建议你这么干，"他轻声说道，"我真的不会。"

尽管他的声音很柔和，我还是感到一阵轻微的颤抖袭遍全身。他并没有说什么直接威胁的话语，但那种威胁的意味却真实存在。

我站起身来，说道："我……我必须斟酌一下。"

布拉德利先生又恢复了他那种彬彬有礼且令人愉快的态度。

"当然要仔细考虑一下。永远不要仓促做任何决定。如果你想好了要走这一步就回来，我们再好好谈谈这件事。慢慢来，世上的事没有什么可着急的，慢慢来。"

我走出去的时候耳畔还回响着这几个字。

"慢慢来……"

第十三章

马克·伊斯特布鲁克的笔述

我带着十二万分的不情愿,准备去完成会见塔克顿太太的任务。尽管金吉儿一再怂恿激励我,我还是一点儿都不觉得这是个明智的决定。首先我就觉得自己并不适合被分派的这个任务。我怀疑自己有没有能力去表现出需要的那种反应,而且我强烈地意识到,这分明就是在招摇撞骗。

而金吉儿则抓住时机,以她所能表现出来的近乎可怕的高效在电话里给了我简要的指示。

"这差事简单极了。那是一幢纳什式的建筑[①],但不是他通常的那种风格。是他比较接近于哥特式的异想天开的作品之一。"

"那我又为什么想要去参观它呢?"

"因为你正打算写一篇文章或是一本书,内容是关于能够导致建筑师的风格产生变动的影响力——反正就是这类的题材吧。"

"在我听来,这话特别不像真的。"我说。

"别胡说,"金吉儿信心十足地说道,"当你开始要谈论博大精深或者附庸风雅的话题时,那些最不可思议的理论都是由那些

[①] 约翰·纳什(1752—1835),英国建筑师。

看上去最不可能的人，以极其严肃认真的态度提出并写下来的。我可以引述连篇累牍的这种废话给你听。"

"那也是为什么对于做这件事而言，你的确是个比我合适得多的人选。"

"这个你还真说错了，"金吉儿告诉我说，"塔克顿太太可以从名人录里查到你，并且留下一个很恰当的印象。她在那里面可找不着我。"

尽管我一时语塞，无言以对，可我还是没有被她说服。

在我结束了和布拉德利先生那次不可思议的会面之后，金吉儿和我碰过面。她并不像我一样认为这次拜访有多么令人难以置信。实际上，她倒觉得非常满意。

"这样一来就不必再纠结于我们到底是不是在胡思乱想了。"她指出，"现在我们知道确实存在这么一个组织，专门从事除掉那些碍事之人的勾当。"

"使用的还是超自然的方法！"

"你可真是个死脑筋啊。都是那个西比尔戴的假虫子宝石和那些故弄玄虚的东西闹的，这就把你给唬住了。而要是布拉德利先生看起来像个江湖骗子，或者冒牌占星师的话，你也不会被说服的。不过既然他表现得像一个卑鄙而又务实的法律小骗子——或者至少你给我留下的是这种印象——"

"差不多就是这样。"我说。

"这就能让整件事情清楚了。不管它听上去多么不像真的，'灰马酒店'那三个女人确实掌握了一些能够奏效的方法。"

"如果你这么确信的话，那干吗还要我去见塔克顿太太？"

"以防万一啊，"金吉儿说道，"我们知道塞尔扎·格雷说她能做到什么；我们也知道他们在钱这方面是怎么操作的；我们还对其中的三个受害者略知一二。我们现在想要更多地了解一些客户方面的情况。"

"那假如塔克顿太太表现得一点儿都不像是他们的客户呢?"

"那我们就只好另起炉灶了。"

"当然,我也有可能把事情搞砸了。"我愁眉苦脸地说。

金吉儿告诉我绝对不能看不起自己。

于是我就来了,站在了卡拉维园的前门之外。这所房子看起来无疑和我预想中的纳什式建筑一点儿都不一样。从各方面来讲,它都更像是一座不大不小的城堡。金吉儿曾经答应给我找一本关于纳什建筑风格的近作,不过终究还是没能及时送到,所以我也只能一知半解地登门造访了。

我按下门铃,一个身穿羊驼呢外套、样貌粗鄙的男人来应了门。

"是伊斯特布鲁克先生?"他说,"塔克顿太太在等您呢。"

他把我带进了一间精心布置过的客厅。这间屋子给我一种令人不快的感觉。每样陈设都价格不菲,但在挑选的时候显然缺乏品位。顺其自然一些,这儿看起来倒可能更让人舒服一点儿。墙上有那么一两幅好画,剩下是一大堆蹩脚的作品。到处都是黄色的锦缎。塔克顿太太本人的到来打断了我的沉思。我费劲地从明黄色的锦缎沙发中站起身来。

我也不知道自己抱着什么样的期待,但我现在有一种完全颠倒的感觉。她身上没有一丝邪恶气息,完全是个还不到中年的普普通通的女人。我想她不是个很有意思的女人,而且算不上特别和蔼可亲。尽管涂了厚厚的口红,她的嘴唇看起来还是很薄,一副脾气不好的样子。她的下巴稍往回缩,眼睛是淡蓝色的,给人的印象是她在给每一件东西估价似的。她是那种对搬运工和衣帽间的服务生都舍不得多给小费的人。在这个世界上,你会遇到太多这种类型的女人,尽管她们中的大多数都不像她那样衣着华贵,妆容考究。

"伊斯特布鲁克先生吗?"她显然对我的到访感到十分欣喜,甚至有点儿夸张了,"见到你我简直太高兴了。想不到你会对这所房子感兴趣。当然,我知道这是约翰·纳什建造的,是我先夫告诉我的,不过我从来都不敢想象你这样的人会对它有兴趣!"

"啊,你知道,塔克顿太太,这所房子跟他惯常的风格并不太一样,所以它才会显得有趣,尤其是对于,呢——"

她替我解决了就要说不下去的困窘。

"恐怕我对这方面真的是一窍不通啊——我是指建筑学,还有考古之类的事情。不过你可千万别介意我的无知——"

我自然一点儿都不介意,应该说还求之不得呢。

"当然啦,这些事情其实都特别有意思。"塔克顿太太说。

我说其实正相反,我们这些专家对自己专攻的领域通常都觉得枯燥无聊至极。

塔克顿太太说她确信那不是真心的,然后问我是愿意先喝口茶再参观房子,还是愿意先在房子里转转再喝茶。

我没料到还有茶——谁让我把时间约在了三点半,不过我说我还是想先看看房子。

她领着我四处转,大部分时间里都在愉快地滔滔不绝,这样一来倒也省得我再去对建筑方面的问题发表什么看法了。

她说我很幸运,来得正是时候。这所房子准备出售了——"既然我丈夫过世了,这房子对我来说就太大了"——尽管在代理人那里登记才不过一个星期多一点儿,她还是相信已经找到买主了。

"我不想等到房子搬空了以后再让你来看。我觉得一个人要是真想欣赏一幢房子的话,这房子就得有人住才好,你说呢,伊斯特布鲁克先生?"

我倒宁可这房子没人住也没任何陈设,只是我自然不能这么说出口。我问她是否还打算住在这附近。

"说真的,我还没怎么想好。我会先去旅行一阵子,享受一下阳光。我讨厌这种鬼天气。事实上,我觉得冬天的时候我应该会在埃及吧。两年前我就去过那儿。真是个迷人的国家,不过我想这些你应该都了解的。"

其实我对埃及一无所知。我如实相告。

"我猜你只是在跟我客气。"她开心地说道,带着几分心不在焉,"这间是餐厅,八角形的。我说得对吗?没有拐角。"

我表示她说得完全正确,并且夸赞了房间的设计比例。

没一会儿,参观就告一段落了,我们回到了客厅。塔克顿太太按铃叫人送来茶点。来的人是那个样貌粗鄙的男仆,他端着一个巨大的维多利亚时期银质茶壶,而那茶壶实在应该清洗一下了。

他离开房间的时候,塔克顿太太叹了口气。

"我丈夫过世以后,服侍了他将近二十年的那对夫妇坚持要走。他们说他们要退休了,不过我后来听说他们又找了份差事,报酬特别高。我觉得如果让我付给他们那么高的薪水,那简直太离谱了。你只要想想仆人们吃和住就得花多少钱——这还没算上熨洗衣服的钱呢。"

毫无疑问,我想,刻薄吝啬。那双淡色的眼睛,那张紧闭的嘴——贪得无厌就写在那里。

要让塔克顿太太开口说话毫无困难。她喜欢说,尤其喜欢谈论她自己。我聚精会神地听着，时不时插两句鼓励的话，没多久就知道了塔克顿太太很多的事情，而且比她意识到的还要多。

我了解到她五年前嫁给了鳏夫托马斯·塔克顿。她那时"要比他年轻得多得多"。她跟他是在一家很大的海滨旅馆邂逅的，在那儿她负责主持桥牌牌局。她并没有意识到最后这句话是她顺嘴溜出来的。他有个女儿，在那附近的学校上学——"他把那姑娘带出来的时候，根本就不知道该拿她怎么办好，这对一个男人来说太难了。

"可怜的托马斯，那么郁郁寡欢的……他的前妻去世好几年了，而他还是非常怀念她。"

塔克顿太太继续勾勒着自己的形象。一个仁慈而富有同情心的女人对一个上了年纪的孤独男子动了恻隐之心。还有他每况愈下的健康以及她的忠贞不渝。

"不过，当然了，等到他病重的最后阶段，我真的是连一个自己的朋友都没有了。"

我在想，会不会曾经有过一些托马斯·塔克顿觉得讨厌的男性朋友呢？这也许可以解释他遗嘱里的那些条款。

金吉儿已经替我去萨默塞特府[1]查过他遗嘱中的条文了。

一些遗产留给了多年的仆人和一对教子，然后还有留给他妻子的那部分——虽算不上特别慷慨，但也已经足够。有一笔信托财产，收益她可以享用一辈子。他剩余的个人财产算下来能有六位数，留给了他的女儿托马西娜·安，等她年满二十一岁或者结婚的时候交给她全权支配。假如她在满二十一岁之前去世且未婚的话，这笔钱就归她的继母继承。看起来这个家庭中也没有其他

---

[1] 位于英国伦敦河岸街南侧的一幢大型建筑，一些政府部门设于其中，其中就包括遗嘱登记处，负责与遗嘱相关的事务。

成员了。

我觉得这份奖赏够大的。塔克顿太太爱财如命……而这个巨大的诱惑就摆在眼前。我相信在嫁给那个老鳏夫之前,她从来都没有过什么属于自己的钱。接下来,也许某种想法开始在她头脑里滋生。尽管此时她被疾病缠身的丈夫牵绊着,但她已经开始憧憬获得自由的那一刻——依然年轻,而且拥有着连做梦都不敢想象的财富。

那份遗嘱大概让她大失所望了。她梦想得到的应该怎么也不止这份中等的收入。她早就在期盼着豪华的旅行,奢侈的游轮,各种衣物珠宝——或者也可能就是那种拥有金钱本身,看着它们在银行里不断累积增值的纯粹的快感。

可那个女孩子反而要得到所有的钱了!她将要成为一个富有的女继承人。那个女孩儿很可能不喜欢她的继母,而且随随便便就以年轻人的那种冷酷方式表现了出来。那个女孩儿即将变得富有——除非……

除非?这样就足够了吗?我真的能相信眼前这个口若悬河地说着陈词滥调的金发艳俗女人会求助于"灰马酒店",去安排结果一个年轻女孩儿的性命吗?

不,我没法相信……

然而,我必须依计行事。于是我突然说道:"你知道吗,我相信我和你女儿——你的继女——见过一次。"

她虽然对此没什么兴趣,但还是略显惊讶地看着我。

"托马西娜?你见过她?"

"是的,在切尔西。"

"啊,切尔西!没错,那是有可能……"她叹了口气,"如今这些女孩子啊。太难了。看起来谁也管不了她们。她可让她爸爸愁死了。当然了,我什么事儿都插不上手。我说的任何话她都从来不听。"她又叹了口气,"你知道,我们结婚的时候她差不多已经长大成人了。一个后妈——"她摇了摇头。

"总是很难当的。"我同情地说道。

"我体谅她——在各方面都尽我所能。"

"我相信你是的。"

"不过那一点儿用都没有。汤姆[①]当然不允许她对我粗鲁无礼,但她还是我行我素。她是真的把家里的日子弄得没法儿过了。所以当她坚持要离家的时候,从某种程度上对我来说是一种解脱。只是我也特别理解汤姆心里会怎么想。跟她搅在一起的都是些最上不了台面的人。"

"我——能觉出一些来。"我说。

"可怜的托马西娜。"塔克顿太太说。她理了理散落下来的一缕金发,然后看着我。"哦,不过你也许还不知道吧。她一个月前就死了。脑炎——非常突然。我相信,这种病就是年轻人容易得——太让人难过了。"

"我的确知道她去世了。"我说道。

我站起身来。

"谢谢你,塔克顿太太,非常感谢你带我参观你的房子。"我跟她握了握手。

接着就在即将离开的时候,我又转回身来。

"顺便说一句,"我说,"我想你知道'灰马'吧,对吗?"

这句话带来的反应毫无疑问。惊恐,十足的惊恐,在那双淡色的眼睛里写得清清楚楚。妆容之下,她的脸突然之间变得煞

[①] 托马斯的昵称。

白,满是害怕。

她的声音听起来尖锐刺耳。

"'灰马'?你说的'灰马'是什么意思?我一点儿都不知道什么'灰马'。"

我让自己的眼神显出几分惊讶。

"哦,是我搞错了。那是一家很有意思的古老酒店,在玛契迪平。前几天我去那儿的时候他们带我去看过。酒店被改造得很迷人,保留了原先的氛围。我肯定是觉得有人提起过你的名字——不过也许是你的继女曾经去过吧,要不就是其他重名的人。"我顿了一下,"那个地方——可是相当出名啊。"

我很得意自己最后说的这句话。从墙上挂着的一面镜子里,我看到了塔克顿太太的脸。她盯着我的背影。她害怕极了,而这恰好可以让我看出她在未来岁月里的样子……那可不是一副招人喜欢的模样。

第十四章

马克·伊斯特布鲁克的笔述

1

"那现在我们就很有把握了。"金吉儿说。

"我们以前也有把握。"

"是。可以这么说。不过这一来就板上钉钉了。"

我沉默了片刻,想象着塔克顿太太伯明翰之旅的画面——走进市政广场大楼,和布拉德利先生会面。她的惶恐不安,他的友善宽慰。他巧妙地强调这件事毫无风险。(对于塔克顿太太,他必须要格外卖力气地强调这一点。)我能够想象得到她走的时候心里依然没底,不过她让这个念头在心底生了根。或许她去看了她的继女,又或许她的继女回家来过周末。她们可能有过交谈,提到过婚事。而她从始至终想的只有钱——不仅仅是一点点小钱,不是少得可怜的那点儿收益——而是很多钱,一大笔钱,足够你想干什么就干什么的钱!而这些钱通通都要归这个堕落、粗鲁无礼、整天穿着牛仔裤和松松垮垮的毛衣,跟她的狐朋狗友混迹于切尔西的咖啡馆的女孩儿所有。为什么所有这些美好的财富要落入这样一个女孩儿的手中?那是一个一无是处而且也永远都不会有出息的女孩儿。

于是——她又去了一趟伯明翰。更多的劝诫，更多的保证。最后就要谈条件了。我不由自主地微微一笑。布拉德利先生肯定没法打自己的如意算盘了。她可是个会讨价还价的人。不过最终，条件还是谈妥了，按照要求签署某些文件，那么之后干什么呢？

想象也只能到此为止了，剩下的事情是我们还不知道的。

我中断了自己的冥想，发现金吉儿正看着我。

她问道："都想明白了？"

"你怎么知道我在干什么？"

"我开始了解你的思维方式了。你刚才在想，跟随着她的脚步——去伯明翰，以及后来其他的事情，对不对？"

"没错。不过我想不下去了。只能想到她在伯明翰把事情都谈妥的时候，后来发生什么了呢？"

我俩面面相觑。

"迟早，"金吉儿说，"会有人弄清楚'灰马酒店'究竟在搞什么名堂。"

"怎么弄清楚？"

"我也不知道……反正不容易。真正去过那儿，真正干过那件事的人谁也不会说的。而同时，也只有他们能告诉我们。太难了……我在想……"

"要不我们去报警？"我建议道。

"对。别忘了，我们已经掌握了一些很确凿的东西。可以采取行动了，你觉得呢？"

我心存疑惑地摇摇头。

"意图上的证据而已，但这就足够了吗？就是那个什么胡扯的死亡意愿嘛。哦,"我阻止了她要打断我的意思,"也可能不是什么胡扯——不过要是在法庭上这么说那听起来就是胡说八道。我们甚至都不知道这里面的具体程序是什么样的。"

"好吧,那我们必须想办法搞清楚。但有什么办法呢?"

"你必须亲眼看到或者亲耳听到才行。可是在那个大谷仓一样空旷的屋子里,你绝对找不到藏身之处。而我猜这些勾当——甭管是什么样的'勾当'——肯定是在那里发生的。"

金吉儿一下子坐得笔直,甩了甩脑袋,那样子活像一头精力充沛的小猎犬。她说:"只有一种方法能搞清楚到底发生了什么,那就是成为他们真正的客户。"

我凝视着她。

"真正的客户?"

"对。不管你还是我,非得要除掉某一个人。咱们两人中的一个得去找布拉德利,把这件事敲定。"

"我不喜欢这样。"我明确地表态。

"为什么?"

"呃——这样会很危险。"

"对我们来说?"

"也许吧。不过我真正在考虑的是——受害人。我们必须得找一个受害人——他还得有名有姓,不能只是捏造一个。他们可能会调查的——事实上,他们几乎肯定会查的,你同意吗?"

金吉儿想了一下,点点头。

"没错。这个受害者必须确有其人,地址也得是能对得上的。"

"这就是我为什么不喜欢这个主意。"我说。

"而且我们还必须找一个需要干掉他的实打实的理由才行。"

我们都沉默了,思考着眼前的状况。

"无论这个人是谁，还必须让他同意。"我慢吞吞地说道，"要做的铺垫还真多啊。"

"整个安排必须天衣无缝。"金吉儿斟酌道，"不过还有一件事你那天说得完全正确。这种生意的薄弱之处就在于他们也处在进退两难的境地。事情需要秘密进行——但又不能过于隐秘。总要让可能的客户有所耳闻才行。"

"让我感到困惑的是，"我说，"警方似乎还没有听到一点儿风声。再怎么说，他们通常都会对正在发生的罪行有所了解的。"

"是的，不过我认为其中的原因就在于，无论从哪个方面来讲，这都只能算是一种业余表演，还算不上职业行为。他们并没有雇佣或者牵扯到职业罪犯，这和买凶杀人不一样。所有这一切都只有他们自己明白是怎么回事儿。"

我说，我觉得她讲得有一定道理。

金吉儿继续说道："现在假设你，或者我（我们把两种可能性都看一看），不顾一切地想要除掉某个人。那么对你我来说这个人可能会是谁呢？我有个上了年纪的默文舅舅——他要是突然过世的话我能得到一大笔钱。家里的亲戚现在就只剩下我和一个远在澳大利亚的表兄，这样说来我也有动机。不过舅舅已经年过七十，而且多多少少有些老糊涂了，因此对我来说等着他自然而然地老死似乎更合乎情理——除非我需要这笔钱救急——况且这也确实很难装得出来。再者说，他就是个老宝贝儿，我可喜欢他了。甭管是不是老糊涂，他都很享受他的生活，我可不愿意去剥夺他哪怕一分钟的乐趣——即便只是拿它冒一下险！你那边怎么样？你有没有什么亲戚准备要把钱留给你的？"

我摇了摇头。

"一个都没有。"

"这可麻烦了。要不,改成敲诈勒索?不过那也得做一大堆准备工作。你又不太像个会受到敲诈勒索的人。你要是个国会议员,或者在外交部供职,再或者是个大有前途的部长大臣之类的,那就另当别论了。我也是一样。往前数五十年这件事可能就简单了。要挟信或者裸照都行,不过说真的,现如今谁在乎这些呢?人们完全可以像威灵顿公爵①那样说一句:'有种你就公开啊!'了事。好了,你说还有什么其他的理由?重婚?"她用一种责备的眼神盯着我看,"真遗憾,你压根儿就没结过婚。你要是已经结婚了,咱们就可以拿这个来做文章了。"

肯定是我脸上的某种表情泄了密。金吉儿很机警。

"对不起,"她说道,"我是不是说到什么让你痛苦的事儿了?"

"不,"我说,"没有什么痛苦的。已经过去很久了,我都有点儿不确定现在还有没有人知道这件事。"

"你结过婚?"

"是的。那是在我上大学的时候。我们谁都没告诉。她不是——呃,我的家人肯定不会同意的。那时我还不到岁数,我们都谎报了年龄。"

我沉默了片刻,在重温着往事。

"那段婚姻不会长久的,"我慢条斯理地说道,"现在我也能意识到了。她很漂亮,她也可以很温柔……只是……"

"发生什么事了?"

"我们去意大利度了个长假。出了一次事故——一起车祸。她当场就死了。"

---

①指第一代威灵顿公爵,英国军事家、政治家,曾两次出任首相,终生担任英国陆军总司令。他曾回应两名敲诈者说:"有种你就公开啊!"故有后文。

"那你呢?"

"我没在车上。她是——和一个朋友在一起。"

金吉儿飞速地瞟了我一眼。我想她已经明白了事情的原委,也能理解当我发现我所娶的女孩并不是一个忠实妻子时的那种震惊。

金吉儿把话题又带回到实际的问题上面。

"你是在英国结的婚吗?"

"是的。在彼得伯勒的登记处。"

"但她死在了意大利?"

"没错。"

"所以英国没有关于她死亡的记录?"

"没有。"

"那你还想要什么呢?这就是天赐良机啊!没法再简单了!你无可救药地爱上了某个年轻姑娘,想要和她结婚——但是你不知道你的妻子是否依然活着。你们分开多年,自那之后她音讯皆无。你敢冒这个险吗?结果就在你左思右想的时候,你的妻子突然又出现了!她出其不意地现身,拒绝和你离婚,并且威胁说要去找你那个年轻姑娘,然后对她和盘托出。"

"谁是我那个年轻姑娘?"我有些困惑地问道,"你吗?"

金吉儿看上去吓了一跳。

"当然不。我就不是那种类型的——要是我,大概会选择和你同居。不,你其实应该很清楚我指的是谁——而且我敢说她分毫不差。就是你正在交往的那个身材高挑、一头深褐色头发、格调高雅又严肃的姑娘。"

"赫米娅·雷德克里夫?"

"就是她。你的女朋友。"

"谁跟你说起她的?"

"当然是波比了。她也挺有钱的,对吗?"

"她的确家境殷实。不过说真的——"

"好啦,好啦。我又没说你要跟她结婚是图她的钱。你不是那种人。不过像布拉德利这种卑鄙小人很容易就会这么想……那可就太好了。你的处境是这样的。就在你打算向赫米娅求婚的时候,这个多余的妻子却突然出现在了眼前。她来到了伦敦,这下子麻烦大了。你竭力主张离婚——但她就是不答应。她怀恨在心想要报复。然后呢,你听说了'灰马酒店'的事。我敢跟你打任何赌,塞尔扎和那个愚蠢的农妇贝拉肯定会认为这就是你那天去那里的原因。她们把这当成是你的一种试探,这也是为什么塞尔扎会那么主动地提供信息。她们跟你说的话,实际上都是在游说和推销。"

"我觉得还真有可能是。"我在心里又回想了一遍那天的情景。

"而你不久之后去找布拉德利就更印证了这个想法。你已经上钩了!你是个预期中的——"

她得意扬扬地住了口。她的话弦外有音——只是我没太明白……

"我还在想,"我说道,"他们肯定会调查得非常仔细。"

"一定会的。"金吉儿表示赞同。

"编造出一个从过去死而复生的妻子,这主意是很好,不过他们会要求你说细节的——比如说她住在哪儿之类的。而我一旦想要回避——"

"你不需要回避这些问题。要想把这件事办得漂亮,你妻子就必须出现在那儿——而她也一定会在那儿的!"

"打起精神来,"金吉儿说,"我就是你的妻子!"

2

我盯着她。我猜,也许用目瞪口呆来形容更为贴切吧。我真奇怪她居然没有放声大笑。

直到她又开口的时候我才回过神来。

"不需要那么吃惊吧,"她说,"这又不是求婚。"

我终于能说话了。

"你不知道你在说什么。"

"我当然知道。我这个建议绝对可行——而且它的好处是不会把其他无辜的人置于可能的危险之中。"

"但它让你自己身陷险境。"

"那是我自己要注意的问题。"

"不,不是的。而且,这个计划可能根本就经不起推敲。"

"哦,没问题,能行的。我已经仔细想过了。我可以带着一两个有外国标签的箱子,找一间带家具的公寓住下。我住进去的时候就用伊斯特布鲁克太太的名字——而谁又能说我不是伊斯特布鲁克太太呢?"

"任何认识你的人都知道。"

"所有认识我的人都不会见到我。我会以生病的名义先离职,然后稍微染染头发——顺便问一句,你太太是黑发还是金发?——哦,并不是说这有多重要啊。"

"黑头发。"我脱口而出。

"好极了,我讨厌把头发染成浅颜色。穿上不一样的衣服,多化点儿妆,这样的话就连我最好的朋友都不会多看我一眼的!

而且既然在过去的十五年间你妻子都没露过面——那么也就不会有人看出来我不是她。'灰马酒店'那伙人又凭什么怀疑我不是我自称的这个人呢？假如你准备跟人签一份赌约，赌上一大笔钱说我还活着，那么他们就不太可能再怀疑真有我这么个人了。而且你跟警方也没有任何瓜葛——你就是个名副其实、诚实可靠的客户。他们可以去萨默塞特府查阅以前的记录来核实你的婚姻状况。他们也可以查明你和赫米娅之间的关系以及其他所有的事情——这么一来，还有什么可怀疑的呢？"

"你还没有意识到这里的麻烦——那种危险。"

"危险——见鬼去吧！"金吉儿说，"我很乐于帮你从布拉德利那个骗子手里赢回任何东西，哪怕就只有少得可怜的一百磅。"

我看着她。我太喜欢她了……她的红头发，她的雀斑，她那种英勇无畏的精神。但我不能如她所愿，让她身犯险境。

"我还是受不了，金吉儿，"我说，"假如——发生了什么意外的话。"

"说我吗？"

"对。"

"难道那不是我自己的事情吗？"

"不。是我把你扯进这件事里来的。"

她若有所思地点点头。

"没错，也许是你把我拉进来的。不过谁先谁后不那么重要，反正我们现在都卷进来了——而且我们非得做点儿什么才行。我现在是很认真的，马克。我没有把这件事当成儿戏。如果我们所想的都是真的，那简直太令人发指，太没有人性了。必须制止它！你想啊，这可不是出于仇恨或者嫉妒的冲动杀人；甚至也不是出于贪念的杀人——为了私利而不惜铤而走险去杀人是人性的弱点。然而这些人把杀人当成了一种生意——完全不管要杀的人是谁。

"换句话说，"她补充道，"这一切都是真实的吗？"

她看着我，眼神里显出瞬间的疑惑。

"千真万确，"我说，"这也是为什么我会担心你。"

金吉儿把两个胳膊肘支在桌子上，开始和我争辩起来。

伴随着壁炉上的挂钟指针缓缓走动，我们两个在那里反复商讨，你来我往地争论不休。

最终还是金吉儿做了概括总结。

"事情就是这样。我预先已经得到了警告，让我有备无患。我知道有人要试图对我做些什么。但我一丁点儿都不相信她能办得到！就算每个人都有一种'死亡意愿'，我的肯定也没有那么强烈！我的身体好得很。而我偏偏不相信就因为老塞尔扎在地板上画几个五角星，或者西比尔玩儿一次催眠状态，或者无论这帮女人干什么事儿吧——我就会得上胆结石或者脑膜炎之类的。"

"我能想象，贝拉还会献祭一只白色的公鸡。"我思索着说道。

"你必须承认，这一切都是在装神弄鬼！"

"我们并不知道实际上究竟发生了什么。"我指出。

"是，我们不知道。这也是为什么揭开真相那么重要。不过你真的相信仅仅因为那三个女人在'灰马酒店'那间大屋子里做了点儿什么，就能让待在伦敦一间公寓里的我得上不治之症吗？你不会相信的！"

"对，"我说，"我不会相信的。不过，"我又补充道，"我还是……"

我俩四目相对。

"你看,"金吉儿说,"那就是我们的弱点。"

"听我的,"我说道,"我们调换一下。让我待在伦敦,你去当那个客户。我们还可以再编一个理由——"

但金吉儿用力地摇着头。

"不,马克,"她说,"那样行不通的。有几个原因。最重要的是'灰马酒店'的人已经了解我了——她们知道我是个无忧无虑、了无牵挂的乐天派。她们可以从罗达那里打听到跟我生活有关的所有消息。但你已经处在一个很理想的位置上了——你是个有点儿紧张的客户,四处打听,却还没法明说。不,我们非这么干不可。"

"我不喜欢这样。我不愿意让你顶着个假名字一个人待在某个地方——还没人能照看你。我认为在着手实施计划之前,我们应该先去找警方——就是现在——在我们做所有其他事情之前。"

"我同意,"金吉儿缓缓说道,"实际上我觉得这是你应该做的。你已经要有所行动了。找哪儿的警方?苏格兰场?"

"不,"我说,"我觉得分区侦缉督察勒热纳才是最佳人选。"

第十五章

马克·伊斯特布鲁克的笔述

第一眼看见分区侦缉督察勒热纳的时候,我就很喜欢他。他具有一种能让人安静下来的能力。同时我还觉得他是个富有想象力的人——即使是一些不那么循规蹈矩的可能性,他也愿意考虑。

他说:"科里根医生已经告诉过我他碰到你的事情了。从一开始他就对这件事情抱有浓厚的兴趣。当然,戈尔曼神父在这个教区也算得上德高望重了。现在你说你有一些特别的消息要告诉我们?"

"这些事情,"我说,"跟一个叫'灰马酒店'的地方有关。"

"据我所知,这是在一个叫玛契迪平的村子里吧?"

"没错。"

"跟我说说。"

我跟他说起了在"梵特溪"第一次听人提到"灰马酒店"的情景,然后给他描述了我去拜访罗达,以及我被引见给那"怪异三姐妹"的前后经过。我竭尽所能把塞尔扎·格雷在那天下午所说的话原原本本地讲给他听。

"而她说的话给你留下了很深的印象?"

我感到有些尴尬。

"呃，也不算是。我是说，我并不真的相信——"

"你不相信吗，伊斯特布鲁克先生？我倒觉得你其实挺相信的。"

"我想你是对的。只是人都不太愿意承认自己有多轻信罢了。"

勒热纳笑了。

"不过你还是漏掉了一些事情没说，对吗？你去玛契迪平的时候就已经对这件事感兴趣了——为什么呢？"

"我觉得是那个女孩儿看起来如此害怕的缘故吧。"

"花店的那位年轻女士？"

"是的。她在提到'灰马酒店'的时候是那么漫不经心，而后来她表现出的那种害怕似乎更凸显了——呃，这里面有什么值得害怕的事情。接着我遇见了科里根医生，他告诉了我有这么一份名单。其中有两个人我知道，而且她们都死了。还有一个名字似曾相识，后来我发现她也死了。"

"那应该是德拉方丹太太吧？"

"没错。"

"继续。"

"我于是下定决心，一定要把这件事查个水落石出。"

"而且你也确实开始做了。你是怎么着手的呢？"

我先给他讲了拜访塔克顿太太的经过，最后说到了我去伯明翰市政广场大楼找布拉德利先生的事情。

现在我已经勾起他十足的兴趣了。他重复着最后这个名字。

"布拉德利，"他说，"这么说布拉德利也与此有关？"

"你认识他？"

"哦,当然,我们对他了如指掌。他可没少给我们找麻烦。他是个狡猾的商人,从来不做任何能被我们抓住把柄的事儿。凭着对法律游戏里各种花招和伎俩的熟知,他总是能够成功地游走在法律边缘。这种人,都能写出一本类似旧式烹饪教材的书来了,书名可以叫《逃避法律的一百种方法》。不过说到谋杀,而且还是有组织的谋杀——我得说,不像是他干的事儿。的确——不像是他的路子。"

"现在我已经告诉了你我们之间的谈话,你能依据这个采取行动吗?"

勒热纳慢慢地摇摇头。

"不,我们现在还做不了什么。首先,你们之间的谈话没有证人在场。只有你们两个人,他要是愿意的话完全可以矢口否认!此外,他跟你说人可以就任何事情打赌,这话也没什么错误。他赌某人不会死——而最后他输了,他又有什么罪责呢?除非我们能把布拉德利和已经发生的罪行用某种方式联系起来——而这个,我猜并不那么容易。"

说到这儿他耸了耸肩膀,停顿了一下,然后又说:"你去玛契迪平的时候,有没有碰巧遇到一个姓维纳布尔斯的人?"

"有啊,"我说,"我见过他。那天他们还带我去和他共进了午餐呢。"

"哦!那我可否问问,他给你留下了什么印象呢?"

"印象极其深刻。他是个气度不凡的人,同时还是个残疾人。"

"是啊,小儿麻痹症造成的。"

"他只能依靠轮椅到处活动。不过他的残疾倒似乎更让他坚定了要活下去享受人生的决心。"

"尽你所能告诉我一些关于他的情况。"

于是我给他描述了维纳布尔斯的房子,他的艺术珍藏,以及他所感兴趣的方方面面。

勒热纳听完以后说道:"有点儿可惜。"

"有什么可惜的?"

他面无表情地说:"这个维纳布尔斯是个残废。"

"恕我冒昧,不过你那么确定他真的是个残废吗?他就不可能——呃,是装出来的吗?"

"他的残疾如假包换,这个我们非常确信。给他看病的医生是哈利街的威廉·达格戴尔爵士,那是个绝对可靠的人。我们有威廉爵士的担保,他说他下肢的肌肉已经萎缩了。咱们这位小个子的奥斯本先生也许认定了维纳布尔斯就是那天晚上他看见走在巴顿街上的男人,不过这次他可是搞错了。"

"我明白了。"

"如我所言,这件事有点儿可惜,因为如果确实存在这么一个私下里搞谋杀的组织的话,维纳布尔斯倒像是那种能够策划这种事情的人。"

"是啊,我也是这么想的。"

勒热纳用他的食指描画着面前桌子上相互交织的圆形图案,然后他猛然抬起头来。

"我们来归纳一下已经掌握的事实,把你告诉我们的也都加进去。看上去我们相当肯定存在着这么一个机构或者组织,专门从事可以称之为'除掉多余人'的勾当。这个组织自身丝毫不涉及暴力的范畴。它不雇佣普通的恶棍或者持枪歹徒……也没有任何迹象表明所有的死者不是死于完全自然的原因。我可以说,除了你提到的那三起死亡之外,我们还大概了解了一些其他人的消息——每一桩都是自然死亡,不过也都有人因为他们的死亡而获益。请注意,没有证据。

"这事儿办得聪明,伊斯特布鲁克先生,简直聪明绝顶。不管是谁想出来的——而且想得这么巨细靡遗——这个人都太有头脑了。我们只知道一些零零星星的名字。天知道还有多少其他的人——他们的生意铺得有多广。而我们仅仅是通过偶然的机会才从一个想要在临终之前求得心安的女人那里得知了几个名字。"

他气冲冲地摇了摇头,又接着说道:"这个叫塞尔扎·格雷的女人,你说她向你夸口,吹嘘她拥有的法力!是啊,她能够做到这些,同时还能逃脱惩罚。控告她谋杀,把她带上被告席,让她对着老天爷和陪审团大肆宣扬她凭借意志力,或者什么瞎编的咒语就能把人从这个世界的苦难中解救出来——总之就是这类的吧。从法律上来讲,没法儿判她有罪。我们已经核实过了,她从来没有接近过那些死了的人,也没有给他们邮寄过毒巧克力之类的东西。按她自己的说法,她只是坐在屋子里,动用了她的心灵感应而已!唉,整件事情肯定会被一笑置之的!"

我喃喃自语道:"但卢和安格斯没有笑,天国里也没有任何一个人在笑。"

"这是什么?"

"抱歉。我引用了《不朽的时刻》①里的一句话。"

"嗯,蛮有道理的。地狱里的魔鬼在笑,而天国中的天使却没有。这是一种——一种罪愆,伊斯特布鲁克先生。"

"是啊,"我说,"这个说法我们现在已经不太常用了。但放在这里却是再恰当不过。这也是为什么——"

"怎么?"

---

①由威廉·夏普编剧,拉特兰·鲍顿作曲的二幕歌剧,一九一四年在英国首次公演。

勒热纳用探询的眼光看着我。

我冲口而出。"我觉得有个机会——一个可能的机会——能让我们更多地了解一些这件事情的内幕。我和我的一个朋友已经制订了一个计划。你可能会觉得这很傻——"

"我听听看。"

"首先，根据你刚才所说的话，你心里已经确信的确存在一个我们刚刚讨论过的那种组织，并且这个组织还在运转？"

"它当然在运转。"

"但你也不知道它是如何运转的吧？我们已经搞清楚了第一步。我称之为客户的人一般都是依稀听说过这个组织，希望能够了解得更详细一些，于是就会被打发到伯明翰找布拉德利先生谈，然后他就会下定决心干这件事。他先是和布拉德利订立某种协议，接下来我猜会让他去'灰马酒店'。但再后来会发生什么事情，我们就不得而知了！在'灰马酒店'里到底发生了什么？得有人去探个究竟。"

"说下去。"

"因为除非把塞尔扎·格雷到底在搞什么名堂弄个一清二楚，否则我们就寸步难行。你们警方的法医吉姆·科里根说这件事从头到尾都是扯淡——但勒热纳督察，你觉得是吗？"

勒热纳叹了口气。

"你知道我会怎么回答——任何一个神志清醒的人会怎么回答。答案肯定是'对，当然是扯淡！'。但我现在要跟你说的话是非官方的。过往的近百年间，的确发生了不少非常古怪的事情。在七十年前，会有谁相信人可以在一个小匣子里听到大本钟敲响十二下，而且听完之后还能亲耳从窗外再听见它敲一次呢？这里头可没有什么骗人的把戏。大本钟其实只敲了一次，而不是

162

两次。只不过人耳听到的声音是通过两种不同类型的声波传过来的而已！又有谁会相信在自家的客厅里，在连一根连接线都没有的情况下，就能听到别人远在纽约说话的声音呢？还有谁会相信——哦！太多例子了！这些事情放在今天早就习以为常了，连小孩子说起来都不会觉得新鲜的！"

"换句话说，任何事情都是可能的了？"

"我就是这个意思。要是你问我塞尔扎·格雷有没有本事只是转转眼珠，或者进入催眠状态，再或者使用她的意念，就能杀人的话，我还是会说'没戏'。不过——我也没那么确定——我又怎么能知道呢？假如她真的瞎猫撞上了死耗子呢？"

"没错，"我说，"超自然现象看起来是不可思议的。不过今天的不可思议到了明天也许就会成为科学。"

"但别忘了，我的话是非官方的。"勒热纳提醒我道。

"老兄，你言之有理啊。结论就是，必须有人去搞清楚究竟发生了什么。那正是我要去做的——去查清楚。"

勒热纳目不转睛地看着我。

"路都已经铺好了。"我说。

接着我平静下来，告诉了他我的来意，把我和朋友计划要采取的行动原原本本地讲给他听。

他一边皱着眉头听着，一边揪着他的下嘴唇。

"伊斯特布鲁克先生，我明白你的意思了。可以说，是形势给了你这个机会。不过我不知道你是否清楚地意识到，你这么做可能是很不安全的——那些人都是非常危险的。这可能会给你带来危害——而你的朋友则必然处于危险之中。"

"我知道，"我说，"我明白……我们已经讨论过无数次了。我并不喜欢她准备扮演的这个角色。不过她的决心已定——非常坚决。真他妈该死,她就想要这样!"

勒热纳出其不意地说道:"你是不是说过,她是个红头发的女孩儿?"

"是啊!"我吃惊地答道。

"你永远都争不过红头发的人,"勒热纳说,"我难道还不知道这个?!"

我在想他太太是不是也是红头发。

第十六章

马克·伊斯特布鲁克的笔述

当我第二次去拜访布拉德利的时候,已经完全感觉不到一丝紧张了。事实上,我还挺享受这个过程的。

"要让你自己进入角色。"在我动身之前,金吉儿特别提醒了我,而这也正是我尽力要去做的。

布拉德利先生笑容满面地迎接了我。

"见到你非常高兴。"他一边说一边伸出他胖乎乎的手来,"这么说你已经仔细斟酌过你的小问题了,对吗?啊,就像我说过的,别着急。慢慢来。"

我说:"那正是我无法做到的。这件事……嗯,这件事相当紧急……"

布拉德利审视着我。他注意到了我神情中的紧张,我躲避他眼神的样子,以及我摘下帽子时动作的笨拙。

"好吧,好吧,"他说道,"我们来看看能做些什么。你想要就某一件事打一个小赌,对不对?没有什么比打一次公平的小赌更能帮助人忘掉那些——呃,烦心事儿的了。"

"事情是这样的——"我说到这里戛然而止。

我等着布拉德利去做他分内的事情,他如我所料接过了话头。

"我看你有点儿紧张。"他说,"谨慎。我很赞成做事要谨慎。永远都别说任何不该让你妈妈听到的话!好啦,你大概在想,我的办公室里会不会装了麦克吧?"

我没太明白,脸上显出困惑的神情。

"这是监听器的通俗叫法,"他解释道,"磁带录音机,或者诸如此类的东西。不,我以我个人的名誉担保,这儿没有任何这类装置。我们之间的谈话也不会以任何方式被记录下来。而且如果你不相信我的话——"他口气中的坦诚有着相当的感染力,"是啊,你又凭什么要相信我呢?你也有绝对的权利挑一个你自己满意的地方,找一家饭店,或者找个咱们英国火车站的候车室,我们也可以去那里讨论这件事情。"

我说我确信在这里谈一点儿问题都没有。

"真通情达理!那种玩意儿对咱们没什么好处,我可以向你保证,用法律上的话来说,你我都不会说哪怕一个'可以用来对我们不利'的字眼儿。让我们这么开始吧:你遇到了一件烦心的事儿,然后发现我对你抱以同情,你觉得你愿意把这件事告诉我。而我是个阅历丰富的人,可能能给你一些建议。毕竟常言说得好,两人分担,困难减半嘛。你觉得我们这样说可以吗?"

我们于是顺着他的路子往下说,我磕磕绊绊地讲出了我的故事。

布拉德利先生显然游刃有余。在我感到难以启齿的时候,他会适时地鼓励我引导我。他做得很出色,让我毫不费力地就对他讲出了我年轻时候迷恋上多琳,以及我们秘密成婚的事。

"这种事情太多了,"他摇着头说道,"司空见惯。合情合理!满怀理想的年轻小伙子,名副其实的漂亮姑娘。这就是你们俩,还没怎么着呢就结为夫妻了。那后来又怎么样了呢?"

我继续给他讲了后来发生的事情。

这部分我有意说得含糊其词。反正像我试图扮演的这种男人是不会愿意谈及那些令人不快的细节的。我只是要表现出一副理想破灭的样子——一个小傻瓜最终意识到了自己一直就是个小傻瓜。

我让他觉得最后我们有过一次争吵。要是布拉德利认为我年轻的妻子是跟别的男人跑了,或者自始至终都存在另一个男人的话——那也相当好了。

"但你知道,"我焦急地说道,"虽说她——呃,和我想象中的不太一样,不过她还真是个特别温柔可爱的姑娘。我怎么也想不到她会这样——我的意思是说,她会做出这种事来。"

"她到底对你做了些什么?"

我向他解释说我的"妻子"回来了。

"那你又以为她发生了什么事儿呢?"

"我猜这说起来有点儿奇怪——但我的确没怎么想过。实际上,我想我以为她肯定是死了的。"

布拉德利冲我摇摇头。

"一厢情愿。完全是一厢情愿。她凭什么就该死呢?"

"她从来没有给我写过信,也没有以其他任何方式联系过我。我也从来没有听到过她的半点消息。"

"事实上,是你想要把她彻底忘掉。"

这个眼珠子滴溜圆的小个子律师在他那一行里还真算得上是个心理学家呢。

"也许是吧,"我感激地说道,"要知道,并不是说我想要和其他人结婚。"

"不过你现在想了,嗯,我说得对吗?"

"呃——"我表现出了一丝勉强。

"好啦,告诉老哥我吧。"这个令人厌恶的布拉德利说道。

我不好意思地承认说,没错,最近我正在考虑结婚事宜……

不过我斩钉截铁地拒绝告诉他关于我准备迎娶的女孩儿的任何细节。我不打算让她搅合到这件事中来。关于她的情况,我也不准备向他透露一个字。

这一次,我觉得我做出的反应又对了。他并没有坚持追问,反而说道:"这是人之常情啊,亲爱的先生。你已经从过去那段不愉快的经历中走出来了。毫无疑问,你又找到了一个完完全全合你意的人。能够分享你的文学爱好和生活方式。一个真正的伴侣。"

我当时就明白他已经知道了赫米娅的情况。这个应该很容易。只要对我稍微做一番调查,就会发现我只有那一个比较亲近的女性朋友。自从收到我的预约信之后,布拉德利一定已经对我和赫米娅做了全面的了解。他已经掌握了详细的资料。

"离婚怎么样?"他问道,"这难道不是很自然的解决办法吗?"

我说:"完全没有离婚的可能性。她——我太太——根本不同意!"

"啊,天哪。我能否问问,她对你到底是什么态度?"

"她——呃,她想回到我身边。她……她彻底失去理智了。她明知道我有女朋友,却还要——还想——"

"很卑劣的行径……我明白了。看起来你也是走投无路了,当然啦,除非……不过她还很年轻……"

"她还能活好多年呢。"我苦涩地说道。

"哦,那谁知道呢,伊斯特布鲁克先生。你说她一直住在国外？"

"她是这么告诉我的。不过我并不知道具体在哪儿。"

"也可能是去遥远的东方了。你知道吗，有时候在那些地方你会染上某种病菌——然后潜伏很多年！等到你回家以后，它会让你突然发病。我就知道两三个这样的例子。这一次说不定也有这种可能。如果这能让你高兴一点儿的话，"他停顿了一下，"我愿意为此打一个小赌。"

我摇摇头。

"她还会活上很多年的。"

"啊，我承认，你的胜算显然更大一些……不过，我们可以就此下个注。一千五百比一，我赌这位女士会在圣诞节之前死去：这个怎么样？"

"再早点儿！必须得再快点儿，我等不了了。有些事情——"

我故意显得语无伦次。我不知道他是否会觉得我和赫米娅之间已经到了无法再拖延下去的地步，或者我的"妻子"威胁说要去找赫米娅的麻烦。他也可能会认为还有另一个男人在追求赫米娅。我不在意他怎么想。我只想让他感觉到事情迫在眉睫。

"那赔率要稍微改一下，"他说，"我们赌一千八百比一，你太太活不过一个月。对这种事情我有预感。"

我觉得是时候讨价还价了——于是开始砍价。我抗议说我没有那么多钱。布拉德利很精明。不知道他是通过什么途径得知了我在紧急情况下能够筹到多少钱的。他还说我结婚以后就不会再在乎打赌的这点儿损失了，他知道赫米娅有钱，这从他微妙的暗示中就能看出来。而且，我的急切也使得他处在了一个有利的位置上。他就是不肯降价。

我离开他那里的时候，终于还是接受了这个难以置信的赌注。

我签署了某种类似欠条的东西，那上面的措辞有太多法律用语，我根本搞不懂。实际上我高度怀疑这份文书能有多大的法律意义。

"这玩意儿有法律效力吗？"我问他。

"我觉得，"布拉德利露出他的一口好牙说道，"这方面永远都不需要接受检验。"他的微笑看起来并不是那么亲切，"打赌就是打赌。如果有人不愿意付钱的话——"

我看着他。

"我不该提这个的，"他轻声说道，"真是的，我不该提这个。我们不喜欢耍赖的人。"

"我不会赖账的。"我说。

"我相信你不会的，伊斯特布鲁克先生。下面——我们来谈谈安排吧。你说伊斯特布鲁克太太在伦敦。具体在哪儿？"

"你必须知道吗？"

"我必须知道全部细节——我要做的下一件事是安排你跟格雷小姐见面——你还记得格雷小姐吧？"

我说我当然记得格雷小姐。

"一个令人吃惊的女人。的确是天赋异禀，让人大跌眼镜。她需要一些你妻子穿戴的东西，比如一只手套，或者手绢儿之类的——"

"但为什么呢？凭什么要——"

"我懂，我懂。别问我为什么。我一点儿都不知情。格雷小姐一直守口如瓶。"

"究竟会发生什么？她要怎么做？"

"当我诚恳地告诉你我什么都不知道的时候，伊斯特布鲁克先生，你真的必须相信我！我的确不知情——而且退一步讲，我也不想知道。这个话题我们就到此为止吧。"

他顿了一下，接着又以一种近乎慈父般的语气开了口。

"伊斯特布鲁克先生，我的建议是这样的。你去拜访一下你太太，好好安抚她一番，让她觉得你也已经回心转意，愿意和解。我建议你说自己要出国待上几个星期，回来的时候你就会跟她……嗯，随便你怎么说。"

"然后呢？"

"你先要神不知鬼不觉地偷拿几件她日常穿戴的东西，然后去一趟玛契迪平。"他停下来思索了一下，"让我想想啊。我记得你上次来的时候提过，你在那附近有朋友还是亲戚来着？"

"我表姐。"

"那就太简单了。这个表姐肯定会安排你住上一两天吧。"

"大多数人会怎么做？住在当地的小旅馆？"

"有时候吧，我相信——或者开车从伯恩茅斯过去。都是差不多的情况，不过具体的我也不太清楚。"

"那我表姐——呃，可能会怎么想呢？"

"你就说你对住在'灰马酒店'的人感到很好奇，你想要参加一次那里的降神会。没有比这更简单的了。格雷小姐和她的灵媒朋友总是沉溺于她们的降神会。你也知道那些个会通灵术的人都是什么样子。你要明确表示那一套当然都是无稽之谈，不过还是引起了你的兴趣。就这样，伊斯特布鲁克先生。你也看到了，简单得没法再简单了——"

"那——然后呢？"

他微笑着摇摇头。

"我能告诉你的就是这些了。事实上，我也只知道这么多。

接下来的事情就由塞尔扎·格雷小姐负责了。千万别忘了戴上手套或者手绢儿什么的。在那之后,我建议你出国转上一小圈儿。每年这个时候,意大利的里维埃拉是个非常怡人的地方。一两个星期就足矣了。"

我说我不想出国旅游,我只想待在英国国内。

"这样的话也很好,只是你绝对不要待在伦敦。对,我必须强烈建议你,不要待在伦敦。"

"为什么不行?"

布拉德利先生用责备的眼神看着我。

"我们必须要确保客户的绝对——安全,"他说,"如果他们服从命令的话。"

"伯恩茅斯怎么样?在那儿可不可以?"

"可以啊,伯恩茅斯很不错。找一家旅馆住下来,结交几个朋友,让人看到你们在一起。过几天无可非议的日子——这就是我们的目标。你要是在伯恩茅斯待烦了的话,还可以去托基[①]。"

他说话的样子俨然是一个和蔼可亲的旅行社代理人。

我再一次握了握他胖乎乎的手。

[①] 英国海滨休闲胜地,位于英格兰西南部的德文郡,是阿加莎·克里斯蒂的出生地。

第十七章

马克·伊斯特布鲁克的笔述

<h1 style="text-align:center">1</h1>

"你真的打算去参加塞尔扎家的降神会吗?"罗达盘追我。

"为什么不呢?"

"马克,我从来都不知道你对那种事情还会感兴趣。"

"我并非真的感兴趣,"我如实相告,"只不过那三个人的确是个奇怪的组合。我就是很好奇,想看看她们究竟能搞出什么名堂。"

我发现要想表现得轻描淡写的确不是一件容易的事。从眼角的余光中,我看到休·德斯帕德在若有所思地审视着我。他精明强干,生性喜欢冒险,是那种对于危险的存在具有第六感的人。我觉得他此时已经嗅出了一丝味道——他意识到除了毫无来由的好奇心,背后一定还有更重要的原因。

"那我也要和你一起去,"罗达兴高采烈地说,"我一直都想去呢。"

"罗达,你可不能掺和这种事儿。"德斯帕德低声吼道。

"可是休,我又不是真的相信有幽灵鬼魂之类的事情。你知道我不信的。我纯粹是觉得好玩儿才想去的！"

"那种把戏没什么好玩儿的。"德斯帕德说，"这里面可能会有点儿名副其实的东西，没准儿真会有呢。不过那也对那些出于'纯粹的好奇心'而去的人起不了什么好作用。"

"那你也应该劝劝马克别去。"

"马克的事儿不归我管。"德斯帕德说道。

不过他又迅速地斜睨了我一眼。我十分确信，他明白我自有我的目的。

罗达有些不高兴了，不过很快又恢复如常。那天上午稍晚一些时候，我们在村子里偶遇塞尔扎·格雷，塞尔扎自己倒是对这件事直言不讳。

"你好，伊斯特布鲁克先生，今晚我们期待你的光临啊。希望我们能为你献上一场精彩的表演。西比尔是个极其出色的灵媒，不过事先谁也不知道会得到什么样的结果，所以你千万不要失望。有件事是我必须要求你的，那就是一定要敞开你的心扉。对于坦诚的问卜者我们总是欢迎的——但要是态度轻浮、冷嘲热讽，可就不好了。"

"我本来也想去的，"罗达说，"不过休对这事儿的成见太深了。他那种人你也知道。"

"不管怎么说，我可不想让你也来，"塞尔扎说，"有一个外人就够了。"

她转向我。

"到时候你先过来和我们吃顿便饭吧，"她说道，"在降神会之前我们从来不会吃很多。七点钟怎么样？我们等着你来。"

说完她点点头，微微一笑，迈着轻快的步子扬长而去了。我盯着她的背影，沉浸于自己的猜测之中，以至于完全没有听到罗达在跟我说什么。

"抱歉,你刚才说什么来着?"

"你最近看起来很奇怪,马克——就从你来了之后。出什么事儿了吗?"

"不,当然没有。能出什么事儿啊?"

"是不是书写不下去啦?或者什么类似的事情?"

"书?"有那么一瞬间我完全不记得写那本书的事情了,然后我连忙说道,"哦,你说那本书啊。进展基本上还算挺顺利的。"

"我相信你肯定是在谈恋爱。"罗达用责备的口气说道,"没错,就是这么回事儿。坠入爱河对男人来说有很大的不良影响——似乎连他们的脑筋都变糊涂了。现在看来女人则正好相反——精神饱满,容光焕发,比平时要漂亮一倍。恋爱能让女人受益,却只能令男人看起来更傻,挺有意思的,对不对?"

"谢谢你啊!"我说道。

"哦,马克,可别生我的气。我真心觉得这是件特别好的事情——我也为此感到高兴。她真是个特别好的姑娘。"

"你在说谁?"

"当然是赫米娅·雷德克里夫啦。你好像还以为我蒙在鼓里呢。这种事儿我见得多了。她可真是个为你准备的人——长得好看,人又聪明——绝对般配。"

"这种话最不着边际了,"我说,"你用来说谁都行。"

罗达看看我。

"是有那么点儿。"她说。

她转过头,说她得走了,她要去跟肉贩子说点儿能鼓舞人心的话。我告诉她我正准备去牧师家拜访一下。

"不过——"我先打好了预防针,"这可不是为了找牧师给我贴结婚公告啊!"

2

到牧师家来就像回家一样。

前门亲切地敞开着,我一迈进去就有了一种如释重负的感觉。

戴恩·卡尔斯罗普太太从大厅后部的一扇门里走出来,不知为什么,她手里拿着一个巨大的亮绿色塑料桶,让我一时摸不着头脑。

"嗨,是你啊,"她说,"我一想就应该是。"

她把桶递给我。我完全不知道该拿它干什么,只能一脸尴尬地站在那里。

"拿到门外,放在台阶上。"卡尔斯罗普太太有些不耐烦地说,就好像我本该知道似的。

我遵从了她的指示,然后跟着她走进了上一次我们坐着说话的那间又黑又破的客厅。屋子里的炉火已经奄奄一息,不过戴恩·卡尔斯罗普太太把它拨旺了,并且添上了一段木柴。然后她示意我坐下,自己也一屁股坐进椅子里,用明亮而热切的眼神盯着我瞧。

"怎么样?"她问道,"你都干什么了?"

她说话的那股急切劲儿,就仿佛我们马上要去赶火车似的。

"你告诉我得采取些行动。我正在做。"

"很好。什么行动?"

我告诉了她。我把所有事情都对她讲了,就连一些我自己也不太明白的，只可意会不可言传的事情也告诉她了。

"今晚吗？"戴恩·卡尔斯罗普太太沉思着说道。

"是的。"

她沉吟了片刻，显然是在思考。我忍不住脱口而出说道："我不喜欢这样。上帝啊，我真的不喜欢。"

"你凭什么要喜欢呢？"

当然，这是个无法回答的问题。

"我担心她担心得要死。"

她和蔼地看着我。

"你不知道，"我说，"她有多……多么勇敢。假如她们用什么方法伤害了她……"

戴恩·卡尔斯罗普太太慢条斯理地说道："我看不出来——真的看不出来——她们能怎么用你所说的方法伤害到她。"

"可是她们已经伤害过其他的人了。"

"看起来似乎是这样，没错……"她的声音听上去并不满意。

"从其他任何方面来说，她都不会有事儿的。我们已经采取了所有能想到的预防措施，绝不会伤害到她的身体。"

"不过这些人所宣称的就是能够造成身体上的伤害啊，"戴恩·卡尔斯罗普太太指出，"她们声称能够通过心智作用于身体，让人得病。她们要是真能做到，那就太有意思了。可是想想也真够可怕的！正如我们已经达成的共识，必须想办法阻止她们。"

"但现在是她在承担这个风险。"我小声嘀咕道。

"总得有人去承担啊。"戴恩·卡尔斯罗普太太平静地说道，"因为不是你，所以可能伤了你的自尊心。你不得不接受这个事实，对于她所扮演的这个角色来说，金吉儿是最理想的人选了。她能够控制好她的情绪，并且很聪明。她不会让你失望的。"

"我不是在担心这个!"

"好啦,什么都不用担心了。担心对她也没什么帮助。我们不能逃避这个问题。就算她真的因为这次试验送了命,也算是死得其所啊。"

"老天哪,你这话可真狠心!"

"也总得有人扮演我这个角色。"戴恩·卡尔斯罗普太太说道,"总要设想最坏的情况。你并不知道那会如何让你的意志更加坚定。你立刻就会开始确信,事情绝不可能像你想象得那样糟糕。"

她饱含鼓励地冲我点点头。

"你也许是对的。"我将信将疑地说。

戴恩·卡尔斯罗普太太无比肯定地说她的话当然是对的。

我进一步谈到细节问题。

"你这里有电话吗?"

"那是自然。"

我向她解释了我想要干什么。

"在这件——今晚这件事结束之后,我可能想要和金吉儿保持密切的联系。要每天给她打电话。我可以用这儿的电话吗?"

"当然了。罗达家进进出出的人太多,而你想要确保不被别人偷听到。"

"我会在罗达家住上一阵子,然后也许会去伯恩茅斯。他们不允许我——回伦敦。"

"想那么远也没用,"戴恩·卡尔斯罗普太太说,"过了今晚再说。"

"今晚……"我站起身,说了句很不像是我会说的话,"为我……为我们祈祷吧。"我说。

"那还用说?"戴恩·卡尔斯罗普太太似乎很吃惊我还需要特意提出这个请求。

当我踏出前门的时候,突然一阵好奇心促使我开口问道:"为什么要放那个桶?是干什么用的?"

"那个桶吗?那是给上学的孩子们预备的,他们会从树篱旁边替教堂捡一些浆果和树叶。不太好看,是吧,不过很方便啊。"

我放眼望着这丰饶的秋日世界,它是如此的柔和、平静而美丽……

"愿天使和牧师的仁慈保佑我们。"我说。

"阿门。"戴恩·卡尔斯罗普太太说。

3

我在灰马酒店受到的接待极其传统。我也不知道我究竟在期待一种什么样的特殊氛围——但其实根本没有那回事儿。

塞尔扎·格雷穿着一身普通的深色羊毛裙来应门。她用一种公事公办的口吻说道:"啊,你来了,很好。我们马上开饭——"

不可能比这更平淡、更普通了……

桌子放在装有护墙板的大厅尽头,上面摆着简单的晚餐,有汤、煎蛋卷以及奶酪。贝拉在一旁服侍我们。她身着一套黑色的连衣裙,比平时更像是意大利早期艺术作品中的人物。西比尔则给人留下了更为奇特的印象。她穿着一件编织布料做的孔雀蓝色的长裙,上面点缀着一些金饰。这一次她没有戴着她那些珠子,不过手腕上倒是套着两个沉甸甸的金手镯。她只吃了一丁点儿煎蛋卷,其他什么都没动。她没怎么说话,而是以一种高高在上的态度对待我。按理说这本应给人留下不俗的印象,可实际上并没有,反而让人觉得夸张做作,显得有些虚幻。

塞尔扎·格雷主导了席间的谈话——也只是轻松地聊了聊当地的家长里短。在这个晚上,她的形象俨然就是个活灵活现的英国乡下老处女,既可亲又能干,而对于超出自己身边范围的事物一概不感兴趣。

我心中暗想,我一定是疯了,完完全全地疯了。这儿有什么好怕的呢?就连贝拉今天晚上看起来也只是个愚笨的老农妇而已——跟成百上千个她那类的女人一样,近亲结婚,又没受过教育,于是孤陋寡闻,鼠目寸光。

回想起来,我和戴恩·卡尔斯罗普太太之间的对话看上去真是有些不切实际。我们把自己弄得紧张兮兮,去想象那些鬼才知道有没有的事情。一想到金吉儿——染了头发,换了假名的金吉儿——居然会因为这三个平庸至极的女人而置身险境,我就觉得着实没道理!

晚餐告一段落。

"没有咖啡,"塞尔扎抱歉地说道,"我可不想兴奋得过了头。"她说着站起身来,"西比尔?"

"在呢。"西比尔答应道,脸上挂着一种显然她自认为不属于这个世界的狂喜神情,"我必须去做些准备……"

贝拉开始清理桌子。我信步踱到悬挂着旧时酒店招牌的地方。塞尔扎跟在我身后。

"在这种光线下,你根本没法看清。"她说。

她说得完全正确。在覆满了乌黑尘垢的背景之下,你几乎没法分辨出那个模糊的灰白色形象是一匹马。而整个大厅里也只是点着几盏罩着厚厚羊皮纸灯罩的若明若暗的电灯。

"那个红头发的女孩儿——叫什么名字来着?好像是金吉儿

吧,就是上次一起过来的那个——说过她要把这个清洗修复一下。"塞尔扎说,"不过,别指望她还能记得这回事儿了。"她又漫不经心地补充道,"她是在伦敦的哪个画廊里工作吧。"

听到金吉儿被人如此轻描淡写地提起,我产生了一种奇怪的感觉。

我盯着那幅画,说道:"那应该会蛮有意思的。"

"当然了,这也算不上什么好画儿,"塞尔扎说,"只是一幅涂鸦之作。不过它跟这个地方倒是挺配的——而且肯定远远不止三百年的历史了。"

"都准备好了。"

我们旋即转过身来。

贝拉从阴影中出现,正在招呼我们。

"该干正事儿了。"塞尔扎说,依然是用一种不拖泥带水的口气。

她在前面带路,去往那间改建过的马厩,我跟在她身后。

正如我前面说过的,从正屋没有直接通向这间屋子的门。外面的天空漆黑阴沉,看不到一点儿星光。我们穿过屋外浓浓的夜色,走进这个亮着灯的长长的房间。

借着夜色,这个房间也变了模样。在白天的时候它看起来像一间怡人的书房,现在似乎不止如此了。屋子里有一些灯,却没有打开。照明装置经过处理以后,把柔和但清冽的光洒向房间。在地板的中央有一个凸起的东西,像是一张床或者矮沙发之类的,那上面蒙着一块紫色的布,布上绣着各式各样含义不明的标志。

房间的深处放着一个看起来像小火盆似的东西,紧挨着它的是一个大铜碗——从外观上看已经很旧了。

在另一边几乎靠墙的地方，摆着一把笨重的橡木靠背椅。塞尔扎冲着那边向我做了个手势。

"坐在那里。"她说。

我顺从地坐下。塞尔扎的态度开始起了变化。奇怪的是，我无法准确地说出这变化中究竟都包含了什么。这跟西比尔那种为了骗人而装出来的神秘主义完全不同，更像是缀满了日常琐碎生活的幕布徐徐升起。幕布之后才是这个女人的本来面目，就像一个外科医生正在走向手术台，准备完成一台既有难度又有危险的手术一样。这种感觉在她走向一个壁橱，从里面取出一件长罩衫似的衣服时就更加强烈了。借着光线，我看到那件罩衫似乎是用金属纤维编织而成的。她又戴上了一副编织细密的长手套，那手套给我的感觉颇像是我曾经见过一次的"防弹衣"。

"人总得防患于未然嘛。"她说。

这句话让我隐隐有了一丝不祥之感。

接着她又用一种不容置疑的低沉嗓音对我说道："伊斯特布鲁克先生，我必须让你牢记，你一定要保持安静地坐在你自己的位子上。在任何情况下都不得离开椅子，否则的话可能会很不安全。这不是小孩子的游戏。我是在和某种力量打交道，对于还不知道如何掌控它的人来说，这种力量是很危险的！"她停顿了一下，接着问道，"吩咐你带的东西你带来了吧？"

我二话没说，从口袋里掏出一只棕色的绒面革手套递给她。

她接过手套，拿到一盏带有鹅颈式灯罩的金属台灯前面。她打开台灯，把手套放在它那种有些古怪的苍白暗淡光线之下，而手套的颜色也随之由深棕变成了索然无味的灰色。

她关上灯，认可地点点头。

"再合适不过了，"她说，"戴着它的人身上所散发出的气息相当强烈。"

她把手套放在房间一端一个外观像是大收音机匣子的东西上面。然后她稍稍提高了嗓门。"贝拉。西比尔。我们准备好了。"

西比尔先走了进来。在她那身孔雀蓝裙子外面又套了一件长的黑斗篷。她以一种很夸张的方式把斗篷甩在了一旁。斗篷滑落在地上,就像一潭漆黑的池水。她走上前来。

"我真心希望一切顺利,"她说,"不过谁知道呢。请你不要抱有怀疑的心态,伊斯特布鲁克先生。那样会妨碍仪式进行的。"

"伊斯特布鲁克先生可不是来看笑话的。"塞尔扎说。

她的语气中透出一丝冷酷无情。

西比尔随即在那张紫色的矮沙发上躺下。塞尔扎在她面前俯下身子,替她整理好衣物。

"这样舒服了吗?"她关切地问道。

"是的,谢谢你,亲爱的。"

塞尔扎又关掉了一些灯。随后她拉过来一块看起来像是带着轮子的篷布一样的东西。她把这东西摆好,让它遮住矮沙发,这样一来,也使得西比尔置身于昏暗光线边缘的浓重阴影之中。

"光线太强的话是不利于彻底进入催眠状态的。"她说。

"好啦,我觉得我们已经万事俱备了。贝拉?"

贝拉从阴影当中走出来。这两个女人向我走过来。塞尔扎用她的右手拉住了我的左手,而她的左手拉住了贝拉的右手。贝拉再用左手抓住我的右手。塞尔扎的手又干又硬,贝拉的手则像是没有骨头一般,而且冰凉——感觉就像握着一只鼻涕虫,令我不禁厌恶地哆嗦了一下。

塞尔扎肯定是触动了什么地方的开关,微弱的音乐声从天花板上传来。我辨认出这是门德尔松的葬礼进行曲。

"舞台演出[1]，"我心中轻蔑地暗想，"华而不实的骗局而已！"我冷眼旁观——然而却意识到了一股意想不到的不安情绪在心底涌动。

音乐停止了。在一段长时间的等待中，周围只能听到呼吸的声音。贝拉稍微有些气喘吁吁，西比尔的呼吸则深沉而有规律。

接着，突然之间，西比尔开口说话了。然而发出的却不是她本人的声音。那是个男人的嗓音，全然没有了她自己的那种扭捏作态，而是带着一口粗重的外国腔调。

"我来了。"那个声音说道。

我的手被松开了。贝拉飞快地闪入了阴影之中。塞尔扎说道："晚上好。是麦坎达[2]吗？"

"我是麦坎达。"

塞尔扎走到矮沙发旁，移开了遮盖的篷布，使柔和的光线洒在西比尔脸上。她似乎睡得很沉。在这种睡着的状态下，她的脸看起来竟截然不同。她脸上的皱纹变得平展开来，使她的模样年轻了很多岁，你几乎可以说她看上去很漂亮。

塞尔扎说："麦坎达，你准备好要服从我的愿望和意志了吗？"

那个低沉的嗓音说道："准备好了。"

"你是否愿意承担起保护你现在所栖居的躺在这里的肉身的职责，使它免受一切躯体上的侵扰和伤害？你是否愿意将它的生机奉献于我的意志，使我的目标得以实现？"

"我愿意。"

"那么你会献出这具也许需要经历死亡的肉身，以遵循对于

---

[1] 原文为法语。
[2] 此处可能是指弗朗索瓦·麦坎达，海地逃亡黑奴的领袖，因其会从植物中提取毒药，有时又被描述成海地伏都教的祭司，于一七五八年被法国殖民当局烧死。

接受者的肉身可能同样有效的自然法则吗?"

"必须派死者去促成死亡。理应如此。"

塞尔扎往后退了一步。贝拉走上前来,拿出了一个在我看来像是十字架的东西。塞尔扎把它倒过来放在西比尔的胸前。接着贝拉又拿来一个小绿瓶子。塞尔扎从瓶子里倒了一两滴,滴在西比尔的额头上,然后用手指画了些什么。我又一次觉得是个上下颠倒的十字架形状。

她对我简短地说道:"这是从嘉辛顿的天主教堂取来的圣水。"

她的声音相当平淡无奇,这句本应会破坏咒语的话也并没有破坏什么。而且不知怎么着,反倒使整件事情显得更加惊心动魄。

最后她又拿出了我们以前见过一次的那个会咯咯作响的瘆人的家伙,摇了三次,然后把它放到西比尔的手里让她握着。

她退一步说道:"一切准备就绪——"

贝拉重复道:"一切准备就绪——"

塞尔扎压低了声音对我说道:"我猜,你会对所有这些仪式不以为然的,对吗?有一些来访者倒是会觉得印象深刻。但在你心里,我敢说所有这些只不过是蒙人的巫术罢了……不过也别太信心十足了。仪式嘛,是一套经过时间洗礼和长期使用而沿袭下来的固定词句,对人的精神是会产生些影响的。是什么导致了人们集体性的歇斯底里爆发?我们并不清楚。但是这种现象的确存在。我认为,这些旧时的习俗,还是有它们的一席之地的——同时也是不可或缺的。"

贝拉刚才离开了房间,现在又回来了,手里抓着一只白公鸡。那只鸡还活着,而且扑腾着想要获得自由。

接着她跪下来，开始用手里的白粉笔在火盆和铜碗周围的地板上画符号。然后她把公鸡放下，让它的后背贴在铜碗周围的白线上，而公鸡就那样一动不动地待着。

她继续画着更多的符号，一边画一边用她那低沉粗哑的声音唱着什么。歌词我完全听不懂，不过看她跪在那里摇来晃去的样子，她显然正在让自己达到某种令人无比厌恶的狂热高潮。

塞尔扎看着我，说道："你不太喜欢这些吧？你要知道，这是古老的仪式，非常古老。是根据一代代母女相传继承下来的古法秘诀所施加的死亡符咒。"

我猜不透塞尔扎的意思，而她也没有再说什么来进一步加深给我留下的印象，也许贝拉这番相当骇人的表演已经达到了这种效果。看起来塞尔扎是有意在扮演一个解说员的角色。

贝拉将她的双手伸向小火盆，火盆里顿时升腾起一团闪烁的火焰。她在火上撒了些什么，随之空气中便溢满了一种浓浓的甜腻香气。

"我们准备好了。"塞尔扎说。

我想，外科医生要拿起他的手术刀了……

她走向那台我以为是收音机匣子的东西。打开之后我才看出那是某种复杂的大型电气装置。

那东西就像个手推车一样。她缓缓地推着它，把它小心地放在一个靠近矮沙发的位置上。

她弯下腰，调整了一些开关和按钮，同时自言自语道：

"指南针，北－北－东……度数……这样就八九不离十了。"她拿过那只手套，把它在一个特殊的位置上摆好，随后打开了它旁边一盏紫色的小灯。

接着她对着躺在矮沙发上那个纹丝不动的身体说起话来。

"西比尔·黛安娜·海伦,你已经从你那终有一死的躯壳中得以解脱,麦坎达的神灵将会为你守护它的安全。你可以自由地去和这只手套的主人在一起。和所有人类一样,她此生的目标也是走向死亡。除了死亡,不会有最终的满足。唯有死亡可以解决所有的问题。唯有死亡才会带来真正的安宁。所有伟大的人都懂得这一点。还记得麦克白吧?'在经历了人生的阵阵狂热之后,他现在睡得很安稳'①。还记得特里斯坦和伊索尔德②的意乱情迷无法自拔吧?爱与死亡。爱与死亡。但这其中最伟大的还是死亡……"

那些话语不住地响起,回荡,重复——那个像大盒子一样的机器开始发出低沉的嗡鸣,里面的灯泡放射着光芒——我觉得头昏脑涨,神情恍惚。我想,我再也无法取笑这件事了。释放出法力的塞尔扎,正在将躺在矮沙发上的那个人影置于她的彻底掌控之下。她在利用她,利用她去达到一个特定的目的。我隐约明白奥利弗太太为什么会被吓到了,不是因为害怕塞尔扎,而是那个看似傻乎乎的西比尔。西比尔拥有一种能力,一种天资,这与头脑或者智力无关;那是一种身体上的能力,将她与自己的躯体分离开的能力。这样分开之后,她的意志就不再是她自己的,而是塞尔扎的了。而塞尔扎正在利用她这种短暂的附体。

没错,但那个盒子又是怎么回事?它在这件事里到底起了什么作用?

突然之间,我全部的恐惧都转移到了那个盒子上!她们究竟用它干了什么邪恶的勾当?那里面会不会产生某种物理学上的射

---

①这句台词是莎士比亚名作《麦克白》中描述死去的苏格兰国王邓肯的。
②流传于西方的古老传说,与《罗密欧与朱丽叶》并称为西方两大爱情经典,后被德国作曲家瓦格纳改编为同名歌剧。

线，从而作用在头脑中的细胞上？而且还是特定的头脑？

塞尔扎的声音还在继续：

"弱点……总会有一个弱点……深藏在肉体的组织之中……从弱点之中产生出勇气——死亡的勇气与平静……走向死亡——缓慢地，自然地，走向死亡。以正确的方法，以自然的方法。身体的各部分组织都要听命于头脑……指挥它们——命令它们……走向死亡……死神，征服者……死神……快了……就快来了……死神……死神……死神！"

她的嗓门越来越大，变成了声嘶力竭的呐喊。与此同时，从贝拉那边传来了另一种骇人的动物啼叫声。只见她站起身来，刀光一闪……小公鸡便发出一阵垂死挣扎的恐怖的咯咯声……血一滴一滴落到铜碗里。贝拉跑过来，手里捧着那个铜碗。

她尖声叫道："血……鲜血……鲜血！"

塞尔扎把手套从那个机器上拿下来。贝拉接过去，把它在血碗中浸了一下，又把它交给塞尔扎，放回了原处。

贝拉那狂喜的高叫又再次响起……

"鲜血……鲜血……鲜血……"

她绕着火盆一圈接一圈地跑，接着倒在地上抽搐起来。火盆里的火苗闪烁了几下，然后就熄灭了。

我感到极其难受，脑袋似乎在天旋地转，双手只得紧紧抓着椅子的扶手，眼前的景象全都模糊了……

这时，我听到咔嗒一下，那台机器的嗡鸣声停止了。

然后传来了塞尔扎清晰而平静的声音："古老的巫术和新兴的魔法。对于信念的旧有认知，对于科学的新生观念。两者结合，它们将战无不胜……"

第十八章

马克·伊斯特布鲁克的笔述

"好啦,降神会是怎么回事儿啊?"在早饭的餐桌上,罗达急不可耐地问我。

"哦,也就是那一套。"我若无其事地说道。

我能够察觉到德斯帕德的眼睛在盯着我,这让我有些不自在。他是个明察秋毫的人。

"画在地板上的五角星?"

"嗯,好多。"

"还有白公鸡?"

"不用说,那正是贝拉爱玩儿的游戏。"

"那也有催眠之类的事情喽?"

"让你说中了,也有催眠之类的。"

罗达看上去有些失望。

"你似乎觉得这种事儿挺无聊的啊。"她用有点儿委屈的口气说道。

我说这种事情都是大同小异的,而且无论如何,我也已经满足了好奇心。

又过了一会儿,等到罗达去了厨房之后,德斯帕德对我说:

"让你受了点儿惊吓,是吗?"

"嗯——"

我很想对整件事情轻描淡写,但德斯帕德可不是个容易上当的人。

我缓缓地说道:"这个——从某种程度上来说,有点儿让人不舒服。"

他点点头。

"人不会真的相信这些的,"德斯帕德说,"至少以一个理性的头脑来看不会——不过这种事情还是会产生一些影响。我在东非的时候看到过很多。那里的人们都被巫医牢牢控制着,而你也不得不承认,确实会有些无法用任何常理来解释的怪事发生。"

"死亡?"

"没错。若是一个人得知他被巫医认定要死,他就会死。"

"我想这是暗示的力量吧。"

"大概是。"

"不过你对这种解释还是不太满意?"

"对——不太满意,还是会有些情况没法用任何一种咱们西方粗浅的科学理论来解释。欧洲人通常都不买账(话虽这么说,我还是知道几个相信的人)。不过如果这种信念是与生俱来的——你一定会笃信不移!"说到这儿,他不再继续了。

我一边思索,一边说道:"我同意你的看法,做人不能太迂腐了。即使在咱们这样的国家里,也还是会有奇怪的事情发生。有一天我去伦敦的一家医院,来了个女孩儿——看起来极其焦虑,抱怨说骨头啊胳膊啊到处都疼得要命,可是什么原因都找不到。他们怀疑她是个歇斯底里患者。医生告诉她,用一根烧红了的棍子沿着她的胳膊往下划,也许能有效果,问她同不同意试一试?她同意了。

"于是那姑娘扭过头去,紧闭双眼。医生拿了一根玻璃棒在凉水里蘸了一下,然后顺着她胳膊的内侧向下划。那姑娘发出痛苦的尖叫。医生说:'这下你就全好了。'她说:'但愿如此吧,不过感觉太难受了。烫死我了。'对我来说最奇怪的倒不是她坚信自己被烫了,而是她的胳膊确实显示出被烫过的样子,凡是玻璃棒接触过的地方,皮肤还真的起了水疱。"

"她治好了吗?"德斯帕德好奇地问道。

"当然啦。那个神经炎还是什么的毛病再也没犯过。只是她不得不去治她被烫伤的胳膊了。"

"还真是想不到。"德斯帕德说道,"不过这也算是个证明,对吗?"

"医生自己也吓了一跳。"

"我相信他会的……"他有些奇怪地看着我,"你昨晚究竟为什么那么急着想参加那个降神会?"

我耸了耸肩膀。

"那三个女人勾起了我的好奇心。我想要看看她们究竟能搞出什么名堂来。"

德斯帕德没再说话。我觉得他并不相信我的说法。如我所言,他是个明察秋毫的人。

我立刻前往牧师家。门开着,但屋子里似乎一个人都没有。

我直奔电话所在的那个小房间,给金吉儿打电话。

听到她声音之前的这段时间显得无比漫长。

"喂!"

"金吉儿!"

"哦,原来是你啊。发生什么事了?"

"你没事吧?"

"当然没事啦。我为什么会有事?"

我心里一块石头落了地。

金吉儿安然无恙,而她态度中那种熟悉的挑战意味给了我莫大的安慰。我怎么可能相信那一套乱七八糟的把戏能伤害到像金吉儿这么健康的人呢?

"我只是担心你可能会做噩梦什么的。"我有些不好意思地说。

"哦,没有啊。我以为会有呢,但也不过就是一直睡不着,躺在那儿胡思乱想,感觉会不会有什么特殊的事情发生在我身上。最后我真的有点儿生气了,因为什么也没有发生——"

我忍不住笑了。

"你接着说——给我讲讲,"金吉儿说,"到底是怎么回事儿?"

"其实也没有什么特别之处。西比尔躺在一张紫色的长沙发上,然后进入一种催眠状态。"

金吉儿迸发出一阵笑声。

"真的呀?那真是不可思议!沙发是天鹅绒面的吗,她是不是一丝不挂?"

"西比尔可不是蒙特斯潘夫人,而且这也不是什么黑弥撒。实际上西比尔穿了一大堆衣服,有一条孔雀蓝的裙子,上面还绣了好多符号。"

"听起来像是西比尔的风格。那贝拉干什么了?"

"她干的事儿可真是有点儿残忍。她杀了一只白公鸡,然后把你的手套泡在了鸡血里。"

"哦——好恶心……还有别的吗?"

"还有好多事儿。"我说。

我自觉表现得相当不错,于是继续说道:"塞尔扎连看家的本事都给我展示了。她呼唤了一个亡灵——我记得名字应该是叫麦坎达吧。此外还有彩色的灯光和祷文。这一整套仪式可能会给某些人留下深刻的印象——会吓得他们不知所措的。"

"但没能吓着你?"

"贝拉的确有点儿吓着我了。"我说,"她拿着一把看起来脏兮兮的刀,我还以为她也许会头脑发热,杀完公鸡跟着就把我也干掉了呢。"

金吉儿再次问道:"就没有其他事情吓着你的?"

"我不会受这种事的影响。"

"那为什么当你知道我没事的时候,听起来那么欣慰的样子?"

"呃,是因为——"我说到这里停住了。

"好吧,"金吉儿善解人意地说道,"你不必回答这个问题,也不用费尽心思地淡化这件事情。这里面肯定有些什么东西给你留下印象了。"

"我想,只是因为她们——我是说塞尔扎——似乎对结果太胸有成竹了。"

"她坚信你刚才告诉我的这一套仪式真的能够杀死一个人?"金吉儿的声音里带着明显的怀疑。

"这太愚蠢了。"我表示同意。

"难道贝拉没有表现得同样自信吗?"

我想了想,说道:"我觉得贝拉只是在那里自得其乐地杀鸡,并且让自己陷入了一种肆意妄为的癫狂状态。听着她在那儿一声声叫着'鲜血……鲜血……'还真让人够受的。"

"真希望我也听到了。"金吉儿不无遗憾地说道。

"我也希望你能听到。"我说,"说实话,这一整套仪式演得相当不错呢。"

"你现在已经踏实了，对吗？"金吉儿说。

"你说踏实是什么意思？"

"你刚给我打通电话的时候还有点儿不踏实，不过现在好了。"

她猜得一点儿都没错。她那种满不在乎的声音对我也起了奇效。只是我私下里还是会暗暗钦佩塞尔扎·格雷。尽管这一整套仪式可能都是唬人的，但它还是在我的心里投下了怀疑和不安的阴影。不过现在这些都无所谓了。金吉儿平安无事——她甚至连个噩梦都没做。

"那我们接下来干什么？"金吉儿问道，"我是不是还得在这里再待上一个星期左右？"

"是啊，如果我想要从布拉德利先生那儿得到一百镑的话。"

"如果不是万不得已，你也不会这么做的……你是住在罗达家里吗？"

"小住一阵。然后我会离开这里前往伯恩茅斯。记着，你要每天给我打电话，或者我打给你——那样更好。我现在是从牧师家给你打的电话。"

"戴恩·卡尔斯罗普太太还好吗？"

"可好了。对了，我把所有事情都告诉她了。"

"我想你也会的。好啦，先不多说了。接下来的一两周时间肯定会特别无聊。我倒是带了些活儿来干——还有一大堆总想着要看却总也没时间看的书。"

"你工作的画廊会怎么想？"

"他们以为我坐船旅行去了。"

"你难道不想真的走一趟吗？"

"还真不一定。"金吉儿说道。她的声音有些奇怪。

"没有什么可疑的人接近你吧?"

"都是些你能想到的。送牛奶的,查煤气表的,一个女人来问过我都用些什么成药和化妆品,有人来让我在一份要求废除核弹的请愿书上签名,还有个女人来叫我给盲人捐款。哦,当然还有好几个公寓的服务生。他们可帮了大忙了。其中一个还帮我修好了保险丝。"

"似乎都是无关紧要的人。"我评论道。

"那你在期待着什么?"

"我也不知道。"

我想,我一直希望自己能够抓住一些明显的破绽吧。

不过"灰马酒店"的受害者们可都是因为他们自己的自由意志而死的啊……不对,"自由"这个词不能用在这儿。这些人身体上的薄弱之处是被一种我不明白的方法所造成的。

我只是稍稍暗示了一下查煤气表的人可能是冒充的,金吉儿就断然否认了。

"他有货真价实的证书和证件,"她说,"我要求他出示的!他只是爬到浴室的梯子上,读了个数,然后把它记下来而已。他要想在管道或者煤气喷嘴上动手脚可太难了。我可以向你担保,他没有让煤气泄漏到我的卧室里。"

不,"灰马酒店"才不会安排这种意外的煤气泄漏呢——绝不会是这么明显的方式!

"哦!还有一个人来过,"金吉儿说,"是你的那个朋友,科里根医生。他人挺好的。"

"我猜是勒热纳让他去的。"

"他似乎觉得应该来对本家表示一下支持。保佑所有姓科里根的人！"

挂上电话以后，我觉得心里释然了很多。

我回去的时候，发现罗达正在草坪上忙着给她的一条狗抹药膏。

"兽医刚走，"她说，"他说这是癣。我相信这个传染性很强。我可不想让孩子们得这个——其他狗也不要。"

"大人最好也别得。"我说。

"哦，通常都是小孩子得这个病。谢天谢地他们整天都在学校——安静点儿，希拉。别折腾。

"这药会让它掉毛，"她继续说道，"稍稍露出一块一块的斑秃，不过还会再长出来的。"

我点点头，提出要帮一把手，不过被她拒绝了。对此我心存感激，于是再次踱开了。

我时常想，在乡下生活最困扰人的魔咒就是，如果你想散步，很少有多于三个方向的时候。在玛契迪平，你要么走嘉辛顿路，要么走通往科特纳姆的路，要么就沿着沙德汉格那条小路一直走，直到两英里以外的从伦敦到伯恩茅斯的大路上。

到第二天午饭时间之前，我已经走过了嘉辛顿和科特纳姆这两条路。沙德汉格小路是我的下一个目标。

于是我动身启程。就在半路上，我的脑子里突然闪过一个念头。普赖厄斯大宅的入口就通向沙德汉格小路，我何不顺道去拜访一下维纳布尔斯先生呢？

我越想越喜欢这个主意。我这么做也没有任何可疑之处。上次在这里停留期间，罗达就带我去过那儿，所以如果我此番前往，问问他可否让我再看一看上次没有来得及好好欣赏的一些珍藏，应该是件很自然，并且没有什么困难的事情。

退一步讲，就算是为了那个指认了维纳布尔斯的药剂师——他叫什么名字来着？奥格登？奥斯本？——去一趟也是挺有意思的。虽然按照勒热纳的说法，维纳布尔斯因为自身残疾而几乎不可能是他们想找的那个人。但一个恰好住在这附近，而且你又不得不承认和描述如此吻合的男人能被错认，还是会激起人的好奇心的。

维纳布尔斯有些神秘，从一开始我就有这种感觉。我确信他的头脑是一流的。而且他身上有些东西——我该用什么词来形容呢？我想到的是狡猾。损人利己、破坏成性。也许他是个相当聪明的人，绝不会亲手去杀人——如果他真的想，也会把事情安排得滴水不漏的。

就目前来看，我觉得维纳布尔斯极其适合这个角色——做一个幕后主使。但这个药剂师奥斯本非要声称看到维纳布尔斯走在伦敦的一条街道上。由于这是不可能的事情，所以这份指认是毫无价值的。这样一来，维纳布尔斯住在"灰马酒店"附近这个事实也就什么都说明不了了。

尽管如此，我想我还是愿意再去看看维纳布尔斯先生。于是没一会儿，我就拐上了去往普赖厄斯大宅的路，沿着那条四分之一英里长的蜿蜒车道走去。

来应门的男仆和上次是同一个人，他对我说维纳布尔斯先生正好在家。但需要我一个人在大厅稍等片刻，他表示了抱歉。"维纳布尔斯先生的身体状况并不总是随时能够接待客人的。"他随即转身离开，不一会儿便带了口信回来，说维纳布尔斯先生很高兴见到我。

维纳布尔斯给了我最热情的欢迎。他转动轮椅上前来，像对待一个老朋友一般迎接我。

"老弟,你能来探望我可真是太好了。我听说你又来了这里,正准备今晚给咱们亲爱的罗达打个电话,邀请你们一起过来吃顿午饭或者晚饭呢。"

我为自己的不请自来表达了歉意,告诉他的确是因为我的一时兴起。我本来是在散步,后来发现路过他的门口,于是就决定做一回不速之客了。

"其实呢,"我说,"我特别想再瞧瞧你的莫卧儿人袖珍画像。那天来的时候我都没什么时间好好看一下。"

"那天你当然没时间了。我很高兴你能欣赏它们。每个细节都是如此精致。"

这之后我们的谈话完全是专业性的。我必须承认,能够近距离地观赏他所有收藏中的一些绝妙珍品,对我而言也是一种莫大的享受。

茶点端上来了,他坚持要我和他一起吃一些。

茶点其实并不是我爱吃的东西,但我喜欢中国的烟熏茶,以及盛放它的精致茶杯。点心是热乎乎的凤尾鱼黄油吐司,还有一块传统样式的美味的李子蛋糕。这情景使我仿佛又回到了儿时祖母家的下午茶时光。

"自制的。"我赞许地说道。

"那当然了!在这幢房子里从来没有过外面买来的蛋糕。"

"我知道,你有个很棒的厨师。可你没觉得住在这么偏远的乡下,要想留住一个干活儿的人很难吗?"

维纳布尔斯耸耸肩膀。"我一定要用最好的人。这一点我一直坚持。当然啦——你必须付钱!我会付的。"

此时,这个人身上那种天生的傲慢自负尽显无遗。我不动声色地说道:"如果一个人的财富足够多的话,很多问题都会迎刃而解的。"

"这也得看情况。你要知道,这取决于一个人想要从生活中得到什么。一个人的愿望要足够强烈——那才是最重要的因素。太多的人只知道挣钱,却对于挣了钱之后用来干什么完全没有想法!结果他们就变成了所谓的挣钱机器。他们是奴隶。他们早出晚归地工作,却从不停下来享受。那他们挣钱到底为了什么?更大的汽车,更大的房子,更能花钱的情人或者妻子——而且,要我说的话,更多头疼的事情。"

他倾身向前。

"只是挣钱——对于大多数有钱人来说,这真的是他们活着的全部意义。把挣到的钱再投到更大的项目上,还是为了挣更多的钱。但是为什么?他们有没有停下来问一问自己为了什么?他们也不知道。"

"那你知道吗?"我问道。

"我——"他微微一笑,"我知道我想要什么。用大把的闲暇时间去注视世界上那些美好的事物,不管自然的还是人工的。鉴于这些年来到自然环境当中去观赏它们对我来说已经是不可能的事情,我也只好把它们从世界各地带到我这里来了。"

"不过要想办到这些事情还是得先有钱。"

"没错,人必须要为自己的成功去做规划——而这包括方方面面的计划——只是如今已经不需要,真的不需要再去当低人一等的学徒了。"

"我不太明白你的意思。"

"这是个日新月异的世界,伊斯特布鲁克。一直以来都是——只是现在变化发生得越来越快。节奏快起来了——人也必须好好加以利用。"

"日新月异的世界。"我若有所思地说。

"开辟了全新的前景。"

我抱歉地说道："恐怕你也知道，跟你说话的是个面向相反方向的人——我的眼光是朝向过去，而非未来的。"

维纳布尔斯耸了耸肩膀。

"未来？谁又能预知未来呢？我说的是今天——现在——当下这一刻！我不考虑其他任何事情。新技术就摆在面前供你使用。我们已经有了能够在几秒钟之内就帮你算出问题答案的机器——而要是靠人力的话需要几个小时甚至几天。"

"计算机？电脑？"

"就是这类东西。"

"机器最终会取代人吗？"

"取代人，会的。我这里说的人是指那些仅仅作为劳动力的人——就是这个意思。但要取代人类，不可能。必须要有人作为控制者，作为思考者，由他们想出要交给机器解答的问题。"

我疑惑地摇摇头。

"人，有非凡才能的超人？"我的话音里带着一丝奚落。

"为什么不，伊斯特布鲁克？为什么不呢？要记住，我们了解——或者说正在开始了解——人作为人类这种动物的某些方面。有一种做法，它有时被称为洗脑，也许并不正确，却在那个方向上让人看到了极其有趣的可能性。不仅是人的身体，还包括人的精神和思想，都会对某种刺激产生反应。"

"一种危险的信条。"我说。

"危险？"

"对于被灌输了这个的人来说是危险的。"

维纳布尔斯耸了耸肩。

"生活中从来就是充满危险的。我们这些在文明社会的某个小角落里长大的人忘记了这一点。因为那才是文明社会的本来面目,伊斯特布鲁克。人们零零星星地聚成一个个小群体,为的是彼此保护,进而能够用智慧战胜并控制大自然。他们已经战胜过像热带丛林那样的险恶环境——但这种胜利只是暂时的。险恶的环境随时都有可能卷土重来。曾经风光无限,让人引以为荣的城市,如今也可能变成荆棘密布、杂草丛生的土冢;而住在破败房屋里面的人们也只是设法苟活,不能再奢求更多。生活总是充满危险的——永远不要忘记这一点。到最后,也许不光是大自然的力量,就连我们亲手制造出来的东西都有可能会摧毁它。此时此刻我们和这样的事情已经近在咫尺了……"

"当然,没有人能够否认这一点。不过我感兴趣的是你关于力量——能够凌驾于人类心智的力量的理论。"

"哦,那个啊——"维纳布尔斯看起来突然有些尴尬,"也许我太夸大了。"

我觉得他的尴尬以及想要部分收回刚才断言的态度很有意思。维纳布尔斯是个离群索居的人。独自生活的人会产生一种与人交谈的需求——对某个人,对任何人。维纳布尔斯刚刚和我谈了许多——也许这样做并不明智。

"人可以拥有非凡的才能。"我说,"你知道吗,你或多或少地给我灌输了一些现代的观念。"

"说起来这里面其实也没有什么新鲜东西。拥有非凡才能的超人这种说法自古有之。整个哲学体系就是建立在此基础之上的。"

"当然。不过在我看来你所指的超人似乎——似乎有所不同……他能够驾驭他的力量——而从来都没有人知道。他就坐在他的椅子上,暗中操纵。"

我边说边看着他。他笑了笑。

"你是在给我分配角色吗,伊斯特布鲁克?我倒真希望是这样呢。人需要些东西来补偿——这个!"

他的手猛拍在盖住他膝盖的毛毯上,而我可以听出他的声音里突然出现的那种强烈的苦楚。

"我不会对你表示同情。"我说,"同情对于在你这种位置上的人没什么用处。不过要让我来说,假如我们设想一个这样的角色—— 一个能够把意料之外的灾难变为胜利的人的话,在我心目中,这个人选非你莫属。"

他随即一笑。

"你在抬举我。"

不过他挺高兴的,我瞧得出来。

"不是啊,"我说,"我这辈子也遇到过不少人,所以当我碰到谁与众不同,有特殊天赋的时候,我会看出来的。"

我担心说得有点儿过火了,不过人在说恭维话的时候真的会过火吗?一个令人沮丧的想法!人得把这点铭记于心,以避免自己落入圈套。

"我有些纳闷儿,"他思索着说道,"你到底为什么要说这些话?就因为所有这些?"他漫不经心地冲着房间里的东西挥了挥手。

"那些是证明,"我说,"证明你是个会欣赏,有品位,懂得如何精明地花钱买东西的有钱人。但我觉得这并非像纯粹的占有那么简单。你想方设法去得到美丽和有趣的东西——而事实上你也暗示了这些东西并不是通过艰辛的劳动获得的。"

"非常正确,伊斯特布鲁克,非常正确。如我所言,只有傻子才会去卖苦力呢。人必须思考,对你要达到的目的的每个细节做周密的计划。所有成功的秘诀其实都很简单——但你得能想到!很简单的事情。你深思熟虑,你付诸行动,然后你就成功了!"

我凝视着他。简单的事情——简单得就像除掉多余的人一样吗?满足需求。这是个除了受害者之外对其他任何人都没有危险的行动。计划就诞生于这个坐在轮椅上,长着一个大鹰钩鼻子,突出的喉结上下移动的维纳布尔斯先生头脑里。由谁来执行呢?塞尔扎·格雷吗?

我看着他,说道:"咱们谈到的所有这些关于遥控的话题,让我想起了那个古怪的格雷小姐说的一些事情。"

"啊,咱们亲爱的塞尔扎!"他的语气平静而宽容(不过他的眼皮是不是轻轻眨了一下?),"那两位可爱的女士总是在那里胡说八道!而且你知道吗?她们相信那些,是真的相信。你有没有参加过——我确信她们会坚决要求你去的——她们那个荒唐可笑的降神会?"

我犹豫了片刻,迅速决定了自己应该采取什么态度。

"是的,"我说,"我……我的确参加了一次降神会。"

"那你是不是觉得这纯粹就是胡闹?还是说真的给你留下了深刻的印象?"

我避开了他的眼神,尽我所能地表现出一个局促不安的男人应有的样子。

"我——呃,当然不会真的相信这种事情。她们看起来倒是真心实意,不过——"我看了看手表,"我没想到都这么晚了。我必须赶快回去,不然我表姐该纳闷儿我干什么去了。"

"你让一个残疾人在一个沉闷的下午振作了精神。替我向罗达问好。我们必须在近期再安排一次午餐聚会。明天我要去趟伦敦。在苏富比[①]有一场有趣的拍卖会。是中世纪的法国象牙制品，精美绝伦！我相信如果我成功拍得的话，你也会喜欢它们的。"

我们就在这种友好的气氛下道了别。当他注意到我在说起降神会时表现出的那种局促时，眼睛里是不是闪过了一抹带有恶意的愉悦呢？我想是，但我无法确定。我觉得自己现在很可能又开始胡思乱想了。

[①]世界上最古老的拍卖行，位于英国伦敦。

第十九章

马克·伊斯特布鲁克的笔述

我走出来的时候已是傍晚时分。夜幕已经降临了,由于天上阴云密布,我只能摸索着沿着弯曲的车道原路返回。一边走,我又回头看了一眼这幢房子里亮着灯的窗户。就在回头看的时候,我一不留神离开碎石路踏上了草地,与一个和我相向而行的人撞了个满怀。

那是个小个子的男人,身体很结实。我们互致歉意。他的嗓音低沉圆润,带着一股学究气。

"我很抱歉……"

"哪儿的话。我向你保证,完全是我的错……"

"我以前从没来过这里,"我解释道,"所以我有点儿搞不清方向。我该拿个手电筒就好了。"

"用我的吧。"

这个陌生人从口袋里掏出了一个手电筒,打开开关递给我。借着光线,我看见这是个中年男子,长着一张胖乎乎而天真无邪的脸,留着黑胡须,戴着眼镜。他穿着一件上好的黑色雨衣,只能用极其体面来形容。尽管如此,有个疑问还是从我心头一闪而过,既然他带着手电筒,为什么自己不用呢?

"啊,"我有些愚笨地说道,"我明白了。我走到车道外面了。"

重新踏上车道以后,我把手电筒交还给他。

"现在我能找着路了。"

"不,不,你就拿着吧,到大门口再给我。"

"但你——你不是正要去那所房子的吗?"

"不,不。我和你是同路的。呃——都是沿着这条车道往外走。然后一直到公共汽车站。我要去赶一趟回伯恩茅斯的车。"

我说:"我懂了。"于是我们开始并肩同行。我的同伴似乎有点儿不自在,他问我是不是也要去公共汽车站。我回答说我就住在这附近。

接下来又是一段沉默,我能感觉到我同伴的尴尬情绪还在滋长。他是那种不喜欢自己以任何方式处于难堪位置上的人。

"你刚才去拜访了维纳布尔斯先生?"他清了清嗓子问道。

我说正是如此,接着说道:"我还以为你也是要去那幢房子的呢。"

"不,"他说,"不是……实际上——"他顿了顿,"我住在伯恩茅斯——或者至少是伯恩茅斯附近。我刚刚搬到那儿的一间小屋子里住下来。"

我感到心里一阵轻微的波动。我最近刚刚听说了伯恩茅斯一间小屋子的什么事情来着?就在我试图回想的时候,我的同伴变得更加局促不安了,最后竟好像在逼迫之下那样说起话来。

"你肯定觉得挺奇怪的——当然,我承认,这是挺奇怪的——你撞见一个人在一幢房子周围闲逛,呃,而这个人和这幢房子的主人并不相识。我的理由解释起来有点儿困难,但我向你保证,我自有我的理由。不过我只能说,尽管我是最近刚刚才在伯恩茅斯安顿下来的,但我在那边已经小有名气了,我可以找出好几个受人尊敬的当地居民亲自来为我担保。实际上，我是个药剂师，前不久刚刚把在伦敦的老店盘出去，就想到这个我一直以来都觉得舒适宜人的地方来颐养天年呢。"

我的心里豁然开朗。我想我知道这个小个子男人是谁了。与此同时他还在滔滔不绝地说着。

"我姓奥斯本，扎卡赖亚·奥斯本，我刚才说过了，我在伦敦曾经拥有一份相当——嗯，非常不错的生意——在巴顿街，帕丁顿格林。我父亲在世的时候那是个很不错的街区，不过很不幸的是现在都变了。哦，是啊，变化太大了，变得没落不堪了。"

他长叹一声，摇了摇头。

然后继续说道："这的确是维纳布尔斯先生的房子，对吗？我猜，他是你的朋友？"

我带着几分慎重说道："也算不上是朋友吧。在今天之前我只见过他一次，那次我的几个朋友带着我来和他共进了午餐。"

"哦，那我明白了……没错，的确如此啊。"

此时我们已经来到了入口处的大门前。穿过大门以后，奥斯本先生有些踌躇。我把他的手电递还给他。

"谢谢你。"我说。

"不用谢。你千万别客气。我——"他顿了一下，接着匆忙说道，"我不想让你觉得……我的意思是，严格来讲的话，当然了，我这算是擅自闯入。不过我可以向你保证，这绝不是出于任何庸俗的好奇心。在你看来，我的所作所为肯定非常奇怪——由此就会产生误解。我真的很愿意解释——澄清一下我的角色。"

我等待着。看起来这是最好的办法。不管无礼与否，反正我的好奇心已经被激起来了。我想要满足一下。

奥斯本先生沉默了片刻，然后终于下定了决心。

"我真的想跟你解释一下,呃,抱歉……"

"伊斯特布鲁克。马克·伊斯特布鲁克。"

"伊斯特布鲁克先生。我说过了,我很乐于能有个机会向你解释解释我有些怪异的举动。不知你有没有时间?沿着这条小路走五分钟就到大路了。公共汽车站旁边的加油站那儿有一家相当不错的小咖啡馆。我的车还要有二十多分钟才来。不知道我有没有这个荣幸请你喝杯咖啡呢?"

我接受了邀请。我们一同沿着小路走去。奥斯本先生先前那种苦苦支撑的体面总算是有了着落,于是又开始惬意地聊起他在伯恩茅斯的舒适生活,那里的怡人气候、音乐会,以及住在那儿的那些亲切而友好的人们。

我们来到了大路上。加油站位于拐角的地方,而公共汽车站就在它的那一边。这里有一家干净的小咖啡馆,除了角落里的一对年轻人之外,别无他人。我们走了进去,奥斯本先生为我们俩点了咖啡和饼干。

然后他把身子隔着桌子探过来,开始向我吐露他的心事。

"其实这都是源于前不久的一桩案子,你也许在已经在报纸上看到过了。那并不是一件特别轰动的案子,所以也没上过头条——我这么说不知道是否恰当。案子涉及一个天主教的教区神父,就在伦敦我开店的那个教区。有一天晚上他被人袭击之后遇害了,很令人痛心。这种事情如今发生得太频繁了。我相信他是个好人——尽管我本人并不信奉天主教。权且不管那些吧,我必须先说明一下我的特殊爱好。警方发布了一个通告,他们急于寻找任何在出事那天晚上见到过戈尔曼神父的人。偏偏碰巧那天晚上八点左右我就站在我的店铺门外,看见戈尔曼神父走过去。在他身后不远的地方有个男人跟着他,那个男人的相貌与众不同,足以引起我的注意。当然，当时我全没在意这件事情。但我是个善于观察的人，伊斯特布鲁克先生，而且我有个习惯，会在脑子里记下人们的长相。这已经成为我的一种业余爱好，以至于当我对某些来我店里的客人说'啊，没错，三月份的时候你是不是就来买过这种药'的时候，他们都会大吃一惊。要知道，能被我记住让他们很高兴。我也发现这是件有好处的事情。反正不管怎么样，我向警方描述了我看到的那个人。他们对我表示了感谢，事情就是这样。

"下面我要讲到这个故事里最出人意料的地方了。大约十天前，我路过咱们刚才走过的那条小路尽头的那个小村子，正好赶上一场教堂的游乐会——令我惊奇的是我又见到了刚才提过的那个男人。他坐在轮椅上，我就想他肯定是遭遇了什么意外。我跟别人打听他，得知他是住在本地的一个有钱人，姓维纳布尔斯。我把这件事反复权衡了一两天之后，还是给最初听我证词的那个警官写了一封信。那个警官是勒热纳督察，后来他来了一趟伯恩茅斯。不过，他似乎对于这个人就是谋杀当晚我看到的那个男人表示怀疑。他告诉我，维纳布尔斯先生由于小儿麻痹症的缘故，已经身患残疾很多年了。他说我一定是被某些相似之处误导而认错了人。"

奥斯本先生突然停了下来。我搅动着面前这杯浅色的液体，小心地抿了一口。奥斯本先生在他自己的杯子里加了三块方糖。

"啊，这样似乎说得通。"我说。

"是啊，"奥斯本先生说，"是啊……"他的声音里流露出明显的不满意。然后他再一次俯身向前，圆圆的光头在电灯泡下泛着光，镜片后面的眼神中透出狂热……

"我还得再解释几句。伊斯特布鲁克先生，在我还是个孩子的时候，有一次我父亲的一个朋友——他也是个药剂师——被传唤去给让·保罗·马里戈的案子作证。你可能还记得——他毒死了他的英国太太，用的是砒霜。我父亲的朋友在法庭上认出了他就是那个在毒药登记本上签了假名字的人。马里戈被宣判有罪，并被处以绞刑。我那个时候九岁，正是个容易受外界影响的年纪。这件事给我留下了极其深刻的印象。于是我也非常希望自己有一天能出现在某一桩著名讼案的庭审现场，成为促使杀人凶手伏法的重要因素！也可能就是从那时起，我开始努力练习记忆他人的面孔。我得向你承认，伊斯特布鲁克先生，尽管在你看来也许十分可笑，但很多年以来，我一直在设想着一种可能性，或许某个想要干掉自己老婆的男人会走进我的店里买他所需要的毒药。"

"我想，也可能是又一个马德琳·史密斯[①]呢。"我说。

"的确如此。唉，"奥斯本先生叹了口气，"不过这一切始终没有发生过。或者即使发生过，这些有罪之人也没有被绳之以法。依我看，这种事情发生的频率远比你所愿意相信的高得多。所以这次指认，虽然并非如我所期望的那样，至少为我提供了一个机会，使我有可能成为一桩谋杀案的目击证人！"

他的脸上流露出孩子般的喜悦之情。

"这下你大失所望了。"我同情地说道。

"是啊，"奥斯本先生的语气中又一次流露出那种奇怪的不满腔调，"我是个固执的人，伊斯特布鲁克先生。随着日子一天天过去，我愈发确定我是对的。我看见的那个人就是维纳布尔斯，不可能是别人。哦！"我刚要开口说话，他扬起手制止了我，

[①]十九世纪苏格兰格拉斯哥的社交名媛，曾因被控告用砒霜毒杀其情人皮埃尔·埃米尔·兰戈利尔而受审，轰动一时。

"我知道。那天确实有些雾气,我也确实隔着一段距离——但警方没有考虑的是,我专门研究过怎么认人。不光是面部的特征,比如突出的鼻子,喉结之类的;还包括脑袋所摆的姿势,脖子在肩膀上的角度等等。我也对自己说'算了,算了,就承认你认错人了吧',但我始终觉得我没认错。警察说那是不可能的。可那真的不可能吗?这是我问自己的问题。"

"当然啊,像他那样的残疾——"

他激动地摇着食指打断了我的话。

"对,对,但是根据我的经验,在英国的国民健康服务体系下——嗯,人们都打算干些什么,以及他们都干了什么还能侥幸逃脱惩罚,这些绝对会让你意想不到。我并不想说医务人员有多容易上当受骗——一个普通的诈病病例他们很快就能辨别出来。但是在有些方面,药剂师要比医生更在行。有些药物,就比如说那些看似无害的制剂吧,可能会引起发烧、各种各样的皮疹和皮肤刺激症状、喉咙干燥或者分泌物增多——"

"但让肢体萎缩不太可能吧?"我向他指出。

"正是,正是。但又是谁说的维纳布尔斯先生的肢体萎缩了呢?"

"呃——我想是他的医生吧?"

"没错。不过,就这一点我也试着搜集了一些信息。维纳布尔斯先生的医生在伦敦的哈利街——千真万确,当他初到本地的时候,本地的医生曾经看过他。但是那个医生现在已经退休并且定居国外了。目前这个医生从来没有给维纳布尔斯先生看过病。维纳布尔斯先生自己每个月去一趟哈利街。"

我好奇地看着他。

"这在我看来依然没有什么漏洞啊——"

"我了解的某些事情你不知道，"奥斯本先生说，"只要举个简单的例子就可以了。好比说有个领取保险收益已经超过一年的霍太太。她从三个不同的地方分别领取——只不过在其中一个地方她的身份是凯太太，而在另一个地方她是唐太太……凯太太和唐太太为了一点酬劳而把她们的卡都借给了她，这样她就可以得到三倍的钱。"

"我没明白——"

"假设，只是假设而已——"现在他的食指在兴奋地晃动着，"我们的维纳布尔斯先生跟一个处境艰难的真正的小儿麻痹症病人打上了交道。他提出一个方案。我们就说那个病人总体上长得很像他吧，也没什么别的。那么这个货真价实的病人自称维纳布尔斯先生去找专科医生看病，并且接受检查，这样一来整个病史都是无懈可击的。然后维纳布尔斯先生在乡下买了这幢房子。当地的全科医生马上就要退休。那个真正的患者再次来看医生，并且接受检查。这不就可以了吗！在维纳布尔斯先生的病历记录中会清楚地写着他是个肢体肌肉萎缩的小儿麻痹症患者。而本地的人也都看见，只要他露面，他就是坐在轮椅里的。"

"可是他的仆人一定会知道啊，"我反驳道，"他的贴身男仆。"

"可是假如他们是一伙儿的呢——贴身男仆也有份儿。还有什么能比这更简单？没准儿其他一些仆人也是呢。"

"但为什么啊？"

"啊，"奥斯本先生说，"那就是另一个问题了，对吗？我不会告诉你我的想法——我猜你会取笑我的。但事实就是如此——一个人要是想要一个不在场证明，他就会准备一个非常好的不在场证明。他可以在这儿，在那儿，在任何地方，没有人能知道。有人看见他走在帕丁顿的街上？不可能啊！因为他是个住在乡下的无助的残疾人，诸如此类吧。"奥斯本先生住了口，看了一眼自己的手表，"我的车要来了，我必须抓紧时间。你瞧，我在冥思苦想这件事情。你可能也会纳闷儿，我究竟能不能找到办法证明我的观点。所以我就觉得我得到这儿来（这些日子我有时间，有时候我几乎都把我的生意放下了），进到这个院子里，然后呢——嗯，说得难听一些，做点儿暗中的监视吧。你一定会说这种做法不是很好——我也同意。不过如果这么做是为了获取事实真相，而且事关惩罚罪犯的话……比如说，假如我发现咱们的维纳布尔斯先生正在院子里安静地散步，啊，那就大功告成啦！而且我还想，假如他们没有很早就把窗帘拉上的话——你可能也发现了，人们在夏令时刚刚结束的时候，还会习惯性地以为天会在一个小时以后才黑——我就可以蹑手蹑脚地靠近房子，往里面偷窥一下。也没准儿他会在书房里踱步，而根本料不到会有人在监视着他呢？他又凭什么会想到这个？就他所知，还没有人怀疑到他呢！"

"你凭什么那么肯定你那天晚上看到的人是维纳布尔斯？"

"我知道那就是维纳布尔斯！"

他迅速地站起身来。

"我的车来了。见到你很高兴，伊斯特布鲁克先生，能跟你解释清楚我在普赖厄斯大宅干什么也让我如释重负。我敢说，在你看来这一切都荒唐透顶。"

"也不全是吧。"我说，"不过你还没告诉我，你认为维纳布尔斯先生在这件事里面究竟能干些什么呢？"

奥斯本先生看上去有些尴尬，还有点儿难为情。

"我担保你会笑的。所有人都说他很富有，但似乎没人知道他这些钱是哪儿来的。我告诉你我是怎么想的吧。我猜他是你可能读到过的那些犯罪大亨之一。你也知道——就是制订计划，然后下面有一伙儿人去替他执行。你听起来可能会觉得比较傻，不过我——"

公共汽车停下来了。奥斯本先生立刻跑去赶车。

我沿着小路往家走，边走边思索……奥斯本先生所概括出的这套理论确实有些荒诞离奇，但我也不得不承认，这里面的某些东西可能还是有价值的。

第二十章

马克·伊斯特布鲁克的笔述

1

第二天早上给金吉儿打电话的时候,我告诉她明天我就准备去伯恩茅斯了。

"我找了一家安静舒适的小旅馆,名字叫(天知道为什么叫这个)鹿园。它有几个很好的不显眼的侧门,我也许能悄悄溜去伦敦看你。"

"我想,你可能真的不该来。不过我必须说你要是能来就太好了。实在是无聊透顶了!你根本想象不到!如果你不能来我这儿,我也可以溜出去找个地方见你。"

有什么事情让我突然一惊。

"金吉儿!你说话的声音……不知怎么了,有点儿不一样……"

"哦,这个啊!没什么事儿,别担心。"

"但你的嗓音怎么了?"

"我只是刚刚觉得嗓子有点儿疼。没什么大不了的。"

"金吉儿!"

"你看，马克，每个人都可能会有嗓子疼的。我想我有点儿受凉了。要么就是有点儿流感。"

"流感？听着，不要回避问题。你真的什么事儿都没有，是吗？"

"别大惊小怪的，我什么事儿都没有。"

"告诉我你到底是什么感觉？你是觉得像是要得流感了是吗？"

"嗯，也许吧……浑身上下都有点儿疼，你知道那种感觉的——"

"发烧吗？"

"呃，可能有一点儿烧……"

我坐在那里，身上泛起一阵令人恐怖的寒意。我害怕了。我还知道，不管金吉儿有多不愿意承认，实际上她也害怕了。

她的声音再次响起。

"马克，不要慌。你有点儿惊慌失措了。真的没什么好恐慌的。"

"也许没事儿吧。但我们得防患于未然。给你的医生打电话，让他去看你。马上。"

"好吧……不过，他肯定觉得我是在小题大做。"

"别管那么多。马上打电话！然后等他去过之后，你给我打过来。"

挂断以后，我盯着电话机那怪模怪样的黑色轮廓，坐了好半天。恐慌——我不能让自己流露出恐慌。每年的这个时节，总是会有流感发生的……医生会让我们安心的……或许只是稍微有点儿着凉而已……

我脑海中又浮现出西比尔穿着那身带有乱涂乱画的邪恶符号的孔雀蓝色长裙的样子。我又听见了塞尔扎的声音——祈愿，发号施令……在用白粉笔画着符号的地板上，贝拉哼唱着她邪恶的咒语，手里抓着一只不停挣扎的白公鸡……

故弄玄虚，全都是故弄玄虚……所有这一切当然都是充满迷信色彩的胡闹……

还有那个盒子——不知为什么，你就是很难不去想它。那个盒子所代表的并不是人类的迷信，而是一种从科学上讲存在可能性的新鲜事物……但这不可能啊——不可能是——

戴恩·卡尔斯罗普太太发现我坐在那里，呆呆地盯着电话机。她马上说道："出什么事儿了？"

"金吉儿，"我说，"觉得不太舒服……"

我希望听到她说这一切都是胡说八道。我想让她帮我打消疑虑，但她并没有。

"太糟糕了，"她说，"没错。我觉得那太糟糕了。"

"这不可能啊，"我极力争辩道，"她们绝对不可能做到她们所说的事情！"

"不可能吗？"

"你并不相信——你不能相信的——"

"我亲爱的马克，"戴恩·卡尔斯罗普太太说道，"你和金吉儿都已经承认了这种可能性是存在的，要不你们也不会做眼下这件事情了。"

"而且我们越相信，事情就越糟糕——就越有可能成为事实！"

"你们还没到相信的地步——你们只不过是承认如果有证据的话，你们也许会相信。"

"证据？什么证据？"

"金吉儿病了就是证据。"戴恩·卡尔斯罗普太太说。

我讨厌她。我的嗓门也因为愤怒而提高了。

"你为什么非要那么悲观?那只不过就是个小小的感冒之类的病而已。为什么你非要坚持相信最坏的结果?"

"因为如果发生了最坏的结果,我们也必须去面对——不要都大祸临头了还假装视而不见。"

"你觉得这一套可笑的装神弄鬼真的能起作用?就凭这些什么催眠啊,咒语啊,杀鸡献祭啊之类的把戏?"

"某些东西起作用了,"戴恩·卡尔斯罗普太太说,"这是我们必须要面对的事实。我认为这里有很多——或者应该说绝大部分都是——烟幕弹。那些只是为了营造一种氛围——氛围非常重要。而隐藏在烟幕弹后面的一定有一些真实的东西——那些真正起作用的东西。"

"类似能够远距离发射无线电波的东西?"

"差不多吧。要知道,人们无时无刻不在发现新事物——令人害怕的事物。这些新鲜知识稍加变动就可能被一些不择手段的人加以利用,以达到他们自己的目的——你知道吗,塞尔扎的父亲就是个物理学家——"

"你说什么?说什么?那个该死的盒子!如果我们能把它弄来检查一下呢?如果警察能——"

"申请搜查证然后带走一些财产,同时又不会比我们多查出多少名堂?警察们对于这样的差事可没那么热衷。"

"假如我们直接过去,把那该死的玩意儿砸了呢?"

戴恩·卡尔斯罗普太太摇摇头。

"从你所告诉我的情况来看,伤害如果确实存在的话,那天晚上就已经形成了。"

"我真希望我们从来就没有让这件可恶的事情开始过。"

戴恩·卡尔斯罗普太太坚定地说道:"你们的动机无可挑剔。而现在木已成舟。医生去过以后金吉儿会给你打回来的,那时候你就能知道得更多了。我猜她会打到罗达家吧——"

我领会了她的暗示。

"我该回去了。"

"我太愚蠢了。"就在我离开的时候,戴恩·卡尔斯罗普太太突然说道,"我知道我犯傻了。都是烟幕弹!我们让自己被烟幕弹所蒙蔽了。我觉得我们现在的想法都是在被她们牵着鼻子走。"

也许她说得没错。但我实在不知道我们还能怎么想。

两个小时以后,金吉儿给我打来了电话。

"他来过了,"她说,"他似乎也有点儿迷惑不解,不过他说可能就是流感。最近有相当多的人得这个病。他让我卧床休息,还给我开了些药。我的体温相当高。不过流感就是会发高烧,对不对?"

在勇敢的表面之下,她沙哑的嗓音中分明透出了一种凄凉无助的恳求意味。

"你会没事儿的,"我痛苦地说,"听到了吗?你会没事儿的。你感觉很难受吗?"

"嗯——发烧——疼,哪儿都疼,我的脚,我浑身的皮肤都疼。我讨厌任何东西碰到我……我身上太烫了。"

"亲爱的,发烧就会这样的。听着,我要去看你!我现在就动身——马上。不,不许你反对。"

"好吧。马克,我真高兴你能来。我敢说——我不像我想象得那么勇敢……"

2

我给勒热纳打了电话。

"科里根小姐病了。"我说。

"什么?"

"你没听错。她病了。她已经叫了她自己的医生。医生说可能是流感。也许是吧。不过也可能不是。我不知道你能做些什么。我所能想到的只是找个专业人士来。"

"哪类的专业人士?"

"精神科医生——或者精神分析学家,或者心理学家。反正是跟精神方面有关的吧。我想找一个懂得暗示、催眠还有洗脑之类事情的人。有人对这些在行吗?"

"当然有。内政部有一两个人专攻这方面。我觉得你说得完全正确。有可能就是流感——但也有可能是某种还不大为人所知的精神方面的问题。天哪,伊斯特布鲁克,这也许就是我们一直期望出现的结果呢!"

我砰的一声挂断了电话。我们也许可以由此得到对精神武器的一些了解——但我在意的只有金吉儿,英勇,同时也被吓坏了的金吉儿。我们不曾真的相信那些,我们两个都不信——还是说我们其实已经相信了?不,我们当然不信。对我们来说,这曾经就是一场游戏——一场警察抓强盗的游戏。但实际上这并非游戏。

"灰马酒店"正在证明它自己能够说到做到。

我不禁用双手抱着头呻吟了起来。

第二十一章

马克·伊斯特布鲁克的笔述

1

我怀疑我能否忘记接下来几天发生的事。对我而言,就仿佛置身于一个光怪陆离的万花筒中,不知所措。金吉儿从公寓被送到了一家私人医院。我只有在探视时间才被允许去看望她。

据我了解,她的医生在谈到整个病情的时候有些自命不凡,他不明白究竟有什么必要这么兴师动众的。他给出的诊断已经相当明确——就是流感引发了支气管肺炎而已,尽管有一些轻微的不寻常的症状,但正如他所指出的那样:"这种情况时常发生。从来就没有哪个病例是很'典型'的。有些人对抗生素治疗还不敏感呢。"

当然,他说的也是实情。金吉儿得的是支气管肺炎。就她染上的这种病来说没有什么神秘可言。她只是得了这个病——而且病得很重。

我和内政部的心理学家面谈了一次。他是个小个子男人,像只古怪的知更鸟,一会儿站起来一会儿坐下去,眼睛在厚厚的镜片后面一眨一眨的。

他问了我不计其数的问题,其中有一半都让我不明所以,不过这些肯定都有用意,因为他对于我的回答总是煞有介事地点着头。他拒绝做任何表态,也许在这一点上他是明智的。他偶尔对于我认为属于专业术语的内容做些说明。我想他对金吉儿尝试进行了各种不同形式的催眠,不过似乎他们已经商量好了,谁都不肯和我多说什么。或许是因为本身也没什么可说的。

我躲开了自己的亲朋好友,不过那种生活上的孤独寂寞却是我无法忍受的。

最终,在走投无路的情况下,我给在花店的波比打了电话,问她愿不愿意出来和我吃顿饭,波比欣然同意了。

我带她去了"梵特溪"。波比叽叽喳喳地说个不停,而我发现她的陪伴使我顿感宽慰。不过我叫她出来可不仅仅是为了这个。在用美酒佳肴把她哄得有些飘飘然了之后,我开始谨慎地试探。很有可能波比知道一些事情,只是她自己全然不觉。我问她是否还记得我的朋友金吉儿。波比睁着她大大的蓝眼睛说"当然",然后问起金吉儿最近在干什么。

"她病得很厉害。"我说。

"可怜的宝贝儿,"尽管并不是那么真心实意,波比还是尽可能地表现出一副担心的样子。

"她让自己摊上了一些事儿,"我说,"我相信她找你问过相关的一些建议。是跟'灰马酒店'有关的。那可花了她一大笔钱啊。"

"哦,"波比惊叫道,眼睛睁得更大了,"原来那个人是你啊!"

我一时没明白她的意思。然后我想到波比一定是听金吉儿说有个男人,这人有个生病的妻子,这个妻子成为金吉儿获得幸福的障碍,而她把我当成了那个男人。她对于发现了我们的这段爱情生活感到如此兴奋,以至于对我话里提到的"灰马酒店"丝毫没有警觉。

她激动地喘着粗气。"起没起作用?"

"不知怎么回事儿,出了点儿岔子。"我又补充道,"枪走火了。"

"怎么讲?"波比一脸茫然地问道。

我看出来跟波比说话就得直截了当,不能拐弯抹角。

"呃——效果似乎都作用在金吉儿身上了。你以前听说过类似的事情发生吗?"

波比说她从来没听说过。

"当然了,"我说,"她们在玛契迪平村的'灰马酒店'干的这些事儿——你也有所耳闻,对吧?"

"我不知道具体在哪儿,只知道是在乡下的某个地方。"

"她们究竟干了些什么,金吉儿并没有告诉我太多……"

我小心翼翼地等待着。

"射线,是吗?"波比含混不清地说道,"差不多这类的吧。从外太空来的,"她又好心地补上一句,"就跟俄国佬儿干的事儿一样!"

我断定波比现在完全是在发挥她有限的想象力了。

"差不多吧,"我表示赞同,"不过肯定是相当危险的。我的意思是说,都已经让金吉儿病成那样了。"

"但预计生病死去的本来应该是你的妻子,对吗?"

"是啊,"我接受了金吉儿和波比给我安排的角色,说道,"只是看起来事情出了差错——事与愿违了。"

"你的意思是说——"波比看起来绞尽脑汁,"就好像你插一个电熨斗插错了,结果电到了自己?"

"千真万确,"我说,"就像是这样。你知道以前发生过这样的情况吗?"

"嗯,不是这么个样子——"

"那是怎么个样子?"

"嗯,我是说如果有人事后不付钱的话,我认识的一个人就没付。"她的声音低了下来,带着一种畏惧,"他在地铁里被杀死了——从车前面掉下了站台。"

"这也可能是一次意外。"

"哦,不是的,"波比说道,她被这种想法所震惊,"是'她们'干的。"

我给波比的杯子里又倒了些香槟。我觉得,在我面前的也许是个能对我有所帮助的人,只要你能把她自称为脑子的那个东西里那些飞来飞去的支离破碎的事实挑选出来。她听别人说起过一些事情,大概也就听懂了一半,然后还会把它们混在一起,因此没有人会很在意他们当着她的面都说了些什么,因为倾听者"只是波比"而已。

让人恼火的是,我不知道该问她些什么。如果我说错了话,她可能立刻就会闭上嘴巴,缄口不言。

"我妻子,"我说,"依然是个病人,但没看出她的病情有任何恶化的迹象。"

"那实在太糟糕了。"波比抿了一口香槟,同情地说。

"那我下面该干什么?"

波比似乎也不知道。

"你看最后反倒是金吉儿——我已经一筹莫展了。我还能去找谁?"

"在伯明翰有一个地方。"波比犹疑不定地说道。

"那儿已经关门了。"我说,"你就不认识其他什么人还知道这方面的事情吗?"

"艾琳·布兰登可能知道一些——不过我也说不准。"

她突然提到一个完全出乎意料的名字——艾琳·布兰登,吓了我一跳。我于是问她这个艾琳·布兰登是谁。

"她可真够糟糕的,"波比说,"特别不起眼。头发烫得紧绷绷的,而且从来不穿细高跟鞋。简直无可救药。"她又补充解释了一下,"我上学的时候跟她在一起——那时候她就已经相当不起眼了。不过她的地理成绩好得惊人。"

"她跟'灰马酒店'又能有什么关系?"

"其实真没什么关系。只不过她曾经有过一个想法,后来因为这个就不干了。"

"不干什么了?"

"她在C.R.C.的工作啊。"

"C.R.C.是什么?"

"嗯,我其实也不太清楚。他们只是说C.R.C.而已。大概是跟客户反响或者调查之类的有关吧。是个很小的机构。"

"而艾琳·布兰登给他们工作过?他们都让她干什么事儿?"

"也就是到处走访,问些问题——净是些你们家用什么牌子的牙膏啊、煤气炉啊或者沐浴海绵之类的。实在是太沉闷无聊了。我的意思是说,谁关心这些啊?"

"大概C.R.C.关注吧。"我心里感到一阵小小的激动。

在那个致命的夜晚,戈尔曼神父去探望的就是个受雇于这类机构的女人。而且——对啊,当然了,也有个这样的人去公寓拜访过金吉儿……"

这里就有了某种关联。

"她为什么要辞掉她的工作?就是因为觉得烦了吗?"

"我觉得不是。他们给的薪水挺高的。只是她有一种感觉——总觉得事情不像是表面上看起来的那样。"

"她是不是觉得这个机构可能和'灰马酒店'有着某种形式的联系?是这样吗?"

"呃,我也不知道。有点儿这个意思吧……反正她现在在离托特纳姆法院路不远的一家意式咖啡馆上班。"

"把她的地址给我。"

"她一点儿都不是你喜欢的类型。"

"我不是想要跟她上床,"我直言不讳地说道,"我想让她就客户调查机构给我一些建议。我打算在其中一家参股。"

"啊,我懂了。"波比说道,显然对这个解释非常满意。

接下来从她嘴里已经问不出更多的消息了。我们一起喝完了香槟,之后我把她送回家,并且感谢她和我共度了一个令人愉快的夜晚。

2

第二天早上,我试着给勒热纳打电话,但没打通。然而,费了一番周折之后我还是设法联系上了吉姆·科里根。

"你领来见我的那个搞心理学的家伙怎么样啊,科里根?关于金吉儿的事儿他都说什么了?"

"长篇大论啊。不过马克,我倒觉得他是真的有点儿挠头了。而且你也知道,人就是有可能会得肺炎啊,这一点儿都不稀奇,也没什么神秘的。"

"是啊,"我说,"而且我们已知的出现在那份名单上的好几个人，都已经死于什么支气管肺炎、胃肠炎、延髓麻痹、脑瘤、癫痫、副伤寒，以及其他各种明确证实了的疾病。"

"我明白你此刻的感觉……只是我们还能做什么呢？"

"她的情况恶化了，是吗？"我问道。

"呃——是的……"

"那我们必须得做点儿什么了。"

"比如说？"

"我已经有了一两个想法。可以直接去玛契迪平村，把塞尔扎·格雷抓起来，吓她个魂飞魄散，然后逼着她把这个咒语还是什么别的玩意儿解除——"

"嗯——也许能管用。"

"要么我可以去找维纳布尔斯——"

科里根厉声说道："维纳布尔斯？可他已经被排除在外了啊。他怎么可能跟这事儿有任何关系？他就是个残废而已。"

"我表示怀疑。我准备走到他面前，一把掀开他腿上那条毯子，倒要看看他那两条肌肉萎缩的腿是真是假！"

"这个我们已经全都调查过了——"

"慢着。我前不久在玛契迪平碰巧遇见了那个小个子的药剂师奥斯本。我想跟你说说他对此事的看法。"

我给他大概讲述了奥斯本那个冒名顶替的理论。

"我看那个人是有点儿鬼迷心窍了。"科里根说，"他就是那种希望自己一贯正确的人。"

"但你告诉我，科里根，不可能像他说得那样吗？还是有可能的，对不对？"

过了片刻，科里根慢悠悠地说道："好吧。我得承认这是有可能的……只是这样一来就必然有好几个人知道内情——而且他还不得不花大价钱封住他们的嘴。"

"那又怎么样？他一直财源滚滚，不是吗？勒热纳查清楚他那些钱都是怎么来的了吗？"

"没有。不是很明确……这个我得实话告诉你。那个人确实有点儿问题。他过去有些什么事儿。他赚的每笔钱都能很聪明地用各种不同的方法解释，要是不花上个几年时间去调查的话根本不可能查清楚。警方以前也做过这方面的事——那时候他们需要对付一起金融犯罪，那个骗子用极其复杂的方法掩盖了自己的罪行。我相信国税局盯上维纳布尔斯已经有一段时间了，但是他很精明。你觉得他在这出戏里负责扮演的是什么——领导者？"

"没错。我是这么想的。我觉得就是他策划了这一切。"

"也许吧。听起来他像是有这种头脑的人，这个我同意。但是他肯定不可能做出亲手杀害戈尔曼神父这种不经脑子的事儿吧！"

"如果情况紧急万不得已，他也有可能亲自动手。必须要赶在戈尔曼神父把他从那个女人那儿听来的和'灰马酒店'有关的事情告诉别人之前让他闭嘴。而且——"

我停顿了一下。

"喂——你还在听吗？"

"在呢，我在想……我刚刚有一个念头……"

"说来听听。"

"我还没太想清楚……只能通过一种途径获得真正的安全。我还没琢磨明白……不管怎么样，我现在必须挂了。我在咖啡馆跟人有约。"

"我都不知道你在切尔西的咖啡馆里！"

"我没在那儿。其实我的咖啡馆是在托特纳姆法院路上。"

我挂上电话，瞥了一眼钟。

就在我向门口走去的时候，电话响了。

我犹豫了一下。十有八九又是吉姆·科里根，他肯定是打回来想再多了解一些我的想法。

可是我现在不想跟吉姆·科里根说话。

我继续向门口走去，但烦人的电话铃声一直响个不停。

当然，也有可能是医院打来的——金吉儿——

我不能冒险不接这个电话，于是不耐烦地大步走回去，一把抄起了听筒。

"喂？"

"是你吗，马克？"

"是我，你哪位？"

"当然是我啊，"那个声音带着责备说道，"听着，我想要告诉你点儿事情。"

"哦，是你啊。"我听出了奥利弗太太的声音，"听我说，我有很着急的事儿，要出去一趟。晚点儿我给你打回去。"

"门儿也没有，"奥利弗太太斩钉截铁地说道，"你必须现在就听我说。这个很重要。"

"好吧。那你得快点儿。我有个约会。"

"呸，"奥利弗太太说道，"你约会总可以迟到的。大家都一样。这样他们就更会想到你。"

"不是，我真的必须得——"

"听着，马克。这件事很重要。我确定。它肯定很重要！"

我努力压抑着自己的不耐烦，又看了一眼钟。

"什么事儿？"

"我家的米莉得了扁桃体炎。她病得很重，就去了乡下，投奔她姐姐——"

我紧咬牙关强忍怒火。

"听到这个消息我很遗憾,但是说真的——"

"听着,这还没开始呢。我说到哪儿了?哦,对了。米莉去了乡下,于是我就给我常去的那家服务机构打电话,叫什么摄政公司——我总觉得这个名字很傻,跟一家电影院似的——"

"我真的必须——"

"我就问他们能派个什么样的人来。他们说现在非常困难——实际上他们总是这么说——不过他们会尽量想办法——"

我从来没发现我的朋友阿里亚德妮·奥利弗这么让人受不了。

"然后呢,今天早上就来了一个女人,结果你能想到这人是谁吗?"

"我想不出来。听着——"

"这个女人叫伊迪丝·宾斯——挺可笑的名字,对不对?——而实际上你认识她。"

"不,我不认识。我从来没听说过一个叫伊迪丝·宾斯的女人。"

"但是你确实认识她,而且就在不久之前你还见过她。她在你的教母那儿干了很多年。就是赫斯基思-迪布瓦女士。"

"哦,在她那儿啊!"

"没错。你那天去挑画儿的时候她见过你。"

"好吧,这个结果非常好,我想你能找到她也算是很幸运的。我相信她是最值得信赖也是最可靠的人选。米恩阿姨就是这么说的。不过现在我真得——"

"你等会儿不行吗?我还没说到重点呢。她坐下来和我谈了很久赫斯基思－迪布瓦女士，还说到她最后生病前前后后的事情，因为她们真的喜欢谈论疾病和死亡，于是她就说出来了。"

"她说什么了？"

"说了一件引起我注意的事情。她大概是这么说的：'可怜的女士，她受了那么多苦。她脑子里那个可恶的东西，他们说那是个瘤子，可就在前不久她身体还好好的呢。看见她住在疗养院里的样子真是让人同情，她浓浓的漂亮的满头银发，本来每两个星期就染蓝一次，现在却眼瞅着掉得满枕头都是。一把一把地掉啊。'然后呢，马克，我就想起了我的那个朋友玛丽·德拉方丹。她也掉头发。而且我还记得你告诉过我，你在切尔西的一家咖啡馆里见到一个女孩儿和另一个女孩儿打架，一把就拽掉了那个女孩儿的头发。头发不会那么容易被拽出来的，马克。你试试看——试试拽一拽你自己的头发，就一点儿，连根拽！只是试一下！你会发现的。这不正常，马克，对于所有这些头发会连根掉出来的人来说，这不正常啊。这肯定是某种特别的新的疾病——这肯定意味着什么。"

我紧握着话筒，一阵头晕目眩。各种事情，各种依稀记得的零星碎片，此时都拼凑到一起了。草坪上罗达和她的狗儿们——我在纽约的时候从一本医学杂志上读到的一篇文章——当然……当然啦！

我突然意识到奥利弗太太还在高兴地喋喋不休。

"上帝保佑你，"我说，"你简直太棒了！"

我用力地挂断电话，然后再一次拿起来。我拨了一个号码，这次很幸运地直接找到了勒热纳。

"听好，"我说道，"金吉儿的头发是不是一把一把地连根掉？"

"呃——事实上，我相信就是你说得那样。我猜是高烧的缘故。"

"去你的高烧吧,"我说,"金吉儿得的病,还有其他所有那些人得的病,是铊中毒。老天哪,但愿我们还来得及……"

第二十二章

马克·伊斯特布鲁克的笔述

1

"我们还算及时吗?她还有救吗?"

我不停地走来走去,完全没法安静地坐下来。

勒热纳坐在那儿看着我。他很沉稳,也很宽容。

"你可以放心,所有能做的事情都已经做了。"

还是相同的答案。还是不能令我感到安慰。

"他们知道怎么治疗铊中毒吗?"

"这种病例不是很常见,不过我们会尝试所有可能的方法。如果你问我的话,我想她能挺过来。"

我看着他。我怎么能知道他是不是真的相信他自己所说的话?他会不会只是想要让我宽心?

"不管怎么说,他们已经证实了确实是铊。"

"对,他们已经证实了。"

"所以,'灰马酒店'背后的真相其实就这么简单。投毒。没有什么魔法,没有什么催眠,也没有什么科学的死光。就是简简单单的投毒!她可真该死,跟我宣扬那些,当着我的面说得天花乱坠。我猜她从始至终都在厚颜无耻地笑话我。"

"你说的是谁？"

"塞尔扎·格雷。我第一次去那里喝下午茶的时候，她就跟我大谈特谈波吉亚家族，宣扬什么'世间罕有、无法追查的毒药'，还有带毒的手套等等之类的东西。'就是普通的白色砒霜，'她说，'没什么其他东西。'就是这么简单。所有这一切骗人的把戏！什么催眠、白公鸡、火盆、五角星，还有什么伏都教和颠倒过来的十字架——所有东西都是给那些蒙昧无知又迷信的人准备的。而那个著名的'盒子'是另一个小小的骗局，骗那些有点儿现代思想的人用的。如今，我们并不相信鬼魂，女巫，咒语之类的事情，但是一说到什么'射线'啊，各种'波'啊，还有什么心理学上的现象啊，就会变得特别容易上当。我敢打赌，那个盒子里什么都没有，就是个装配精美的小电气装置，放了些彩色灯泡和会嗡嗡作响的阀门，用来卖弄的玩意儿。因为我们每天都生活在对于射线、锶 90[①] 还有其他那些放射性物质的恐惧之中，所以只要顺着科学的话题谈下去，我们就会轻而易举地接受暗示。整个'灰马酒店'这套东西都是伪造了用来骗人的！'灰马酒店'就是个幌子而已，除此之外什么都不是。我们把注意力都集中在了这里，所以从来没有怀疑过在别的地方发生了什么。这其中的美妙之处就在于，对她们而言，这么做是相当安全的。塞尔扎·格雷可以肆意吹嘘她拥有或者可以支配怎样的超自然力量。她永远也不会因为谋杀的罪名被带上法庭接受审判。她那个盒子可以放心地接受检查，最终也只能证明是完全无害的。任何一个法庭都会裁定所有的一切都是胡说八道，根本就是不可能的事

[①] 元素锶的一种放射性同位素，是铀的裂变产物之一。

情！当然啦，事实也的确如此，千真万确。"

"你觉得她们三个都有份儿吗？"勒热纳问道。

"我觉得不是。我得说贝拉对于魔法巫术的那种信仰是发自内心的。她相信自己拥有的法力，并且为此而感到非常高兴。西比尔也是一样的情况。她当真有做灵媒的天赋。她的确进入了一种被催眠状态，并不知道发生了什么。塞尔扎说什么她就信什么。"

"所以说塞尔扎是那个说了算的人？"

我慢吞吞地说道：

"就'灰马酒店'而言，没错。不过对于这出戏来说，她还不是那个真正策划的人。真正策划的人躲在幕后。他制订计划，组织实施。你要知道，整个安排丝丝入扣。每个人都有自己的职责，也都跟其他人没有任何关系。布拉德利负责经济和法律方面的事务。除此之外，他并不知道在其他地方发生了什么。当然了，他得到的酬劳很丰厚；塞尔扎·格雷也是如此。"

"看起来你已经能够自圆其说了。"勒热纳一本正经地说道。

"我没有啊，这还不够呢。不过我们已经了解了所需要的基本事实。古往今来概莫能外，粗略而简单。就是平平常常的毒药而已。那可爱的古老的死亡药水。"

"是什么让你想到了铊？"

"好几件事情突然之间就凑到一起了。整件事情的开端是我那天晚上在切尔西看到的一幕。一个女孩的头发被另一个女孩连根拽了出来。而她说：'真的不疼。'在我想来，这不是什么勇敢，只是简单的事实。她确实不疼。

"我在美国的时候读过一篇关于铊中毒的文章。一家工厂里的很多工人接连死亡。令人吃惊的是，他们的死因各不相同。如果我没记错的话，包括副伤寒、中风、酒精性神经炎、延髓麻痹、癫痫、胃肠炎等等。接着，有一个女人下毒害了七个人。诊断结果包括脑部肿瘤、脑炎和大叶性肺炎。我听说症状也是大相径庭。他们开始的时候可能表现为腹泻和呕吐，或者也可能出现醉酒的症状，还有可能是先感到四肢的疼痛，然后就被当成了多神经炎、风湿热或者小儿麻痹——有一个病人还不得不用上了人工呼吸器。有时候皮肤上会有色素沉着。"

"你说起话来活像一部医学词典！"

"那是自然。因为我查过这些。然而有一种情况总是会出现，迟早的事情，那就是掉头发。有那么一阵子，铊被用来当作脱毛剂——尤其是对于长了癣的孩子。后来就发现这样做很危险。不过偶尔还是会给病人内服，只是用药剂量要非常小心，得根据病人的体重来决定。我相信如今主要是用它来灭鼠了。铊本身无味，又溶于水，还很容易买到。只有一件事要注意，那就是别让人怀疑你在下毒。"

勒热纳点点头。

"的确如此，"他说，"所以'灰马酒店'才一再坚持想实施谋杀的人必须要和他预期的受害者保持距离。这样就不会有他杀的嫌疑了。凭什么会有呢？又没有当事人能够接近食物或者饮料。他或她也没有买过铊或者任何其他的毒药。完美之处就在于此了。真正的工作是由一个无论如何跟受害者都扯不上关系的人干的。我想，这个人只会出现一次。"

他停了一下。

"对这个有何想法？"

"只有一个。这里的共同点似乎是，每次都会有一个和蔼可亲、看起来不会害人的女人，代表一家家务调查机构，带着一张问卷登门拜访。"

"你觉得那个女人就是下毒的人？就像对待一个试验样品一样？差不多是这种情况吗？"

"我觉得不会那么简单，"我缓缓地说道，"我认为这些女人们还是诚实可靠的。只是她们不知怎么着就上了贼船。我想如果我们能找一个叫艾琳·布兰登的女人谈一谈，也许就会查明一些情况，她就在离托特纳姆法院路不远的一家意式咖啡馆里干活儿。"

2

波比对于艾琳·布兰登的描述相当精准——更确切地说，那是以波比自己独特的角度来看的。她的头发烫得既不像一朵盛放的菊花，也不像一个凌乱的鸟巢，而是紧贴着她的脑袋向后梳去。她几乎不施粉黛，脚上穿着一双所谓朴实而耐用的鞋子。她告诉我们，她的丈夫死于一场车祸，留下她带着两个年幼的孩子。在找到现在这份工作之前，她曾在一家名叫"客户反响分类"的公司干过一年多时间。当她觉得不喜欢这种类型的工作之后，就主动离职了。

"你为什么不喜欢这份工作了，布兰登太太？"

勒热纳问出了这个问题。她看着他。

"你是警方的侦缉督察？我说得对吗？"

"完全正确，布兰登太太。"

"你觉得那家公司有点儿问题？"

"那正是我在调查的事情。你有过那方面的怀疑吗？那是不是你离开的原因？"

"我没有任何真凭实据,也没有什么确切的可以告诉你的事情。"

"那是自然。我们能理解。这是一次秘密调查。"

"我明白了。不过我的确没有太多可说的。"

"你可以说说你为什么想要离开。"

"我有一种感觉,觉得有一些我不知道的事情在暗中进行。"

"你是说你觉得这不是一家名副其实的公司?"

"差不多吧。依我看,他们不像是在经营正经业务的样子。我怀疑这背后肯定藏着什么不可告人的目的。只不过我到现在也不知道那到底是什么。"

勒热纳又问了一些问题,比如公司具体让她做什么工作。她说公司会发给她一些某个地区附近居民的名单,她的任务就是去走访这些人,问一些问题,然后把答案记录下来。

"那么是什么让你觉得不对劲呢?"

"那些问题在我看来似乎并没有遵循任何特定的调查思路。它们看起来支离破碎,杂乱无章,就好像——我该怎么形容呢?——就好像它们是为了掩盖其他的什么东西似的。"

"这其他的东西可能是什么,你有想法吗?"

"没有。那正是让我感到困惑的地方。"

她稍作停顿,接着有些迟疑不决地说道:"我曾经一度怀疑,这家公司或许是为了进行入室盗窃才组建起来的,也就是说负责打打前站,刺探一下地形什么的。但是似乎也不大可能,因为他们从来没有让我描述过房间、门锁,或者这些公寓或房子的住户什么时候可能会不在家之类的。"

"你需要调查的问题是和什么物品有关的?"

"因时而异吧。有时候是跟食品相关的,麦片啊,蛋糕粉啊,有时候可能是肥皂和洗涤剂什么的。有些时候是化妆品、扑面粉、口红、护肤霜之类的。有时候是专利药品或者治疗方法方面的，不同牌子的阿司匹林、止咳药、安眠药、兴奋药物、漱口液和漱口药，以及治疗消化不良的药物等等等等。"

"你没有被要求过，"勒热纳漫不经心地说道，"给客户提供任何特定商品的样品吗？"

"不。从来没有过。"

"你就只是问些问题，然后记下答案？"

"是的。"

"这些调查询问的目的何在呢？"

"那正是怪异所在。他们从来不确切地告诉我们。按理说调查应该是为了给某些制造企业提供相关信息的——不过他们所采取的这种方式实在是业余得离谱。一点儿都没有条理。"

"你觉得有没有可能，在这些要求你询问的问题里，只有某一个或者某一组问题才是这家公司的真正目的，其他的或许只是用来掩饰的呢？"

她微微皱了皱眉，思索了一下这种说法，然后点了点头。

"没错，"她说，"这样就能解释他们为什么这么随意地选择问题了——不过我还是想不出来哪个或者哪些问题是最重要的。"

勒热纳用十分锐利的目光看着她。

"除了你已经告诉我们的这些，一定还有更多的事情。"他温和地说道。

"让你说着了。实际上也没别的了，我只是觉得这整个机构有什么地方不对劲。然后我就跟另一个女人，一位戴维斯太太说起了这件事——"

"你跟一位戴维斯太太谈过——是吗？"

勒热纳的声音听起来还是那么一成不变。

"她也对很多事情感到不开心。"

"那她又为什么不开心？"

"她无意中听到了一些东西。"

"她听到什么了？"

"我告诉你吧，其实我也不是很清楚。她没跟我说太多，只是从她听到的来看，整个机构似乎是在做着什么非法的勾当。'公司不像是表面看起来的那样。'这是她的原话。然后她又说：'唉，算了，反正对我们也没什么影响。挣得不少，而且也没要求我们去干任何违法的事儿——所以我觉得我们也没必要为这个伤脑筋。'"

"就这些？"

"她还说了一件事儿。我不明白她到底是什么意思。她说：'有时候我觉得自己就像是伤寒玛丽[①]一样。'那个时候我不知道她到底指的是什么事儿。"

勒热纳从衣袋里掏出了一张纸递给她。

"这份名单里有没有哪个对你来说有特别的意义？你能否记得你曾经拜访过哪位吗？"

"我记不得了，"她接过那张纸，"我见了太多……"当她的眼神接触到名单的时候忽然停住了。只听她说道："奥默罗德。"

"你记得一个姓奥默罗德的人？"

"不。但戴维斯太太提过他一次。他死得很突然，对吗？脑出血。那件事让她有些沮丧。她说：'就在两周前他还在我的名

[①] 本名玛丽·马伦，爱尔兰人，一八八三年独自移民至美国，是美国第一位被发现的伤寒健康带菌者。她本人是一名厨师，由于职业的关系先后造成五十三人感染伤寒，其中三人死亡，最后被强制隔离，直至因肺炎去世。

单上呢。他看上去身体非常健康啊。'之后她就说了那句关于伤寒玛丽的话。她说：'我走访过的其中一些人似乎只要看我一眼就会蹬腿儿咽气似的。'她对此报之一笑，说或许这些都是巧合吧。只是我觉得她并不喜欢这种情况。然而，她说她不会为此操心的。"

"就说了这些？"

"呃——"

"告诉我。"

"那是后来了。我有一段时间没见到她。但是有一天我们在索霍的一家餐馆里碰上了。我告诉她我已经离开了C.R.C.，找了另一份工作。她问我为什么，我告诉她我觉得有些心神不宁，因为我不知道公司究竟在干什么。她说：'也许你这么做是明智的。不过这家公司给的钱多，工作时间又不长。而且再怎么说，我们也都只能听天由命碰运气啊！我这一辈子没交上什么好运，所以又何必在意别人怎么样呢？'我说：'我不明白你在说什么。那家机构到底有什么不对劲的地方？'她说：'我没法确定，但是我可以告诉你，那天我认出了一个人。他从一幢应该跟他没什么关系的房子里走出来，还带着一个工具包。我想知道他带着那些东西到那里干什么去了。'她还问我有没有碰见过一个不知在哪儿经营着一家叫'灰马酒店'这一机构的女人。我就问她这跟这些事又有什么关系。"

"那她怎么说？"

"她笑着说：'去看看你的《圣经》吧。'"

布兰登太太又接着说道："我不明白她这是什么意思。那是我最后一次见到她。我不知道她现在在哪儿，是不是还在C.R.C.干，还是已经离开了。"

"戴维斯太太死了。"勒热纳说。

艾琳·布兰登看起来大吃一惊。

"死了！但——怎么会？"

"肺炎，两个月之前的事儿。"

"哦，我懂了。我很难过。"

"你还有其他什么可以告诉我们的吗，布兰登太太？"

"恐怕没有了。我也听其他人提起过'灰马酒店'这个地方，不过只要你一开口问他们，他们立刻就什么都不说了。他们看起来很害怕。"

她脸上现出了不安的神情。

"我——我不想搅到任何有危险的事情里面去，勒热纳警督。我还有两个年幼的孩子。老实说，除了我已经告诉你们的这些，我不知道更多的了。"

勒热纳再一次用锐利的眼光盯着她——然后他点点头，放她走了。

"这些让我们又前进了一小步。"艾琳·布兰登走了以后，勒热纳说道，"戴维斯太太知道得太多了。她想要睁一眼闭一眼，不去理会到底发生了什么。不过她太精明，肯定已经有所怀疑。接着，她突然就病倒了，而临死之前，她找来一位神父，把她所知道以及怀疑的事情都告诉了他。问题是，她究竟知道多少？我敢说，那份名单上的人，都是她在工作过程中曾经拜访过，随后便死去的人。这才引出了她关于伤寒玛丽的那段话。真正的问题在于，她'认出'的那个从那座本与他无关的房子里走出来，假扮成某种工人之类的人是谁？这肯定就是把她置于危险境地的原因。如果她认出了他，那他可能也会认出她——而他同时可能也意识到了她已经认出了他。如果她把这件特别的事情告诉了戈尔曼神父，那么至关重要的事情就是赶在戈尔曼神父能告诉别人之前让他闭嘴。"

他看着我。

"你同意我的看法，对吗？一定就是这么回事儿。"

"哦，没错儿，"我说，"我同意。"

"而且关于这个男人到底是谁，或许你已经有了想法？"

"我有个想法，只不过——"

"我知道。我们一点儿证据都没有。"

他沉默了片刻，然后站起身来。

"不过我们会逮住他的，"他说道，"这一点确定无疑。一旦我们明确地知道了这个人是谁，就总有办法抓住他的把柄。我们会他妈一个一个地试的！"

第二十三章

马克·伊斯特布鲁克的笔述

大约三个星期之后,一辆小汽车开到了普赖厄斯大宅的前门之外。

车上下来四个人,我是其中之一。此外还有侦缉督察勒热纳和侦缉警长李。第四个人是奥斯本先生,对于被允许成为这个队伍中的一员,他表现出了难以抑制的喜悦和兴奋。

"你要记住,你必须保持沉默。"勒热纳告诫他道。

"好的,放心吧,督察。你可以绝对相信我。我一个字都不会说的。"

"千万记住了啊。"

"我觉得这是一种荣幸。一份莫大的荣幸,尽管我还不是特别明白——"

不过此时此刻没人给他解释。

勒热纳按响了门铃,要求见见维纳布尔斯先生。

我们四个人就像一个代表团一样被迎进门去。

就算维纳布尔斯对于我们的来访感到吃惊,他也丝毫没有表现出来。他的态度彬彬有礼。就在他转动轮椅往后稍稍退了一点儿,以便使他周围的空间扩大一些的时候,我不禁又想,这个人的相貌还真是与众不同啊。突出的喉结在旧式的衣领之间上下移动,而鹰钩鼻子让他的侧影看起来就像是一只猛禽。

"真高兴又见到你,伊斯特布鲁克。这些日子你似乎总在这附近出没啊。"

我觉得他的话音中带着一丝恶意。他继续说道:"还有——勒热纳警督,对吗?我必须承认,这勾起了我的好奇心。这个地方是多么平静安宁,一点儿犯罪的影子都没有。结果一位警督大驾光临了!我有什么可以效劳的吗,警督?"

勒热纳表现得很安静,温文尔雅。

"有件事情我们想你可能能够帮上忙,维纳布尔斯先生。"

"这话听着可真耳熟啊,不是吗?你觉得我能帮你什么?"

"在十月七日那天——一位名叫戈尔曼的教区神父被人在帕丁顿的西街上杀害了。据我了解,那段时间你就在那附近——晚上七点四十五到八点十五之间。你有没有可能看到什么和这桩案子有关的情况呢?"

"那段时间我真的在那附近吗?我对此表示怀疑,极度怀疑。就我所能回想起来的,我从来没有去过伦敦的那个地区。而且凭记忆来讲的话,我甚至觉得我当时根本就不在伦敦。我偶尔会去趟伦敦,到拍卖行乐呵一天,还有的时候是为了做身体检查。"

"我相信,你是去哈利街的威廉·达格代尔爵士那儿吧?"

维纳布尔斯先生冷冷地盯着他。

"你的消息很灵通嘛,警督。"

"还不像我希望的那么灵通。不过,对于你不能如我所愿地帮助我,我还是有点儿失望。我觉得我有必要向你解释一下与戈尔曼神父之死相关的一些情况。"

"当然,如果你愿意的话。这个名字我以前从来没有听说过。"

"在那个雾气弥漫的夜晚,戈尔曼神父被叫到附近一个垂死的女人床边。她和一个犯罪组织搅和在了一起,最初她几乎没有意识到,不过后来有些事情让她开始怀疑起事情的严重性。那是个专门替人除掉多余的人的组织——当然了,价格不菲。"

"这也不是什么新鲜玩意儿,"维纳布尔斯咕哝道,"在美国——"

"哦,但是我所指的这个组织还是有些新奇特色的。首先,表面上看,他们所采用的杀人手段大概可以被称为心理学的方法。据说那是一种所谓的'死亡意愿',每个人都有,把它激发出来——"

"而被激发出意愿来的那个人就会心甘情愿地去自杀?警督,恕我直言,这听起来简直就是天方夜谭。"

"不是自杀,维纳布尔斯先生。这个人会极其自然地死亡。"

"得了吧,得了吧。你真的相信这一套?这可实在不像是我们头脑精明的警方的一贯作风啊!"

"据说这个组织的总部就在一个叫'灰马酒店'的地方。"

"啊,现在我开始有点儿明白了。你们是为此才到我们这个舒适惬意的小村子来的,因为我的朋友塞尔扎·格雷,还有她那一套胡说八道的东西!我从来都搞不清楚她自己究竟信不信那些玩意儿。不过那就是胡说八道!她有一个傻乎乎的灵媒朋友,还有个本地的女巫给她做饭。(她胆子也真够大的,居然敢吃——那汤里不定什么时候就会放些毒芹汁之类的东西!)这三个老家伙在本地可是赚足了名气。当然啦,也相当放肆,但你不是要告诉我,苏格兰场还是别的什么派你来的机构把这些都当真了吧?"

"我们的确是非常严肃地对待这件事的,维纳布尔斯先生。"

"你们真的相信塞尔扎滔滔不绝地说一大堆看似高深莫测的胡言乱语,说西比尔让自己陷入一种催眠状态,而贝拉在一旁玩儿上一些巫术,结果就能让某个人死掉吗?"

"哦,不是的,维纳布尔斯先生。造成死亡的原因可比那个简单——"他停顿了一下。

"死因是铊中毒。"

然后是片刻的静默——

"你说什么?"

"中毒——铊盐中毒。相当普通,直截了当。只是不得不对其进行掩饰——而又有什么比用一套充斥着现代术语的伪科学和心理学手段,再加以古老迷信的力量更好的掩饰方法呢?一切计划都是为了把人的注意力从简单的下毒上转移开。"

"铊,"维纳布尔斯先生皱着眉头,"我觉得我从来没听说过这种东西啊。"

"没听说过吗?作为鼠药用得非常广泛啊,偶尔也会被当作脱毛剂用在长癣的孩子身上。想要得到它易如反掌。顺便说一句,在你府上花园工具棚的一个角落里就藏着一包。"

"在我家花园的工具棚里?这听起来让人难以置信。"

"那里确实有。我们已经拿了一些去做检验了——"

维纳布尔斯的情绪变得有点儿激动。

"肯定是有人放在那儿的。我完全不了解这种东西!一无所知!"

"真是这样吗?你也算是个有家底的人,对不对,维纳布尔斯先生?"

"你说的这个跟我们正在谈论的事情又有什么关系?"

"我相信国税局最近应该已经问过你一些比较棘手的问题了

吧?我是指关于收入来源方面的。"

"毫无疑问,住在国内最让人头疼的事情就是咱们的税务制度。最近我已经郑重地考虑要移居到百慕大群岛去了。"

"我觉得你在一段时间之内还去不了百慕大,维纳布尔斯先生。"

"这算是威胁吗,警督?因为要是这样的话——"

"不,不,维纳布尔斯先生。只是表达一点儿意见而已。你想不想听听这个小小的非法勾当是怎么运作的呢?"

"反正你也下定决心要告诉我了。"

"他们组织得井然有序。财务方面的事情由一个已经被吊销了资格的律师布拉德利先生来打理。布拉德利先生在伯明翰有一间办公室。潜在的客户到那儿去找他,然后谈交易。换句话说,他们就某个人会不会在一段指定的时间内死去打个赌……布拉德利先生是个喜欢打赌下注的人,他通常会选择押比较悲观的那一方。而客户则往往看上去胜算要大得多。当布拉德利先生赌赢了的时候,客户就必须马上付钱——否则的话很可能会发生什么不愉快的事情。这就是布拉德利先生需要做的全部——打赌。很简单,对吗?

"下一步客户就该去'灰马酒店'了。塞尔扎·格雷小姐和她的朋友们会在那儿上演一出戏,而且通常都会以她们预期的方式给他留下深刻印象。

"接着我就要说到藏在这出戏背后的简单事实了。

"某些女性,她们是一些消费者调查公司名副其实的雇员,会带着问卷被派去某个特定的地区走访调查。'您喜欢吃哪种面包啊?用什么牌子的化妆美容用品啊?服用哪种泻药、补品、镇静剂或者治疗消化不良的药物啊?'反正现如今的人们也习惯于回答这种询问了，他们很少会拒绝。

"再然后——就到了最后一步。简单，果决，又能达到目的！唯一的行动是由这个计划的发起人亲自实施的。他可能会穿上公寓门房的衣服，也可能会假装查煤气表或者电表的人；他可能会冒充管道工，电工，或者其他某种工人。不管他装成什么身份，他都会随身带着相应的证件，以防有人要求查看，但多数人并不会要求。不管他扮演什么角色，他真正的目的都很简单——用他身上携带的毒药制剂去替换他所知的（通过Ｃ.Ｒ.Ｃ.调查问卷而得来的）受害者使用的某一种相似物品。他可能会去敲敲管道，或者检查一下水表，再或者测试一下水压——但下毒才是他真正的目的。一旦得手，他就会离开，然后再也不会在那附近出现。

"之后也许会有几天什么都没有发生。不过迟早受害者会表现出生病的症状。医生会被叫来，但是又没有理由去怀疑什么不同寻常的病因。医生可能会询问病人吃过什么东西，喝过什么饮料，等等，但是他不太可能去怀疑病人已经使用了多年的属于私人的日常用品。

"这下你看到这个计划的妙处了吧，维纳布尔斯先生？唯一知道这个组织的头头实际上干了什么的人——就只有这个组织的头头自己。没有人能揭了他的底。"

"那你又是如何知道得这么多呢？"维纳布尔斯先生愉快地问道。

"我们要是怀疑到谁的时候，总有各种办法去确认的。"

"真的吗？比如说呢？"

"我们也不需要动用全部手段。但举个例子来说，可以用照相机啊。如今各种精巧的设备和装置都可能有。你可以在别人毫无察觉的情况下偷拍他。我们已经得到了一些非常不错的照片，比如说一个穿着制服的公寓门房，还有一个查煤气表的人等等。照片上的人可能会戴上假胡子，配上不同的假牙之类的，不过我们这位老兄还是被人认出来了，相当容易——最先是马克·伊斯特布鲁克太太，也可以叫她凯瑟琳·科里根小姐，还有一个叫伊迪丝·宾斯的女人。认人是件很有意思的事情，维纳布尔斯先生。比方说，今天在场的这位奥斯本先生就愿意发誓说，在十月七日那天晚上八点钟左右，他看见你在巴顿街跟在戈尔曼神父的身后。"

"我的确看到你了！"奥斯本先生猛地一下俯身向前，激动地说道，"我把你描述得分毫不差！"

"也许，描述得有点儿过于准确了。"勒热纳说道，"因为那天晚上当你站在店门之外的时候，你并没有看到维纳布尔斯先生。其实你压根儿就没站在那儿，而是亲自穿过了马路——尾随在戈尔曼神父身后直到他拐进西街，接着你就追上他并且杀害了他……"

扎卡赖亚·奥斯本先生说："什么？"

他那副样子也许有些滑稽。不，那样子就是很滑稽！下巴惊得都掉下来了，眼睛瞪得老大……

"让我来给你介绍一下吧，维纳布尔斯先生，这位是扎卡赖亚·奥斯本先生，药剂师，帕丁顿区巴顿街药店的前任老板。我们已经监视了他一段时间，如果我告诉你他极不明智地在你花园的工具棚里偷偷放了一小包铊盐的话，你也许会觉得他这个人有点儿意思。在不知道你身患残疾的情况下，他自作聪明地把你描述成了凶手；而且他不光愚蠢至极，还倔得像头牛，死活也不肯承认他犯了个大错。"

"愚蠢？你敢说我愚蠢？你要是知道……你要是能想到我都干过什么——我能干什么——我——"

奥斯本变得有些气急败坏，语无伦次。

勒热纳精心地为自己的话做了总结。这情景给我的感觉，仿佛是一个渔夫终于打算要收网拉钩了一样。

"要知道，你不该试图表现得那么聪明。"他带着责备的语气说道，"唉，你如果只是坐在你自己的店里听之任之，静观其变的话，我现在也不会到这儿来了。根据职责我要提醒你，你所说的任何话都会被记录在案，然后——"

话音未落，奥斯本先生便开始惊呼起来了。

第二十四章

马克·伊斯特布鲁克的笔述

"听我说,勒热纳,有好多事情我想知道。"

办完例行公事以后,我把勒热纳拉到身边。我们俩坐在一起,每人面前摆着一大杯啤酒。

"怎么,伊斯特布鲁克先生?我想这对你来说肯定出乎意料吧。"

"当然了。我的心思一直都放在维纳布尔斯身上。你从来都没给过我一丁点儿提示。"

"我可不敢给你提示啊,伊斯特布鲁克先生。这件事情挺棘手的,必须守口如瓶才行。事实上我们也没有太多证据。这也是我们不得不在取得维纳布尔斯配合的前提下上演那样一出戏的原因。我们必须先引着奥斯本上套儿,然后对他进行突然袭击,希望这样能够让他一下子乱了方寸。看来这招奏效了。"

"他疯了吗?"我问道。

"他现在是玩儿得有点儿过火了。当然,一开始的时候他还没有,但是你也知道,这种事情是会使人产生变化的——我是指杀人。它让你觉得自己无比强大,可以生杀予夺,就像是全能的上帝一样。不过你并不是。你只不过是一个被人揭穿了的肮脏的下流坯。而当这个事实突然摆在你面前的时候，你的自尊心肯定接受不了。于是就开始大喊大叫，高声咆哮，自吹自擂你都做过什么，以及你有多聪明之类的话。哈，你也看见他那副样子了。"

我点点头。"这么说维纳布尔斯也参加了你的这场演出喽。"我说，"他愿意配合吗？"

"我觉得这件事让他觉得蛮有意思的，"勒热纳说，"而且，他还很唐突地说了一句'善有善报'。"

"他这句有点儿隐晦的话是什么意思？"

"唉，我本不该跟你讲这个，"勒热纳说，"这件事也就是私下里聊聊。大约在八年前曾经连续发生过一系列银行抢劫案。每一起都是同样的手法，而且他们一直都能侥幸逃脱！抢劫计划得非常聪明，是由某个不参与实际行动的人制定的。那个人也带着一大笔钱逍遥法外了。关于那个人究竟是谁，我们也有过一些怀疑，只是没有办法证明。对于我们来说，他太狡猾了，尤其是在金融财务方面。同时他也精明得很，再也没有去尝试复制自己的成功经历。我不多说了。他是个聪明的骗子，却不是杀人凶手。没有人为此送命。"

我的心思又回到了扎卡赖亚·奥斯本身上。"你一直都在怀疑奥斯本吗？"我问道，"从一开始的时候就是？"

"是他自己把我们的注意力吸引过去了。"勒热纳说道，"就像我告诉他的，假如他只是坐在那里袖手旁观的话，我们永远也想不到这位受人尊敬的药剂师，扎卡赖亚·奥斯本先生会和这桩案子扯上什么关系。不过有意思的地方就在这儿，杀人凶手偏偏做不到这一点。他们本来可以稳如磐石，高枕无忧的，却不愿意安于现状。我真是不明白他们这是为了什么。"

"死亡的意愿啊，"我说道，"跟塞尔扎·格雷那种理论异曲同工。"

"你越快忘掉塞尔扎·格雷小姐和她灌输给你的那套东西越好。"勒热纳一脸严肃地说,"不,"他想了想,"我认为这其实是孤独感在作祟。你觉得自己是个如此聪明的家伙,却找不到任何对象去谈论这件事情。"

"你还没告诉我你是从什么时候开始怀疑他的呢。"我说道。

"嗯,从他开始撒谎起吧。我们请求任何那天晚上看见戈尔曼神父的人和我们联系。奥斯本先生和我们联系了,而他所做的陈述却是显而易见的谎言。他看见一个男人尾随着戈尔曼神父,并且描述了那个男人的特征。但在那个有雾的晚上,他很可能都看不见街对面的人。他也许能看见一个鹰钩鼻子的轮廓,但要说到喉结就不可能了。那也太离谱了。当然了,那个谎言也可能并没有什么恶意。奥斯本先生也许只是想让自己显得重要一点儿。很多人都喜欢这样。但这使得我把注意力集中到了奥斯本先生身上,而他还真是个有些让人费解的人。他当场就给我讲了很多关于他自己的事情,这么做实在太不明智了。让我觉得他是个总想让自己显得比实际上更重要的人。他不满足于经营他父亲那种老式传统的生意。为此他曾经离开过一段时间,想去舞台上碰碰运气,不过显然不怎么成功。我估计这也许是因为他忍受不了排练。谁也不能对他发号施令,告诉他究竟应该怎么个演法!当他谈起想要成为一桩谋杀案审判的证人,并且成功指认到他店里购买毒药的凶手这个梦想的时候,很可能是发自内心的。我认为他在这方面花费了很多心思。当然我们并不知道究竟是从哪一刻起,从什么时候开始,他的脑子里产生了这种想法,想要成为一个真正的犯罪大亨,一个利用聪明才智使自己永远都不会被绳之以法的人。

"不过这一切都是猜测。我们再回过头来说。奥斯本对于他那天晚上看见的那个人的描述很有意思。那段话说的显然是一个他曾经亲眼见过的人。要知道，想捏造一段对于任何人的外貌描述都是非常困难的。这得包括眼睛，鼻子，下巴，耳朵，仪态举止，以及其他方方面面。你要是试试就会发现，自己会有意无意地描述起某个你曾经在哪里——也许是有轨电车，或者火车，也没准儿是公共汽车上注意过的人。奥斯本很明显是在形容一个有些与众不同的人。我推测他可能某一天在伯恩茅斯恰好看到过维纳布尔斯坐在他的汽车里，维纳布尔斯的相貌给他留下了深刻印象——假如他真是通过这种方式见过他的话，自然也就不会知道那个男人是个残疾人。

"另一个让我对奥斯本一直很感兴趣的原因在于他是个药剂师。我原本以为我们手上的那份名单可能恰好和某个地方的毒品交易密切关联呢。事实上并不是这么回事，因此，如果不是奥斯本先生自己下定决心非要掺和进来的话，我或许早就把他忘了。你也知道，他想要了解我们的进展，于是又写信来说他在玛契迪平的教会游乐会上看到了他所说的那个人。他那时依然不知道维纳布尔斯先生是个小儿麻痹导致下肢瘫痪的人。等他后来发现的时候，他也并没有识相地及时闭嘴。那是他的虚荣心在搞鬼——典型的罪犯的虚荣心。他一刻都不愿意承认自己搞错了。他像个傻子一样固执己见，还提出各种各样的谬论。我曾经去他在伯恩茅斯住的小平房拜访过他，很有意思。那房子的名字应该说是泄露了天机，叫'埃弗勒斯'。那是他给起的名字。他在门厅里还挂上了一幅埃弗勒斯峰的照片，告诉我他对喜马拉雅山探险如何感兴趣。不过这正好是他喜欢开的那种廉价玩笑。永远休息[①]。那也正是他的行当——他的职业。你出合适的价钱，他就让人永远休息了。这主意还真是了不起，你不得不佩服他。整个计划布置得相当巧妙。布拉德利在伯明翰，塞尔扎·格雷在玛契迪平弄她的降神会。而谁又会怀疑到奥斯本先生呢？他跟塞尔扎·格雷毫无瓜葛，跟布拉德利和伯明翰也没有牵连，跟受害者更是素不相识。而对一个药剂师来说，实际需要进行的操作根本就是易如反掌。就像我说的，只要奥斯本先生能够理智地保持低调。"

"可他把那些钱怎么着了？"我问道，"毕竟，他干这些应该就是为了钱吧？"

"哦，没错，他这么干就是为了挣钱。毫无疑问，他有自己的宏图大志；他想要周游各地，寻欢作乐，梦想成为一个举足轻重的有钱人。不过当然啦，他可不是他自己想象的那种人。我觉得实实在在地施行谋杀让他体验到了那种拥有生杀大权的快感，一次次地逍遥法外更是让他欣喜若狂。而这一次，他该让自己享受一下站在被告席上的乐趣了。你看着吧，他会成为众人瞩目的焦点的。"

"那他究竟把那些钱怎么处理了？"我强烈地想要得到解答。

"哦，那其实太简单了，"勒热纳说道，"不过要不是我注意到了他是怎么布置他那个小窝的话，我觉得我也想不到。很显然，他是个守财奴。他爱钱，他想要钱，但不是为了花。那所房子就没有几样陈设，所有东西都是从贱卖会上买来的便宜货。他不喜欢花钱，只是想要坐拥钱财。"

"你是说他把钱全都存在银行里了吗？"

[①]原文为 ever rest，与埃弗勒斯的原文 Everest 音近。

"哦，不会的，"勒热纳说，"我敢说我们会在他那幢小平房里的某处地板下面找到那些钱的。"

勒热纳和我都沉默了半晌，而我脑中还在苦思冥想着扎卡赖亚·奥斯本这个奇怪的人。

"科里根会说，"勒热纳有些出神地说道，"这都是由于他的脾脏或者胰腺之类的内脏里某种腺体功能过于旺盛或者分泌不足造成的——我从来都记不清是怎么回事儿。我是个想法简单的人，我觉得他就是个坏蛋。但让我感到吃惊的是——往往是这样——一个如此聪明的人怎么同时还会那么傻。"

我说："人们总是会把幕后主使想象成那种不可一世又阴险邪恶的人物。"

勒热纳摇了摇头。"根本不是这么回事儿，"他说道，"邪恶可不是什么超凡的东西，它其实只是卑贱的玩意儿。咱们的罪犯就是那种老想让自己显得至关重要，却又永远都不足挂齿的角色，因为他一直都是这样平庸。"

第二十五章

马克·伊斯特布鲁克的笔述

1

玛契迪平村的一切都恢复如常,令人耳目一新。

罗达在忙于对付她的狗儿们。这次我觉得她是在给狗捉虱子。我走进去的时候她抬头看看我,问我愿不愿意帮忙。我没答应,而是问她金吉儿去了哪儿。

"她去灰马酒店了。"

"什么?"

"她说她去那儿有事。"

"可那房子已经空了啊。"

"我知道。"

"她会把自己累着的。她的身体还没有完全恢复——"

"瞧给你操心的,马克。金吉儿已经好啦。你看过奥利弗太太的新书了吗?书名叫《白凤头鹦鹉》,就在那边的桌子上。"

"上帝保佑奥利弗太太。还有伊迪丝·宾斯。"

"这个伊迪丝·宾斯究竟是谁?"

"她是个认出了一张照片的女人。同时也是我刚刚去世的教母的忠实仆人。"

"你的话我一句都没听懂。你到底怎么了？"

我没有回答，而是径自去了灰马酒店。

就在我到那儿之前，我遇见了戴恩·卡尔斯罗普太太。

她十分热情地跟我打了招呼。

"我一向都知道自己很糊涂，"她说道，"不过却搞不清是怎么回事。原来是被骗局所蒙蔽了啊。"

她冲着酒店的方向挥了挥胳膊，在晚秋的阳光下，那里显得空旷而宁静。

"那里从来就不曾有过邪恶——就这方面而言并不像人们猜测的那样。没有什么和魔鬼之间进行的古怪的非法交易，也没有什么黑暗和邪恶的富丽堂皇。有的只是一些纯粹为了赚钱的杂耍表演——还有就是草菅人命。那才是真正的邪恶所在。没有什么了不起的大事情——只不过是些蝇营狗苟罢了。"

"看起来你跟勒热纳督察对这些事的想法一样。"

"我喜欢那个人。"戴恩·卡尔斯罗普太太说，"咱们去灰马酒店里找金吉儿吧。"

"她在那里干什么？"

"清理些东西。"

我们穿过低矮的门廊走进去，空气里弥漫着一股浓烈的松节油味道。金吉儿正拿着抹布和瓶子在那儿忙活。我们进来以后，她抬起头看看我们。她的脸色依然十分苍白，身形瘦削，还没有长好头发的脑袋上围着一块头巾，只能依稀看出一点儿她从前的影子。

"她没问题啦！"戴恩·卡尔斯罗普太太还是像以往一样能够读懂我的心思，随即说道。

"看！"金吉儿得意扬扬地叫道。

她指着她正在处理的那个古老的酒店招牌。

岁月留下的污迹被除去了，马上骑士的身影已经清晰可见——那是一副露齿而笑的骨架，浑身的骨骼闪闪发光。

戴恩·卡尔斯罗普太太深沉而圆润的声音在我身后响了起来。

"启示录，第六章，第八节：我就观看，见有一匹灰马；骑在马上的，名字叫作死，阴府也随着他……"

我们静默了片刻，接着，还是戴恩·卡尔斯罗普太太这个不害怕冷场的人开口说话了。

"这事就到此为止吧。"那语气就像是把什么东西扔进了废纸篓。

"我现在必须得走了，"她补充道，"有个家长会。"

她在门廊里停住了脚步，冲金吉儿点了点头，出人意料地说道："你将来会是个好母亲的。"

不知为什么，金吉儿的脸颊变得绯红……

"金吉儿，"我说，"你会吗？"

"会什么？成为一个好妈妈？"

"你知道我是什么意思。"

"也许吧……不过我更喜欢一个正式的求婚。"

于是，我向她正式求婚了……

2

过了一小会儿，金吉儿问道："你那么确定你不想娶那个叫赫米娅的人了吗？"

"好家伙!"我说,"我差点儿忘了。"

我从口袋里掏出了一封信。

"这是三天前寄来的,问我愿不愿意跟她一起去老维多利亚剧院看《爱的徒劳》①。"

金吉儿从我的手里拿过信来,把它撕成了碎片。

"如果将来你想要去老维多利亚剧院的话,"她坚定地说道,"你也得跟我去。"

---

①莎士比亚早期的一部格调明快的讽刺性宫廷喜剧。

The Pale Horse
Copyright © 1961 Agatha Christie Limited. All rights reserved.
Letter for Chinese Reader, New Star Edition by Mathew Prichard © 2013 Mathew Prichard.
Translation © 2023 arranged by New Star Press, Agatha Christie Limited. All rights reserved.
www.agathachristie.com
AGATHA CHRISTIE, *AgathaChristie*® and the AC Monogram Logo are registered trade marks of Agatha Christie Limited in the UK and elsewhere. All rights reserved.
Published by agreement with ACL.
Simplified Chinese edition copyright: 2023 New Star Press Co., Ltd.

图书在版编目（CIP）数据

灰马酒店 /（英）阿加莎·克里斯蒂著；周力译 . — 北京：新星出版社 , 2023.6
（阿加莎·克里斯蒂侦探小说全集：精装典藏版）
ISBN 978-7-5133-4914-7

Ⅰ . ①灰⋯ Ⅱ . ①阿⋯ ②周⋯ Ⅲ . ①侦探小说 – 英国 – 现代 Ⅳ . ① I561.45

中国国家版本馆 CIP 数据核字 (2023) 第 054595 号

午夜文库
谢刚 主持